热点与前沿 2017

青年文艺论坛

主编 / 祝东力 / 孙佳山

Hot Issues and Frontier Research:
Youth Forum on Literature and Arts
2017

文化藝術出版社
Culture and Art Publishing House

图书在版编目（CIP）数据

热点与前沿：青年文艺论坛 . 2017 / 祝东力，孙佳山主编.
—北京：文化艺术出版社，2018.12
ISBN 978-7-5039-6661-3

Ⅰ.①热… Ⅱ.①祝… ②孙… Ⅲ.①文艺评论—文集
Ⅳ.①I06-53

中国版本图书馆CIP数据核字（2018）第299529号

热点与前沿
——青年文艺论坛2017

主　　编　祝东力　孙佳山
责任编辑　李　健　左灿丽
封面设计　丁智睿
出版发行　文化艺术出版社
地　　址　北京市东城区东四八条52号（100700）
网　　址　www.caaph.com
电子邮箱　s@caaph.com
电　　话　（010）84057666（总编室）　84057667（办公室）
　　　　　（010）84057696-84057699（发行部）
传　　真　（010）84057660（总编室）　84057670（办公室）
　　　　　（010）84057690（发行部）
经　　销　新华书店
印　　刷　国英印务有限公司
版　　次　2019年8月第1版
印　　次　2019年8月第1次印刷
开　　本　710毫米×1000毫米　1/16
印　　张　17.25
字　　数　200千字
书　　号　ISBN 978-7-5039-6661-3
定　　价　55.00 元

编者前言

不知道有多少朋友还记得2011年的那个夏天，不知不觉间，“青年文艺论坛”竟已走过了“七年之痒”。“七”，在中国传统的数字观念里，意味着在平衡基础上新的轮回。

2017年，论坛也在过去6年的基础上，一步一个脚印地向着伟大的中国实践的纵深处，持续探索。在既往论坛成果基础上，通过对《战狼2》《人民的名义》等影视作品的深入探讨，“青年文艺论坛”对“主旋律”的认识进一步深化，这一年提出的很多判断，在后来都被中国现实进一步验证。就我国当代文化走出去的现状与问题，论坛的成果不仅被《红旗文稿》直接刊发，还对有关部门的文化决策、文化治理产生了相应的影响。对于21世纪第二个十年以来，以移动互联网为标识的媒介迭代浪潮，“青年文艺论坛”在持续追踪其跨媒介、融媒介特征的同时，也形成了具有自身特色的研究方法。不仅如此，论坛还正面回应了“裸贷”等严重的现实问题，进一步走进时代现场，并提出了具有现实针对性的对策和建议。与此同时，为了配合文化部等上级有关单位的工作，2017 年“青年文艺论坛”还对我国地方戏的当代困境、现实题材舞台艺术的演化路径等问题，进行了多次研讨，得到了上级有关部门的充分肯定。总之，这一年的“青年文艺论坛”又再上新台阶，很多成果被新华社、《人民日报》、《光明日报》、《中国日报》、“侠客岛”等不同媒介形态的知名媒体刊发、引用和转载。

无论是新一波媒介迭代浪潮背后的技术跃迁，还是当前全球波诡云谲的政治、经济、文化格局，我国人文艺术、社会科学等一切文科知识系统、体系都亟待再出发。“青年文艺论坛”也并不是传统的“书斋”学术、“学院”知识，以“青年”为方法的根本目的，就是要为伟大的中国实践的文化建设和文化制度设计，尽到我们这个小群体之绵薄心力。在此，我们要衷心地感谢过去 6 年以来长期支持、鼓励“青年文艺论坛”成长的各位领导、师长、同道和朋友，尤其要感谢文化部和中国艺术研究院的领导、师长的无私关怀和提携。论坛每年成果的顺利结集出版，也离不开中国艺术研究院科研管理处、文化艺术出版社等兄弟部门的热情帮助。在此一并致谢！

在未来，“青年文艺论坛”会继续沿着过去 6 年所开创出的有机格局稳步前进，更多关注现实问题，更加突出智库特征，以期为我国文化领域的决策和治理，做出更多力所能及的应有贡献。

目　录

附　录

第六十八期

我国当代文化走出去的现状与问题

主持人： 孙佳山（中国艺术研究院马克思主义文艺理论研究所）

主讲人： 陈昌业（壹娱观察）

吉云飞（北京大学中文系）

时　间： 2017 年 1 月 5 日（星期四）14:30—18:00

地　点： 中国艺术研究院研究生楼第五会议室

主　办： 中国艺术研究院马克思主义文艺理论研究所

编者的话

21世纪以来，随着我国国力与日俱增，在世界范围尽可能传播、推广中国文化成为从官方到民间都在关注的焦点和共识。然而，在中国文化走出去的实际过程中，也不可避免地遇到了很多困难和阻碍，同时国内学界的相关研究相对薄弱，关于我国当代文化走出去的具体状况和问题也缺少详细的资料和信息，这些都在一定程度上影响了我国当代文化的有效输出。

本期论坛选取了电影和网络文学这两种不同媒介形态下的文艺形式，力图通过对二者进行深度挖掘，以点带面地展示我国当代文化走出去的现状与问题，为未来的相关研究工作进一步打开视野。

孙佳山：关于我国当代文化“走出去”，如果选择一个最具代表性的领域，显然非电影产业莫属。

1. 中国电影资本的海外进击。自从2010年中国电影票房冲过100亿门槛之后，在接下来的6年里，实现了近5倍的增长，这在世界电影史上都是浓墨重彩的一笔。与之相对应的是，在过去几年，中国电影产业在海外也不断开疆拓土。仅在2016年，中国资本在文化娱乐领域的对外并购、投资，总额就达到了75.7亿美元，电影产业则以63.9亿美元独占鳌头。

在这场资本的饕餮盛宴中，最引人瞩目的显然是万达。截至2016年，万达在全球范围已拥有美国的AMC院线、卡麦克院线，澳大利亚的赫伊斯院线，欧洲的欧典、北欧院线等15个国家的1470家影城、15000余块屏幕，约占全球票房份额的15%。万达已经事实上成为世界电影史上前所未有的第一个横跨多个大洲的院线集团。不仅如此，其还计划在2020年实现占据全球电影票房20%份额的“小目标”，这在整个人类历史上都将是史无前例的壮举。2016 年 1 月 12 日，万达宣布以不超过 35 亿美元的现金收购曾出品《哥斯拉》《侏罗纪世界》等大片的美国传奇影业，这是迄今为止中国文化企业在海外最大的一笔文化投资。在此基础上，2016 年万达还一度险些收购维亚康姆集团旗下著名的派拉蒙影业的 49% 股份。作为好莱坞六大制片公司之一，派拉蒙影业推出过《教父》《夺宝奇兵》《阿甘正传》《碟中谍》《拯救大兵瑞恩》《怪物史莱克》《变形金刚》等诸多具有世界影响的经典大片。可见，万达实际上是要通过院线渠道的积累，逐步进军内容生产等电影产业链的上游，最终完成对电影领域全产业链的整合。

万达的大举进军海外市场并不是这个领域的个案，近年来受到全社会广泛关注的以腾讯、阿里为代表的互联网企业同样在电影领域不断发力。2016 年，腾讯旗下的腾讯影业直接投资了电影《魔兽》和《金刚：骷髅岛》，腾讯投资的影视公司 STX，购买了好莱坞影视制片公司 IM Global 的控股权。阿里也与斯皮尔伯格旗下的安布林公司签订了投资协议，还参与投资了 2016 年上映的《碟中谍 5》，并享受其全球票房分账。可以说，以腾讯、阿里为代表的互联网企业都在为其自身平台的影视自制内容提前布局。

而且，不仅仅是万达这种房地产企业在诉诸业务转型，也不只是互联网行业试图对电影这一传统行业进行“降维打击”，更不只是民营资本在不断构建自身的资本版图，我国电影产业的国有资本也正在以前所未有的姿态积极投身于这场盛宴。2017 年票房达 20 多亿的《速度与激情 8》，背后就有中影等多方资本的涌入，上影集团今年也发布公告称，将与华桦传媒向美国派拉蒙影业注资 10 亿美元，未来三年在派拉蒙影业的每部电影中，都至少提供25%的资金，并有权选择延长合作期限。

2.“走出去”的“内忧外困”。毫无疑问，引入以好莱坞为代表的海外电影产业的优质版权、人才队伍、制作技术等相关文化工业资源，无论是对于国有、民营资本，还是对于转型企业和互联网企业而言，都是他们现阶段的不二选择。而且优质版权的开发，还会延伸到主题公园、衍生品等相关产业链的下游环节，这将不仅有助于实现上市公司的业绩增长，在资本市场上还将进一步拓展想象空间。

然而，仅仅因为这些原因还远不足以使万达、腾讯、阿里和中影、上影这些巨头在进击海外市场上付出如此的热忱和精力，这其中还有着更为复杂、更为直接的历史和现实等多重原因。

众所周知，2012 年 2 月中美两国政府签署了《中美关于用于影院放映之电影的谅解备忘录》，该备忘录于 2017 年 2 月到期，这意味着中美双方早晚将就分账大片的配额问题展开重新谈判。早在 2007 年 4 月，也就是整整十年前，美国向 WTO 就中国政府对电影、录音制品等产品的某些限制措施进行了上诉，也就是著名的“中美出版物案”。2009 年 12 月，WTO 的争端解决机构最终通过了该案的上诉报告，裁定我国政府颁布的《电影管理条例》第 30 条和《电影企业经营资格准入暂行规定》第 16 条违反了《加入议定书》和《入世工作组报告》中的相关条款。于是 2012 年的《中美关于用于影院放映之电影的谅解备忘录》将原来每年引进美国大片的 20 部配额，再增加 14 部 3D 或巨幕（IMAX）的大片配额，票房分账比例也从原来的 13% 升至 25%；同时增加中国民营企业发布进口片的机会，中美合拍片也将享受内地与香港合拍片的同等待遇。之后又经过 3 年，2015 年 9 月，中影集团与美国电影协会签署了具有正式商业合同效应的《分账影片进口发行合作协议》，进一步在法律上保障了相关条款的落实。

不仅如此，今年 2 月，新一轮的中美分账大片配额问题谈判，还有着更为实际的背景。为了避免票房下滑的不利局面，2016 年的分账大片数量多达 39 部，事实上已经超过了 2012 年《中美关于用于影院放映之电影的谅解备忘录》中规定的 34 部的份额，今后这一份额势必还会进一步增加。在 2016 年，已经狂飙突进近 10 年的中国电影票房在以看似猝不及防的方式戛然而止之后，由各个领域投资过热所叠加的演员天价薪酬、院线扩张产能过剩、国产影片盈利低下等种种结构性问题开始集中爆发，并且在中短期内没有扭转的迹象。在这个意义上，“走出去”，尤其是选择合拍片的模式，从商业角度而言，成为当前中美相关电影企业的最现实选择。不仅好莱坞借此规避了分账大片的配额限制顺利进入中国市场，而且获得更多票房回报；中国电影企业也通过这种方式，开始真实地触碰到好莱坞世界商业版图的各个环节。

于是，最近几年来合拍片的立项审核数量激增，2016 年更是达到 96 部，其中 71 部通过了审核；而在 10 年前中美纷争初起的年代，合拍片则长期维持在二三十部的规模，通过审核的影片也仅仅十余部而已。毋庸讳言，这些积弊甚深的“内忧”，在即将或者说已经到来的“外困”面前，还将被进一步放大，来自政策和市场的多重挑战正在以疾风暴雨的方式迅猛袭来。

3. 软实力如何变“硬”。需要强调的是，今天的合拍片现状早已不是20世纪90年代、21世纪初外方投资份额占多数的那个阶段，中外的投资比例已然发生了翻转。除了与好莱坞六大制片公司合作的少数大片之外，在大多数情况下，中方的投资份额都占据了主导地位，从这个角度也特别能够看到中国电影在今天存在的突出问题。

我们就以《长城》为例。《长城》是迄今为止，合拍片领域第一部由中国导演拍摄的、在全球市场发行的英语电影，按照中国电影产业“借船出海”的思路，其一旦获得成功，在未来就会有更多中国导演、编剧等参与到好莱坞电影的拍摄、制作环节中。

因此，《长城》上映之后，国内电影产业界多次强调，《长城》作为一部高概念、高品位、大制作影片，是国内电影在文化工业意义上与好莱坞接轨并展开深度合作的代表。我们的确不能轻视这种技术标准意义上的文化工业体系，例如我国的电影版《三体》，在资金充裕的情况下迟迟不能面世，就是因为还没有相应的文化工业能力来呈现预期的视觉特效，所以上述理由确实也存在相当的合理性。

《长城》充分揭示了中国电影在资本扩张和内容生产领域的深度分裂。尽管中国资本近年来高歌猛进，在北美、西欧这些资本主义的中心区域大快朵颐；但到目前为止，中国资本对于中国电影的内容生产，还没有做出实质性的、原创性的贡献。中国电影合拍片并没有因此而获得真正意义上的平等待遇。

《长城》还反映出一个最值得关注的问题：好莱坞成熟的叙事套路、故事模式不仅早已经渗透到了中国商业片的拍摄、制作过程中，也内在的塑造、定义了中国电影观众的观影习惯和审美范式。毕竟中国电影曾经具备过自身的民族风格，那也曾是中国电影立身于世界电影舞台的最为鲜明的标识。而在《长城》中，除了美工环节，中国电影曾经引以为傲的民族风格也基本消失殆尽。按照目前的发展势头，虽然中国资本在未来可能还会有更大手笔的“攻城略地”，但我们可能还要清醒地认识到，在历史上，法国、日本甚至印度资本，也一样曾大肆进军好莱坞，结局也都显而易见，它们本国的电影自身并没有获得相应的实质性提升——一国资本的“走出去”，并不意味着该国电影内容生产水平就一定会伴随着“走出去”的步伐而大幅提高，这中间并没有等号。

其实，无论是近期的《血战钢锯岭》还是早些时候的《太阳的后裔》等，在这些得到广泛好评的海外影视作品的背后，中国资本都是其主要推动力量。问题在于，这些作品在帮助中国资本赚得真金白银之后，也塑造了相关国家的正面形象和英雄形象，这既不是简单的文艺创作上的倾向性问题，也不是文化资本的盈利问题，而是直接关系到我国的文化安全问题。

目前，我国已经与加拿大、意大利、澳大利亚、法国、英国等14个国家和地区签署了电影合拍协议，这些国家与中国联合制作的合拍片不仅可以不受分账大片的配额限制和享受国产电影的分账比例，同时还有机会从双方政府获得包括税收减免在内的一系列政策扶持；而且与以往的相对单一的模式不同，我国的合拍片类型还将进一步多样化，一些不在传统视野之中的更为复杂的文化问题也将持续浮现出表面。

发展文化产业，提高文化软实力，这是当今世界各国文化发展的基本路径。随着中国资本进一步深度参与到以好莱坞为代表的全球性文化商业协作体系，能否在实现资本的保值、增值之后，也生产、创作出能够正面讲述中国故事，正面提升我国国家形象的文艺作品，将是在“走出去”的历史进程中，中国电影全行业面临的残酷现实。

陈昌业：中国电影“走出去”无论是对于行业管理部门，还是中国电影公司，以及诸多的中国电影人来说，都是一个努力奋斗了十多年的梦想——特别是在中国电影产业不断刷新着自己的市场纪录，创造着越来越令世界惊奇的票房纪录和产能加速的这两年，中国电影从内到外对于“走出去”的渴望也愈加强烈。

《长城》正是在这一时代背景下应运而生的一部电影——中国电影人、中国电影公司以及中国电影的管理部门都想知道梦想之光该如何照进现实。暂且抛开结果不谈，《长城》在产业意义上在很多方面夯下了中国电影“走出去”的里程碑。

首先是内地导演第一次执掌上亿美元的好莱坞大制作。这里不仅仅从预算规模的角度而言，更重要的是对于导演张艺谋和参与此片的中影和乐视影业来说，都是第一次真正地作为一个局内人感受了好莱坞的制片人中心制。张艺谋此番在《长城》的制作中，只是一名受雇的导演，剪辑权在片厂手中而非在张艺谋手中。

很难说这种以制片厂为最高权力中枢的机制是否能够生产出优秀的作品，但这是好莱坞一百多年连续发展和积淀下来的一种商业运转机制，对于能否做出卖座影片来说，这是一种在概率上更易获得成功的方式。而对于中国电影公司、中国导演来说，近距离地成为这套商业机器里的一部分去积累经验，总好过纸上谈兵。

再者，《长城》是由 2015 年好莱坞排名第一的片厂环球影业承担北美发行，与《英雄》当年的独立片商米拉麦克斯相比，《长城》的发行真正算得上是在北美得到了主流一线发行公司的支持——无论是中美合拍片还是其他的国产电影，在北美市场这都是第一次由“六大”来发行，因此也才有了 3300 多座影院同时上映的大规模开花。对于马特·达蒙而言，这或许稀松平常，但对于张艺谋，对于参演的景甜、刘德华、张涵予这些中国演员来说，这都是第一次能够在那么多座影院里与北美观众见面。

借力“六大”的发行能力，《长城》这一次令中国电影“走出去”，至少在北美完成了一次大规模的亮相，不同于过去在几大国际 A 类电影节上的竞赛展映亮相，不同于在这些电影节上常常有的所谓经久不息的掌声，也不同于中国官方常常带着中国电影到北美华人社区办的展映，这一次《长城》是真正依靠好莱坞的商业机器与西方观众有了一次大规模的亲密接触。

仅就以上两点而言，《长城》发行的经验已经给中国电影“走出去”打开了全新的局面。

那么，为什么最终的果实有些苦涩呢?

文化自信是一种内生的精神力量，而不是外化的主义包装。《长城》在中国文化的元素上太过陷于外化的主义表现和形式包装。太多象征意义和符号表现的中国文化在这一西方类型片里显得突兀，即便是中国观众在本地市场看到这样的表达，也觉得生硬——生硬过度反倒令人感觉不够自信。

中国文化、中国历史作为背景能够润物细无声地去承载整个故事，文化的作用力是表现在人物行动的逻辑里，特别是在这样一个东西方人物在同一时空下的故事里，人物之间的矛盾与和解都该是基于文化的不同而发生的。《长城》在剧情上牵强地完成了马特·达蒙与景甜角色之间从敌视到互信的情节过渡。当观众无法认同人物的转变，那么故事也就很难触动人心、令人信服。

从成龙到李连杰，从巩俐到章子怡，自20世纪末到21世纪初，不少中国电影演员在好莱坞闯出了名堂，成为中国文化的承载符号并推动了中国文化在世界传播——电影是流行文化，是大众文化，它需要明星这一通俗的符号成为文化的载体去令观众喜好，然后会推动观众去主动地了解和欣赏明星背后的文化。

当年好莱坞电影进入中国市场，一方面是平民化的情感和故事影响了中国观众的精神世界，另一方面是美丽、俊俏、健硕的女明星、男明星成为老百姓服饰、发型的潮流指引，也在一定程度上改变了人们的物质世界——这就是文化输出的力量，也证明了明星对于文化输出的必要性。

进入21世纪的第二个十年，中国电影市场一方面走入了超高速的发展通道，但另一方面却再没能够涌现出像成龙、李连杰、巩俐、章子怡这样的国际明星，这也让中国电影的“走出去”缺少了一个重要的凭借，《长城》在北美的尴尬与此亦有相当的关系。

复盘和检视这样一部上亿美元的中美合拍电影的全部过程，我们收获的宝贵经验和切身感受都是下一段征程的最好路书，我们体会的遗憾和失败也都是下一段奋斗的最佳功课。不以成功或失败轻易判断一次努力的结果，对于中国文化而言，当“走出去”成为商业机器的本能冲动，试错就是不可避免的——这一次只是告诉我们，中国电影仍然准备不足，就像2016年中国电影市场的突然降速——有时候只有苦涩才能让我们更加清醒。

吉云飞：近两年来，中国网络文学的海外传播异军突起，以WuxiaWorld、Gravity Tale为代表的翻译网站引爆了中国网络小说在英语世界的阅读热潮。据最新统计数据和以此为基准的估计，这些网站的月活跃读者数已在400万左右，日来访量在40万左右。这些读者来自全球100多个国家，其中北美读者占总数的1/3以上。

在东南亚地区，中国网络小说更是早就成为深具影响力的外来流行文化，不但重要的网文大都已被翻译，每年新翻译的也在百部以上。不期然间，中国网络文学的魅力已经散播到全世界，尤其是在没有政府和资本保驾护航的情况下，经由民间渠道在网络文化空间安营扎寨，进入了这些“老外”读者们的日常生活。

“文运同国运相牵，文脉同国脉相连”，习近平总书记在中国文联十大、中国作协九大开幕式上的这段话，深刻揭示了文艺与时代的内在关联。中国网络文学的“走出去”，是一个意料之外的惊喜，更是一个水到渠成的过程。国家的兴盛与对外影响力的提高，从来都是相辅相成的事，没有30多年来中国国力的日益复兴，没有近20年来中国几百万网络小说作者的不懈笔耕，就不可能有中国网络文学的海外走红。而网络文学在本土的繁荣发展与在海外的良好势头，其中的一些新经验对我们的文化工作或许也有一定启发。

1. 网络文学在中国“风景独好”。为什么文化发达的欧美没有网络文学或至少不那么兴盛？或许是我们过去太习惯“以洋为师”，对土生土长的、具有鲜明中国特色的网络文学不大自信。网络文学当然继承了中国历史悠久的通俗小说传统和古典文化精华，但恰恰是“网络性”让中国网络文学跨越了国界和文化的阻隔，拥有了走向世界的力量。网络文学是文学的，也是网络的，要真正认识网络文学，就必须要把目光从那些伟大的或没那么伟大的文学传统上暂时移开，去注视游戏、动漫等网络时代的新媒介艺术。

很多“老外”读者在谈到某篇网文时，会自然谈及某个游戏的世界背景或者某部动漫的人物设定。其实，中国网络文学的诞生并不只是华语文学内部力量酝酿的成果，也是受美国和日本的游戏、动漫以及奇幻文学辐射与刺激的结果；在长期的发展过程中，也时刻保持着与各种世界流行文艺的连通性。对于海外读者而言，中国网络文学首先不是中国的文学，而是网络的文学，是属于“网络人”的文学。

在西方，进入网络时代以后，欧美因为在印刷文明时代畅销书机制极度成熟，其强大的惯性到今天仍然能维持运转，即使文学开始出现边缘化趋向，网络游戏、动漫异军突起，优秀的类型小说作家也都留在纸版畅销书机制内，没有“上网”。而在中国这样一个“后发国家”，我们的类型小说生产机制在纸质时代没有建立起来，影视剧、动漫、游戏等电子时代本该更加“受宠”的文艺形式更是长期落后，随着网络时代的到来，要满足改革开放之后广大中国人民随着经济高速发展而飞速增长的精神文化需求，优先发展最廉价最普惠的网络文学就成为很自然的选择。

借助新媒介革命的力量，中国网络文学拥有了“弯道超车”的潜力。这不只是让中国落后的类型文学率先进入了网络时代，从而具有了媒介文化的先进性，展现了文学在网络时代可能的繁荣形态。随着网络文学事实上承担起了部分主流文学的责任，成为了社会主义主流文艺的一部分，不但在这些年里“喂养”了一批又一批的中国青少年，参与塑造了他们的世界观、人生观和价值观；也已经成为中国泛娱乐产业的内容高地和优质版权源头，担当起中国文化走出国门的先锋，并有可能带动整个中国的泛娱乐产业走出去。

2. 满足“刚需”才能走进“寻常百姓家”。网络文学无论在国内，还是在海外，一个极其重要的成就便是进入了读者的“日常生活”。不是我们花钱请人来看，而是“老外”自发翻译篇幅以百万字计的中国网络文学，并且不是十个八个人在看，而是十万百万人在看。它打通了民间和民众，真正走到国外普通人的生活当中，进入了千家万户。中国网络文学的“走出去”是大众的，并且是可复制的，是可以产业化的。网络文学有海量的“弹药”，20年来积累下了非常多的好内容、好作者。中国网络文学不是“单枪匹马”，而是“大神”林立，背后有一个巨大的产业，有可能被打造成可与美国好莱坞、日本动漫、韩国电视剧并驾齐驱的代表国家软实力的世界流行文艺。

和以往精英文化输出方式不同，中国网络文学的海外传播最生猛的力量，在于其“一视同仁”地打通了海内外读者的“快感通道”。什么叫进入读者的日常生活呢？就是我看你，不是因为你是中国的，而是因为你是我喜欢的。如今中国的网络用户也同样被视频、游戏吸引，但他们同时也爱看小说，原因是什么？只能是因为中国的网络小说好看。同样，一群“老外”，愿意跨越文字和文化的障碍，自发翻译、追读中国的网络小说，并且迅速膨胀成为一门生意，这说明什么？说明中国网络小说好看，至少对他们来说，比亚马逊上卖的拥有一两百年传统的欧美畅销书更“带感”，比伴随日本动漫文化传播已经在西方先落脚了一二十年的日本轻小说更“带劲”。古老的“类型性”与新鲜的“网络性”相结合，使网络文学具有了可与动漫、游戏相匹敌的又不可替代的“爽”。

在文化输出上其实也是一种真刀真枪的博弈。哪个国家的艺术更让老百姓喜爱，更能稳定持续地满足其日益升级的文化需求，就会更有影响力。满足“刚需”才是硬道理。

随着各方力量的关注，2016 年以后的中国网络文学海外传播领域和 2014 年之后的网络文学领域一样，不可能再是化外之地，但如何规范扶持是一个挑战智慧的命题。不胫而走令人惊喜，保驾护航却步步惊心。只有在尊重其自然发展形态和粉丝文化基础上的“良性引导”，才能把好钢用在刀刃上，真正打造出国家的“软实力”。

（根据速记整理，经过本人校订）

第六十九期

打工春晚、乡村春晚

——央视春晚之外的春晚类型及其启示

主持人： 崔　柯（中国艺术研究院马克思主义文艺理论研究所）

主讲人： 孟登迎（中国青年政治学院中文系）

龚伟亮（中国传媒大学传播政治经济学研究所）

嘉　宾： 沙　垚（中国社会科学院新闻所）

张志华（中国传媒大学新闻学院）

许　多（北京工友之家）

时　间： 2017年2月23日（星期四）14:30—18:00

地　点： 中国艺术研究院研究生楼第五会议室

主　办： 中国艺术研究院马克思主义文艺理论研究所

编者的话

春节联欢晚会，这种“大联欢”的文艺形式在当代中国，曾是浓墨重彩的一笔。自 1983 年中央电视台推出第一届央视春节联欢晚会以来，央视春晚，在表达社会情绪和心理、凝聚社会各界的改革共识、塑造当代中国的文化认同等方面，发挥过不可替代的作用。然而，进入 21 世纪以来，随着中国社会的快速发展，城乡、区域、阶层差距逐渐加深，另外由于广电体系的文化创造力持续下降，央视春晚的作用已大不如前。与此同时，由新工人艺术团推出的“打工春晚”、浙江丽水缙云等地打造的“乡村春晚”的影响力却与日俱增，并开始逐渐打破城乡、区域、阶层的限制，形成较大范围的文化影响力。

本期论坛力图对打工春晚、乡村春晚这两种不同类型的春晚以及二者的成因进行深度解析，以此观照当前以央视春晚为代表的原有文化结构，并进一步探索官民、城乡、区域、阶层之间的良性互动和文化共享。

孟登迎：最初说打算谈谈今年的“打工春晚”，但我在准备过程中，还是想谈一谈六届“打工春晚”的整个生产过程。

我教过美学原理课，开始也想过用一些理论去分析“打工春晚”。但不管怎么尝试，总觉得很难用我们学院里常用的那些评论方法去对它进行艺术性的理论概括，总觉得这些理论都不太适合“打工春晚”本身的特点。如果我们做文化研究的话，倒还是可以找到一些角度。比如说我们是不是可以关注一下它是怎么构建起来的？在这个构建过程中它释放出了什么？又遇到了哪些阻力？在这里边的各种因素是怎么起的作用？要搞清这些问题，我目前掌握的材料可能还很有限。今天正好刘忱老师、许多导演在这儿可以做一些补充。我们希望具体探讨“打工春晚”的举办形式，对随后举办的“打工春晚”起一些实实在在的作用。这可能跟一般的学术研讨会不太一样，着眼于实践探索。

我访谈过一些参与“打工春晚”的“工友之家”的工作人员，他们表达出一个强烈愿望，就是对讨论怎么可以办好“打工春晚”

之类的实践话题更感兴趣，而对我们写出来的好多感受性的评论并不是特别关心。这也是我转变讨论话题的一个原因。

“打工春晚”，确实是在新闻传播界，至少关注度还是比较高的，当然关注这事的也不是特别大的主流媒体。在网络平台上搜的话，信息的确非常多，里面肯定有重复的信息，但总体上还是比较多的。

关于“打工春晚”的研究成果，我看了一下，“知网”上的文章有 40 篇左右。但是这 40 篇当中可能有三十六七篇其实都是新闻报道，或者在报道之后稍微做了一些提炼。对于“打工春晚”，大家关注的主要是草根阶层的文化表达，点到为止的可能更多。卜卫老师今天没有来。她从头到尾参与过“打工春晚”的整个建构史，而且每一届几乎都会做一些评估，最近还写了一篇文章，对整个六届“打工春晚”的历史和节目做了一个梳理。她说自己不是为了写学术文章才去梳理这个历史，而是想试图在新闻传播的话语空间里呈现它。所以，她的文章限于各种条件不可能完全揭示那些左右“打工春晚”内部建构的东西。但是她认为必须宣传它，所以要努力把这类信息披露给公众。从这个角度看，我感觉卜老师文章的参考性很强。

“打工春晚”是一个文化现象，我想在座的朋友还是很想对它做一些更深入的讨论。而且，它还不只是一个简单的文化现象，还跟我们中国当代的整体文化格局有重要联系。

咱们这里的论坛，我觉得很敏锐，好像以前已经讨论过两次春晚，其中也提到“打工春晚”。另外，还讨论过一次新工人艺术团的创作，我参加过。卜卫老师的团队也做过几次小型的论坛，都是在“打工春晚”举办之后的第二天举行的。2016年的那个论坛很好，参会的有学者，也有参演工友，还有“工友之家”的主要成员。那个会是由社科院新闻所和“工友之家”联合举办的。除了那次论坛之外，学术界好像没有多少人专门关注过这个话题，这一点至少从学刊是否发表过相关论文这一点就可以看出来。我说的这5篇里面，其实有两篇还是你们艺术研究院两次论坛的记录整理稿，专门以“打工春晚”为对象而写的论文非常少。

我这一次想就“打工春晚”写一篇论文，发现难度比较大。这个春晚大家都挺喜爱的，而且都给它很高的评价，当你真要去写它，能抓的点也特别多。唐利群老师家里有事，今天没能赶到讨论会现场。她昨天一下子给我列出来六七个可以讨论问题的要点。我说你提得很好，但是让我们每个人要写一篇特别有构架性的文章，就会发现困难了。我们对“打工春晚”的诞生过程，以及中间许许多多的实际困难和操作，并没有做特别细致的调查。今天许多导演来了，正好是个机会，我很想了解这方面的事情。所以，我简单提一下为什么我要调整讨论的角度。

关于“打工春晚”诞生的背景，我这里也不用多讲了。大家应该知道“北京工友之家”是主要的发起者和组织者，而且在2009年他们就组织过“打工艺术节”，后来改名为“新工人艺术节”。这里面有一个艺术团队，应该说这是一个基石。如果没有这个，就不可能组织起“打工晚会”，这是一个基础。

另外，他们的这种探索，在组织人员和演员的构成上，其实已经做了一些准备。尤其是他们的这种演出带动了，或者说联络了南方（比如长三角和珠三角地区）工友的一些演出，所以说从第一届开始，演员的构成一直就是全国性的。在这个意义上，我们才说它是一个自发的、全国性的打工者的晚会，这是名副其实的。至于说为什么要举办这个“打工春晚”，已经有很多的报道了。简单地说，就是大家普遍感觉目前主流的春晚对于打工群体（或者说我们随后称之为“新工人”群体）基本上没有充分的表达，甚至还进行了一些歪曲性的表达。这里边我就不举例子了。直到今年的春晚，还有这种不太着调的表达，有个小品里，在高空洗高楼的打工者竟然能飞进一家人的屋子与来京的妻子偶遇，而工友进行高空作业的真实劳动过程竟然是用高难度的杂技方式来展现。也许春晚的编导们有他们自己的构思和用意，但是我们都知道，用这种神奇虚幻的方式来反映打工者们非常艰苦的现实生活，给人的感觉就是有点怪怪的味道。虽然演员竭尽全力抖包袱的技术很专业，观众也会挠痒痒式地大笑，但的确有些不着调不接地气的感觉。这小品还有一点，是说打工者很感恩北京这座城市，很感恩那些都市小白领给予的小小的肯定和赞许。工友可能会有这种希望小肯定的诉求，但是这绝对不是真正意义上的文化诉求，更说不上是文化政治层面的诉求。据我们所知，现实中工友的文化创造远远超过了这样一种感恩的水准。

从这个意义上来说，“打工春晚”诞生的背景，就是在我们日渐分化的这样一个社会里，各个群体的文化趣味和文化认同发生了严重的隔膜。在这种情况下，无论是打工者或者是新工人群体，他们都希望把自己真诚的、真实的感觉传达出来，至少打算在他自己所属的这个群体形成一种呼应，或者说一种认同。这就是出于真诚的初衷，就是说要“自己搭台自己唱戏”，而不是说把我安排在一个由别人导演的晚会的舞台角落，让人家要求我怎么演，怎么配合。记得“新工人艺术团”在第一届“打工春晚”之后也参与过一些电视台的节目，也都发生过一些被随意设置的情况。主流的电视台把工友的文化表达拿去作为一种异质的要素展示给他们的那些受众，但是工友必然要纳入其设置的那种叙述角度和叙述模式。一些学者参加过某些电视台关于新工人艺术团的选题和访谈，他们提到过这些事，谈到了电视台在展现工友文艺节目的时候是怎么巧妙地进行一种裁夺或者遮蔽的。而工友自己举办的这种“打工春晚”，却是希望能够自己表达自己的。所以，“打工春晚”得以诞生的这个背景应该得到体谅和理解。

至于“打工春晚”的主题和文化诉求，虽然很多人没有去现场，但看过影像，相信大家很容易看到它的主题和文化诉求。只要是直接关系到工友目前的生存困境的主题，“打工春晚”一般都会涉及。

排在第一位的肯定是劳动尊严和劳动价值的主题，但是我这里想先谈一谈与之相对应的第二类主题，也就是那些思念“家”的主题。今年的“打工春晚”，我觉得还有工友在诗朗诵中提到，流动人口在城市里结成文化“家园”的问题。6位参加诗朗诵的工友说，“过年后我们还要回到这个城市，因为这里有我们的家”。这是工友们集体创作的诗歌，他们有自己的文艺小组，所以“工友之家”在这个意义上，其实有文化意义上的“家”的概念。就是说“打工春晚”里关于思家的主题，不单指要回到农村，或者是单一的农村的家的问题，还存在于大家现在集聚的这个城市里，是不是还应该建构一种可以归属的共同体，一种文化共同体，或者叫“精神家园”？

我最近也在看雷蒙·威廉斯的一些文章。他好像一直强调文化共同体的问题，尤其是工人这个阶层，其实有形成文化共同体的条件。他们不是中产阶级那种单个化的、通过虚拟的朋友群或者是通过外出旅游的方式搞起来的，他们需要比较实际的一种文化呼应，需要一种文化归依感。在这个意义上，我们为什么说皮村空间的存在是非常重要的，就在于这里既有文化想象的共同体，也有一个真实服务的共同体。北京有不少高校老师也都去过皮村调研。皮村的文学小组一个星期也就两个小时的活动，也许那些搞主流文学活动和学院教育的人，并不觉得这个很重要。但是我觉得皮村那个空间非常重要，因为在此之外，你几乎找不到一个可以提供给工友们的文化空间，这就跟城市普遍缺乏为流动儿童服务的文化空间是一样的。我们总是在埋怨那些孩子玩游戏、去网吧，我们打工者的孩子一放学就到街上，你说他们能去哪儿呢？必须得有一个文化空间去接纳他们。北师大有一个社团叫“农民之子”，自 1999 年成立以来一直在关注打工子弟的教育问题。这个社团的骨干成员在大学毕业之后，还坚持为打工子弟服务，建立了一个叫“农民之子文化发展中心”的公益组织，10 年来在五环之外的社区里为这些孩子提供公益服务。就拿这个例子来讲，我感觉这里面有一个文化家园的概念。这其实是一种很重要的文化需要，也是一种很重要的文化权利，当然也可以表达为一种文化诉求。关于面向新工人服务的文化空间建设问题，还需要不断挖掘，而且很可能就是“新工人文化”以后要建构的一个重点。

关于“打工春晚”的节目，卜卫老师做了统计，说是六届共有111个节目，表现创造劳动价值和劳动生活的占到了38%，这当然是一个非常重要的信息了。在大多数的文艺晚会上，导演不会去大量展现劳动的过程，而“打工春晚”把劳动过程作为一种核心去关注，甚至将劳动的某种行为、劳动的某种展示方式也作为一种舞蹈，对劳动的艰辛和创造力进行展示，我觉得这是一个非常重要的突破。因为不展示这个劳动过程，就会有好多东西是被遮蔽的，只有这个过程被展开之后，才可能对这个社会的结构性消费产生真实的认识。劳动与消费应该是同时展示，才会对人有启发。我们不只有消费者的一面，我写过一篇论述青少年热衷于苹果手机消费的文章，在写作过程中发现了一个与遮蔽生产相关的问题。很多青少年之所以对手机产生超常的迷恋，很大程度上是因为他们根本不了解手机的生产过程。我跟学生展示了手机生产流程和销售利润分配的过程，发现他们不少人开始明白一点：这背后到底是怎么回事？是怎么一个流程？手机不光跟消费者自己有关系，还跟那么多的富士康的工人是有关系的，还跟这中间的利益分配是有关系的，这些联系必须在文艺作品中展示出来。将生产过程展示出来，就不只是对工人价值和劳动价值的抽象展示，还会对所有观众（即使是网络观众）产生真正的思想警示，或者说有极大的思想帮助吧。

下面，我还要回到上面已经说过的关于“打工春晚”的第二主题，也就是关于家乡的主题。其实，工友对亲情和家乡的思念，还可以扩展到工友的友爱之情。卜卫老师用的是“兄弟姐妹的情谊”，这个表述很好。这就是工友之间的友谊，应该也是“新工人文化”

独特的内容。第一届“打工春晚”上唱的《男工宿舍》，我印象中就表达了工友之间的友情和爱情。这类话题每一届几乎都会涉及，团结互助和分享，也许是新工人或者说打工者区别于其他群体的亮点。当然待会儿龚伟亮老师也会讲农村的春晚，他可能也会涉及在新型条件下农民之间怎么互助的问题。我们做乡村建设的人都知道，新型互助关系对农村是非常重要的，但目前在很多农村还没有发展起来。随着合作经济，或者社会企业慢慢兴盛起来的话，我感觉结成互助合作的现实条件也会越来越多，大家对这种新型关系的认知以及推动这种合作的力量也在增长。以后的“打工春晚”，也许可以对此类主题再做更多展示。

第三主题就是关于社会发展和工人发展，这也占了节目总数的 29%。

综合我自己对这几类主题的理解，也许可以这么说，“打工春晚”就是要倡导劳动价值，要呼吁主流社会尊重劳动价值和劳动者的权益，激发新工人群体的自尊、自信，关注工人群体的发展，同时揭示制约他们生存和发展的各种观念、权力和资本；关注打工者家庭的老人、妇女和儿童的处境，同时表达对家对亲人的思念，表达工友之间的友谊，表达对友爱共同体以及稳定居所这方面的企盼。整体上来说，工友们要表达的，也是我们社会发展的应有之义和重要内容，是一种需要发展的潮流和方向。协调起来看，可以说“打工春晚”要倡导的这种劳动价值，要表现工友的正当诉求，但工友们不是来诉苦的，而是为了推动社会整体进步和自身发展的。我觉得这一点在“打工春晚”的理念里还需要强化，必须申明“新工人文化”是社会正能量，这样才能获得社会各界的广泛支持。不然的话，有人（尤其是那些不了解“新工人文化”的人）就会觉得这只是一个表达抱怨的文艺晚会，容易误解“打工春晚”的正面诉求。其实新工人（打工者）群体是推进社会进步的一支重要力量，甚至是一支非常重要的力量，只有认识到这一点，我们才能够认识到他们所表现的这些内容的深远意义。

以上谈的都是“打工春晚”的主题表现，下面我想与大家谈谈“打工春晚”的一些具体表现形式是如何表达这些主题的。比如说“打工春晚”里面的歌曲，一般都紧贴弘扬劳动价值的主题。尤其是六届“打工春晚”的保留主题曲就是《劳动者赞歌》，观众、演员和一切在现场的人一起合唱，气势很大。而且每次晚会都会有好几首颂扬劳动的歌曲，还有对劳动过程的展示。

还有一些节目，比如诗歌朗诵，尤其是我刚才提到的6位工友集体亮相的诗朗诵，我觉得其形式本身就非常有意义，因为现在我们能看到的集体创作的诗歌很少了。专业创作者往往以为集体创作会损伤个人的独创性，更不要说还会在舞台上共同来朗诵集体创作的诗歌，但工友们却喜欢这种集体朗诵。这次朗诵的结尾说，因为这里有咱们的工友，有共同的家，所以明年我还会回到这个城市。这个点睛式的抒发我觉得非常好。这是一种未来需要，不光是“打工春晚”需要营造的，而且现实意义上也需要营造一个精神家园。工友的文学就是要写这种精神家园的东西，一定能引起共鸣。

当然另外一类诗朗诵和表演形式大家其实都注意到了，就是“打工春晚”上的儿童节目。“打工春晚”非常关注儿童的处境，儿童一直是“打工春晚”的主力演员。他们的生活处境正好可以勾连起社会矛盾里边那些比较令人难堪的存在，所以表现这样的处境往往会引起大家的同情和共鸣。

“打工春晚”还有一个大亮点，就是女性工友的表现。大家知道女性工友在“打工春晚”里边要比在其他春晚上占有更多的真正的话语权。在其他春晚节目当中，女性也老出来，甚至很烦人，要么是毒舌妇，要么是悍妇，要么就是假装很贤淑的那种伪装的“贤妻良母”；但是在“打工春晚”里，女性作为普通劳动者，她们要表达自己真正的心声。她们受到层层的制约，要靠劳动养活自己，还要承担养育子女的责任，甚至有的还要承受来自男性的暴力，而“打工春晚”里有多次把女性的这些复杂处境给表现出来了，尤其还表现出女性自身的自觉抗争和群体思考。我觉得这些表现有一点超前的色彩。在座的多是读过西方最新文化理论的人，你们可能不觉得这有什么超前，但是在文艺晚会里这样来集中地表现女性权益主题，实际上是很少见的。我想，这当然跟工友之家的顾问团队，跟卜卫老师这些学者的女权观念是有一些关联；但是从总体上说，我觉得这个超前的东西也在一定意义上显示了“打工春晚”所代表的这种“新工人文化”有它非常独到的一面。我们绝不能把它看作是一群弱势群体自娱自乐和自我安慰的小事。它是一种超前的文艺表达，面对这个社会里面非常敏感和隐晦的各种矛盾，它敢于去直面应战，是一种有挑战勇气的文艺行动。从这个意义上说，它的意义就出来了，或者说它就超出一般晚会的水平了。

所以说，无论是从主题到表现形式，“打工春晚”都有独特之处。从上面我给的这些分析和描述来看，我们对这些特征已经有了一些认识，而且我们还试图将这些认识落实到对“打工春晚”构成层面的分析上。刚才我多次提到晚会的参与者，是要强调它是工友自编自导的文艺创作，当然我们还必须考虑到许多其他构成性的因素。实事求是地看，“打工春晚”能够出现在北京，肯定有它特殊的文化氛围在里面。据我了解，最初是来自一些公益机构和基金会的人士给了“工友之家”很多帮助。如果没有这些帮助，“新工人文化”，尤其是“打工春晚”要办成也是有困难的。我发现多年来参与支持“打工春晚”的人来自各个行业，记者、教师、学者、律师、摄影师，还有一些国家公务人员，甚至还有普通汽车司机。另外，还有工友里面的志愿者，尤其还有许多普通的大学生。他们不仅只当观众，还做了很多实际的公益工作。从这一点来看，这个“打工春晚”能得以形成（甚至包括几次众筹），都是众多的构成性要素在起作用。可以说，是许多人在共同构建这样一种文艺形式。

要继续探讨“打工春晚”的构成，就得看看这六届“打工春晚”到底是怎么办成的。第一届和第六届，大家知道是在皮村比较简陋和寒冷的新工人剧场里举办的。中间的几届是在一些条件稍好的场所办的，而且与一些官方主流机构进行了合作。这种合作也是向全国进行的推广，因为对方有一些公共平台，“打工春晚”就进入了主流社会的视野。但是在这个建构过程中，也会出现一些相互磨合的问题。去年的讨论会上就有人提到过，我也访谈了一些策划组织者，这里面其实有一些我们不知道的非常难的博弈。这是我们今天讨论要注意的。比如说我们怎么看待那些出身于草根，但是已经成为央视“星光大道”或者“好声音”之类选秀节目推出来的“明星”，他们来“打工春晚”上唱的有可能还是老的民歌，甚至就是几百年来一直传唱的那种思想内容。那么，它作为一种娱乐文化，好像还是可以融入我们这个“打工春晚”的。但是我们还是可能多多少少会有一些疑虑：他们还是不是我们所说的“新工人文化”或者工友文化？有一些学者已经提出这个问题了。而且这个问题有的时候其实并不是一个简单的理念问题，据我所知，有的时候是电视台或者投资方的缘故，人家觉得这种节目就是跟工友有密切的关系，而且让这些草根明星来演，他们认为收视率和传播效果会更好一些，会受到更多人的关注。那么，“工友之家”在这种实际建构中间，不可能不做些妥协。今天许多导演就坐在这里，你们待会儿能不能给大家透露一些？我相信这里面还会有一些秘密的。

从总体上看，我们的研究就难在这儿。如果没有这些背后的真实的东西，在外围评论，不会有太大进展。去年研讨会时有学者就提出一些质疑，我觉得他的理论感很敏锐，但是因为没有这些背景性的材料，大家就容易造成不必要的误解。我们一般不知道实操的人会有多困难。当然，有些提批评意见的学者的观点也有参考价值。比如说到要在理论上对“新工人的日常生活”与“新工人文化”进行区分，“新工人文化”是要表现有阶级自觉和政治经济学自觉的那种文化政治意识，而“新工人的日常文化生活”则可以相对多样、活泼，甚至中性一些。我觉得这种区分是有一定道理的，但是具体到某一台晚会上，到底让哪些东西更多地呈现，这不一定完全是理念的事。当然我们可以做一些努力，因为每一次都是博弈和磨合。

我觉得“打工春晚”不可能每一次都可以完美收官，但每一次应该都有些新亮点，每一次都应该有一些重新整合过的提高了的东西。关于“打工春晚”的构成因素，我目前搜集到的和想到的就是这些东西。

另外，“打工春晚”能够有上面所说的那些特点，我觉得跟主持人也有重要关系。这一点大家也许都已经感觉到了。一开始用崔永元先生和沈金花老师来主持的时候，其实就是一个很好的组合。我们既把有社会知名度又理解工友心态的名人给请来了，同时还有自己的工友来配合，中间几届还搞了一些尝试，基本上都是在吸纳普通工友（或者工友服务机构的人）来参与主持。我觉得应该对这些主持人的主持风格做一些分析，为什么呢？因为刚才已经提到了，在目前的条件下要构建工友文化，还要向公众进行传播，在艰难的文化空间中进行传播，必须有高水平的主持人。“打工春晚”上的有些节目，由于反映工友现实生活，会有一定的情绪性，但工友直接抒发的这种情绪需要调和。在这个时候，我觉得崔永元的一些串词发挥了很好的作用，或者说他做的一些调整，还是非常到位的。刚才已经讲了，我们的“打工春晚”不是简单来诉苦和煽情的，所以主持人是需要把握火候的，需要将悲苦和欢喜的真诚情思交织在一起的东西，负责任地呈现给大家。

由于“打工春晚”的举办条件有限，道具和音响经常需要临时调节，这反过来倒给主持人留下了更长的串场时间。这些情况要是放在那些严肃、精致的“高大上”晚会上，就会被认为是瑕疵。“打工春晚”的主持人正好利用了这段时间来进行画龙点睛式的评判，有时候还对前面和后面的节目进行即兴点评。这其实也是一种很有效的气氛调节。大家看了崔永元主持的“打工春晚”后，一般都觉得比较过瘾，既不过火，又充分表达了工友的感情。这样的主持也使得晚会的情感比较饱满，还有一定的跌宕起伏，观众并没有单调的感觉。

下面我还要回到“打工春晚”的构成方式以及由此引发的争论这个话题上。这些争论我刚才已经提到了，这里再补充补充。据我了解，一些朋友首先提出的问题是：“打工春晚”的艺术水准需要提高。我个人认为这个问题可以提，但是将艺术水准和艺术上的精致度之类的话题单拎出来讨论，实际上是不现实的，也不符合“打工春晚”自身的特点。还有一些朋友觉得“打工春晚”的工人阶级意识还不够强烈，还不够有力量，特别是缺乏工人的斗争精神。这个我觉得许多导演在后面会有所回应，我也知道对这个问题的讨论要结合更多的因素，比如整个“打工春晚”到底要干什么？它能干什么？它有多大条件可以干什么？也就是说，必须考虑它得以生存和维持的客观条件。

去年我们讨论的时候，有几点是大家基本认同的。第一就是对“打工春晚”重要性的认识。大家普遍认为，它把大家平时零零散散在搞的一些“新工人文化活动”用一个舞台、用一个时间段跨地域地集聚起来，并且给大家一个展示的机会，一个难能可贵的机会。所以，有一些工友不惜辞工，千里迢迢来演“打工春晚”，这是别的文艺形式很难替代它的地方。“新工人文化”目前有很多的创造形式，但“打工春晚”可能是非常富有凝聚力的一种。我想，大家在强调“打工春晚”的这个特点的时候，一定要努力去发现这种组织形式所暴露出的一些真实难题，这些难题是什么？我想主要涉及工友们创造这种文化的难度。这困难不光涉及物理和物质条件，更多涉及工作时间与文化创造的机会，另外涉及工友自身的学习条件，这一切都构成了组织“打工春晚”时需要面对的真实困难。

这些困难很真实，需要我们从其他方面进行补充性的努力，才能逐渐克服。比如说，如果我们有更多的文艺创作小组的话，就可以激发很多工友的文艺创造潜质，从根本上提高文艺表演的质量。这是一项长期的工作。记得许多导演去年还提到，考虑在年中先要搞一个“打工春晚”的节目筛选，就像通过以前的艺术节那样的方式来遴选最终的节目。我觉得这都是特别好的想法。如果筛选放在十月份之前，工友们有了准备的话，那最后到年底集聚起来搞“打工春晚”的时候，肯定会给大家呈现一台更高水准的晚会。而且，这个锻炼和准备的过程也是非常需要的，工友文化建设最需要的就是这个成长的过程。在这一过程中让工友们切切实实地提高自己的文化水平，是很重要的事情。

还有一个我这两天一直思考的问题，还没有想好。我访谈了前三届“打工春晚”的导演王德志先生。他说话亦庄亦谐，他说，你们别老指责我们搞得不好，你看看工友们的现状吧，真没有多少人愿意学习那些深刻的东西。如果悲观地看，好多工友宁愿在工棚里玩手机，看“快手”，也不愿意读、写或搞文艺活动。当然，我也不知道人家看“快手”到底玩得咋样，我们不能一概否定。还有他们喜欢抽烟、打牌，不一定看讽刺时弊的相声或小品。所以我就要问一问："打工春晚"的受众到底是关注工友的人更多，还是工友本身关注更多？我亲身参加过四届现场，有些疑问。许多导演说，基本上各占到一半吧，工友肯定会占一部分。这又是我们面临的一个真实的困难，我们还得在工友中扩大"打工春晚"的影响。当然，我们首先要坚持，能坚持住就不容易了。今年的"打工春晚"更像是坚持，大家都知道遇到了极其特殊的困难，能坚持住这个平台，就非常难能可贵了。但是后边的话，如果我们还要接着做"打工春晚"，就会面临怎么吸引工友的问题。

这里似乎又涉及一个理论问题，伴随着刚才的这个问题我忽然想起来了。这就是：我们的工友到底有没有自己的娱乐文化？有一天与崔柯聊，他说如果用"娱乐"这个词来谈"新工人文化"，自己心里在打鼓，但是我觉得"新工人"也应该有一些娱乐文化。但是这个娱乐文化的特点应该是什么样子？我想很难定规则，但起码应该超越于文化工业和市民受众目前所热捧的那些东西，它应该是一种新型的娱乐。我把这六届"打工春晚"的视频大概看了三遍，觉得确实有一些好的节目，这些节目比较轻松地表达了"新工人"的一些文化政治诉求。如何在艺术中表现和驾驭工友们面对的生活困难甚至苦难，其实是最难的艺术。语言类节目目前已经出现了一些创作上的困难，比如要搞出喜剧或喜剧因素，就很难操作。因为要获得喜剧效果，一般就要与现场的受众在剧场有直接的呼应，我们为了让观众很快有笑点，就会采取一种脸谱化或者刻板化定型的手法，比如往往把工友讨厌的老板或大学教授弄得很怪诞、很夸张，或者给他们编造一些怪异的不良嗜好或动作什么的。换句话说，往往容易用一些漫画式的方法来勾起现场观众对他们的嘲弄，这马上就有了喜剧效果。但大家明显感到，如果多次用这种方法，作品的批判力就减弱了，这种来自底层民众的娱乐文化，怎样才能提高？估计是很难的。我这里想把这些问题先摆出来，给大家一些参考，期待大家后面的回应。

拉拉杂杂说得太多了，我尽快回到最后一个问题：这就是知识分子参与“打工春晚”的问题。前面我已经提到了，在北京能够诞生“打工春晚”绝不是偶然的。北京有一批关注国家、社会和公共文化建设的人，这是事实，这也许是北京作为首都的一个文化优势。这里总有一些自己并不富裕还爱操天下心的人，见到不少朋友有时候穷得要死，但是还心系天下。这也许不是什么缺点，当然也不能说完全就是优点。如果把这些问题挪到了“打工春晚”里面，可能就变成了：这些关注和关爱打工群体的知识分子到底能起什么样的作用，或者说有没有一定的界限？我跟“工友之家”的工作人员交流的时候，他们有时会用友好的、戏谑的方式来调侃我们这些所谓的“知识人”。记得有一届“打工春晚”里面有一个表现家政女工的节目，就对我们大学老师进行了漫画式的、挖苦式的，甚至“不怀好意”的表现。这从一个侧面其实也涉及我们这些人怎么去介入“打工春晚”的问题。

我记得第四届好像是云南师大的两个男同学合作唱了新工人艺术团的歌曲，第五届有一个北京高校的大学生社团参与了节目表演，自编自演了一个反映学校工友维护自己正当权益的小品。我觉得有这种开放性也很好，只要理念上符合“新工人文化”，可以让一些为

“新工人文化”服务的知识青年介入进来。再说好多大学生本身也是来自打工群体的家庭，参与这项为打工群体服务的文艺活动理所应当。所以这个那个身份的区隔，我觉得有时候很困难，甚至有时候也没有那么重要。尤其是在北京的人口比例里面，可能受过高等教育，或者是有条件接受高等教育的，比例相当高，如果他们愿意参与，“打工春晚”为什么要拒绝呢？当然了，许多导演他们肯定会很警惕这些“知识青年”。我前面也提到说，知识分子进入工友文化之后，有时候出的主意不一定是合适的，“工友之家”的人需要批判性地吸收。比如说，有些文化表达我们这些知识人可能觉得还是可以包容的，但“打工春晚”的组织者和工友文化骨干内部是不是也有不同的声音？比如我听到过有工友谈到对于一些表达女性观念的节目的疑惑。

我刚刚谈到了，女性主题是“打工春晚”的亮点。但是如果说这类主题太超前，可能又超出了有些工友的预期了。比如有些肯定个体女权的节目，甚至倾向于女性个体主义的捍卫，或者类似于崇尚女权的那些思想如果透露或透射出来，那一般的男性工友，或者是大部分工友们是不是可以接受？我们一些知识分子认为“政治正确”的文化表达，是不是就能够顺利地，或者说目前有没有必要那么明确地介入到“新工人文化”的表现当中去？我想，这些“政治正确”的文化最终还必须经过工友们自身的创造，这个磨合的过程是非常重要的。就跟我们搞文学小组一样，我们这些所谓的文学博士其实也只是一个陪伴者和交流者，我们不是什么教师，我们就是想让工友知道学文学的人是这样看待文学和社会阶层的变化的，给他们一些参考的视角而已。我们根本代替不了工友们的创作，也代表不了他们的心声，但是我们也可以给工友一些指导或批评。工友写的诗有他（她）们自己的特点，肯定也有他（她）们的局限。比如写苦难，我们到底怎么来看待苦难？我觉得这个问题对工友的文艺创作很重要，但我还没有想清楚。那些世界文学大师在他们的名著里也经常会写苦难，他们的处理方式为什么跟我们工友的处理方式很不一样？我们不能要求工友拔高自己的那种处理方式，但是我们也必须知道还有更好的，还有可能更宏大或者更深邃的处理方式。这个我们不能不告诉工友，不告诉是不负责任的。因为工友们不能总是局限于他（她）目前的那种生存状态去处理生活苦难。当然，达到这种认识，我们说着容易，但实际上是一个磨合的过程。我觉得知识分子与工友的这种交流是必要的，这个是可以包括在“打工春晚”和“新工人文化”里边的。

“打工春晚”基本上还是很受关注的，它的活力，它在我们现在这种文化结构里的重要性，就不需要我多谈了。我期待大家以后更多地去关注它、帮助它、介入它，因为我们每个人都有条件成为“新工人文化”的一部分，也都有责任成为其中的构成因素。我们总能想到更好的、更友善的方式，而不是用格格不入的方式去关注它甚至批驳它。

龚伟亮： 刚才孟老师对“打工春晚”做了详细生动的梳理，分享了自己的观察思考。但是也就像刚才孟老师说的，其实在知识分子群体，尤其是批判知识分子当中，在“打工春晚”和“乡村春晚”二者之间，其实更让人感到陌生的还是“乡村春晚”。因为“打工春晚”虽然边缘，至少它还在城市当中；但“乡村春晚”，确实需要我们到乡村去走一走、看一看，切身感受它的样态、情感和温度。

在这里我要首先感谢赵月枝老师去年和今年春节期间带我去浙江缙云，现场观看“乡村春晚”。至于总体的感受，也许是因为今年皮村的一场风波，使得今年的“打工春晚”有一种“凄风苦雨”的悲情感；相较之下，这两年我看“乡村春晚”的感受，可以很坦率地说，它是积极、蓬勃、向上的，充满生机和活力的。

这里也许又跟“打工春晚”形成一个比较鲜明的对比。因为我知道很早以前，大概 2013 年的时候，“打工春晚”曾受到团中央的支持，也就是说它一度是有国家的正面关注和介入推动的。而“乡村春晚”这边，在 2016 年，由文化部全国公共文化发展中心推动，中国文化网络电视对“乡村春晚”进行了直播。有了文化主管部门的推动和介入，感觉各种积极因素都被调动、整合起来。所以近年来，“乡村春晚”的发展速度超出了很多人的想象。2016 年 11 月，由全国 11 省百余位文化局局长、馆长、站长参与的全国“乡村春晚”百县联盟单位骨干培训在丽水举办。2017 年 1 月，由文化部全国公共文化发展中心、丽水市人民政府、全国“乡村春晚”百县联盟主办的“2017 年全国‘乡村春晚’百县万村网络联动”在缙云开幕。“乡村春晚”可以通过各种终端、APP、微信等渠道实现一个更大范围的，覆盖二十几个省市的网络直播。可以说“乡村春晚”在近年来，尤其是近一两年来，它的发展确实是朝气蓬勃、欣欣向荣。也确实到了需要对“乡村春晚”这样一种公共文化现象给予更多关注和讨论的时候。

很多人并没有机会置身“乡村春晚”的现场。我有几幅照片，主要是有关2016年浙江缙云官店村的“乡土戏剧春晚”和2017年缙云榧树根村的春晚，让大家简单地感受一下这个现场。官店村相对于榧树根村有一个优势，它是一个婺剧特色村。村里的婺剧演出传统由来已久，据说村民们“卸了戏妆能下田，上了舞台能唱戏”。缙云县官店春晚是去年被丽水市挑选出来面向“一带一路”21个国家和地区进行网络现场直播的四台“乡村春晚”之一，所以它又具有缙云优秀“春晚”节目汇演的性质，在舞美灯光、艺术水准上显得更为精致一些。

“官店春晚”上有一个节目叫《老鼠娶亲》，是一个婺剧小戏，可看性非常强。《老鼠娶亲》是一个民间传说，在很多民间文艺形式里对它都有改编和发挥。这个小戏讲的是一个城市打工仔——也就是戏里的城里老鼠，托媒人做媒，迎娶乡下老鼠。城里老鼠接新娘的时候，跟新娘反映城里种种不“宜居”的生活状况：雾霾、交通、环境污染、没有尊严等——这里可以看到两句台词：右边是“家家安装防盗门和窗”，左边是“雾霾日子实难当”——于是两只老鼠决定留在乡下靠劳动创造美好生活。一会儿我会针对这个节目多说两句，但是大家可以想到，在“乡村春晚”这样一个舞台，具有城市生活经验的乡村青年以这样一种批判视角，对城市生活表达疑义，对靠劳动创造价值的乡村生活美好愿景表达期待，其中的文化主体性和文化自信的意味是很强的。

下面是缙云县榧树根村春节晚会的几幅照片——这个村的名字就特别具有“草根”气息。演出场所和“官店春晚”一样，都是在文化礼堂，但它是一个露天礼堂，而且刚刚落成。这是它的节目单，包括开场舞——也是有一点模仿央视春晚的结构，以《难忘今宵》来结束。

晚会的演出形式包括舞蹈、歌曲、小品、非遗传承表演、魔术、三句半、戏曲等。这是榧树根村春晚小品《烛光里的妈妈》，它讲的是一个乡下母亲，丧夫后含辛茹苦把小孩养大，供他去城市上学。结果儿子在城里娶了媳妇忘了娘，只记得给媳妇过生日，忘了老妈是同一天生日。后来在乡下养猪的这位“不肖子”的亲弟弟到城里来给妈妈过生日，看到母亲在哥哥家遭受的吆来喝去的待遇，就很自信地把城里的哥哥数落一顿，要接母亲回乡下。结局是这个媳妇被母亲的宽容所感动，跪地忏悔。从伦理价值上，我们可以看到它跟传统戏曲所弘扬的孝道伦理一脉相承，但是更重要的，是这里头有一种对不平等的城乡权力关系的鞭笞。

简单看过几幅照片之后，接下来我想从“乡村春晚”的角度，以浙江丽水春晚为例，来谈一谈乡土文化的复兴和中国文化软实力的建设。赵月枝教授在去年和今年有关“乡村春晚”的访谈对此有更详尽的论述。

说到乡土文化复兴，我想到法国人孟德拉斯在《农民的终结》中讲到的“农民救世说”，认为农民阶层保持的永恒价值，为未来世界的建立提供了基础。吕新雨老师在讲到此书时，认为世界范围内乡村社会以不同方式进行复兴，是面对资本主义全球化发展之后，我们必须探索的自我解放之路。这提醒我们，这是区别于许多唱衰乡村、抹黑农民的媒体叙事，来自思想界的不同声音。而说到中国乡村，在农村严重分化的现实之下，我们已很难期待有一个统称的“乡村”可以作为一个有效的指代。就像贺雪峰说的，已没有一个统一的“农民”。同样的，由于这种分化，我们也应对任何有关中国乡村的全称叙述保持警惕。

其实“乡村春晚”的最早形式，就是过年期间，父老乡亲聚在一起，吹拉弹唱、手舞足蹈，老少爷们图个乐呵。而浙江丽水的“乡村春晚”确实久负盛名。很多人有所耳闻的月山春晚，就是丽水市下面一个村庄的春晚（不是缙云县的，是庆元县的）。月山春晚的起源最早可追溯到1946年；从连续举办开始算的话，也可以追溯到1981年，至今已经持续37年。从这个意义上讲，它比央视春晚的历史还要悠久。

丽水本身的民间艺术氛围浓厚，从我们掌握的2016年的数据来看，去年丽水全市自办的“乡村春晚”达到772台，也就是全市2760个行政村中接近30%的村庄都办了自己的春晚，参与群众达到上百万。

首先第一部分，我想以“官店春晚”为主，结合榧树根村春晚谈一些印象和感受。直觉的感受是，它确实散发着浓郁的乡土气息，而且是传统与现代的结合，是有机的、多样的和积极向上的。

官店村的春晚叫“乡土戏剧”春晚，看起来是传统的，但吸收了很多现代的元素，像文化礼堂外面有大屏幕，再运用现代技术手段进行直播。内容上，它有不少现代戏曲和反映现代生活的曲目，有很多现代词汇和现代乐器的加入，有非常现代的舞美灯光。还有整台晚会的价值观，是反映现代情感和具有引领性的。我们有时说到农村的陈规陋习、封闭落后，好像农村是封建意识的堡垒；而从“官店春晚”我们看到，它的这种戏曲形式里没有什么封建落后的东西，看完之后觉得非常喜乐、提气。

而且即使从女性的恩格斯所讲的“衡量普遍解放的天然尺度”来看，与通常我们对农村的男权中心的认知不同，在“官店春晚”，实际上凸显更多的是女性，是女性的智慧、美丽和勇敢。例如开场的婺剧器乐合奏和结束的《杨门女将》选段，都是女性占据舞台中心位置；而且不但在舞台上如此，在幕后女性也占据重要地位。像开场前登台讲话的官店村委会主任是女的（前面看图片时，榧树根村春晚的编导，那位在开场前对春节返乡的大学生主持人做最后叮嘱的也是一位女支书），还是外村嫁过来的一个年轻媳妇，兼村委文化委员的村妇女主任在晚会的组织方面也起到了很重要的作用。可以看到，无论是台上还是台下，性别政治和性别表达都是很正面的，所呈现的不是一个固化的传统乡村。无论从手段、内容、精神到性别观念，这台春晚都是现代的。

另外一个就是这台“村晚”的群众性和有机性让人印象很深刻。官店村“乡土戏剧”春晚的有机性首先在于，对这个婺剧特色村来说，戏剧本身是有机的。而婺剧又是缙云本土的戏曲品种，是县里重点扶持的文化品牌，在演出的形式和内容上，这种有机性表现为与本地的乡土生活紧密结合。例如末尾压轴的节目《杨门女将》，不仅是本村编排和本村人主打演出，而且凑巧的是这个村本身就以杨姓为主。这就与对央视春晚的批评联系在一起了——这些批评简而言之，是说它已经无机于这个社会。我不记得是许多老师还是孙恒老师说过，央视春晚不好看，好像与我们无关。而“乡村春晚”，的确是村民们自己的春晚。

“官店村晚”上的戏剧形式多种多样：有传统戏剧，有现代戏剧，有《沙家浜》这样的红色京剧，有将相之家的故事，也有民间草根的故事；总体上是传统婺剧的唱法，但其中也结合了京剧和越剧选段，在《老鼠娶亲》里甚至有段踩着锣鼓点的街舞，结尾还以通俗歌曲《我想有个家》点题。所以，虽然是乡土戏曲，但它从内容到形式都是多样的。

总之，从我们的观感而言，丽水的“乡村春晚”之所以能成为一个特色文化现象引来众多关注，就在于我们能从这里看到一个居于主体地位的社会存在。

但同时，当我们讲“村晚”有机于村庄共同体时，也不能走向另一个极端，认为它完全是凭一村之力，没有任何外部力量支持。比如，我们在缙云看到的“村晚”通常在文化礼堂举办，而文化礼堂建设，本身就是浙江省文化建设的一个重要工程。这些礼堂大部分是以毛泽东时代的大会堂为历史原型进行改建、重建，是一项试图重新占领农村文化阵地、丰富农村文化生活的系统工程，它为“乡村春晚”的蓬勃发展提供了重要物质基础。还有比如缙云县财政对婺剧的扶持，以及像这样的“村晚”活动也会得到政府文化部门的指导。“官店春晚”上那台让人印象深刻的婺剧小戏《老鼠娶亲》就是县文化馆的原创，在其创作过程中还与省文化主管部门有互动。所以，不是说这里的“村晚”就是完全内生的、纯粹属于村庄共同体的，实际上政府是有角色的，国家权力是有角色的，要知道，官店村作为浙江省的文化示范村，是得到省级重点扶持的。还有，这台晚会是通过国家文化部下属的中国文化网络电视台联合丽水市文广新局进行全球直播的，作为国家保障，直播时文化礼堂后面就停着一台巨大的国家电网应急车，这是国家在场的一个很形象的表征。

所以，不是说要不要国家角色的问题，也不是先入为主地认为只能对国家权力进行批判，关键在于权力的政治性质和导向，以及权力在什么样的层面和以什么样的形式来发挥作用。

第二部分，我想结合《老鼠娶亲》这个节目，讲一下乡村衰败的论调所可能反映的知识症候。

婺剧小戏《老鼠娶亲》以老鼠的视角对城市中心主义做了批评，演出了乡村新一代在城市生活经验基础上对乡土生活的新认知和自豪感。这种情感与认知，既不同于官方话语的歌舞升平，也不同于中产阶级思乡病式的浪漫想象，更不同于乡村衰败的大众媒体叙事。当它以诙谐的形式，从农民口中，在农民"乡村春晚"的场合，做出这样自信的乡土文化表达，这恐怕是超出大部分知识分子想象的。

《老鼠娶亲》的确反映了乡土的某些层面，但它不是一个本质化了的乡土，它已经是新 代的农民、城市打工者，经过城市化的洗礼，借用老鼠的口吻对什么是好生活的反思和选择。其中的台词"如再留恋城市不搬家，吾等鼠辈迟早要灭亡"，待在城市里"有了条件没了尊严"等，表达了一众城市人群的痛彻领悟。我想到"打工春晚"几年前有一个儿童朗诵节目，叫"北京，我来了"，当时主持人崔永元建议他们第二年再表演一个朗诵，叫"北京，我爱你"。后来确实又有了一个新的朗诵节目，但是叫作"再见了，北京”。这个故事合起来，可用一句歌词概括：“北京，想说爱你不容易。”也就是说我们都感同身受于城市生活的种种压力和不幸福感。在这个基础上，《老鼠娶亲》的主人公转而向往“青山绿水，蓝天白云”“自力更生，艰苦奋斗”的乡村生活——这其中当然也传达了一个很重要的价值，就是歌颂劳动。

所以这个节目从引领的角度，既有现实主义精神，又有非常明晰的引导意义和未来指向。它出于现实，又高于现实。这出有趣的婺剧小戏，让我们看到乡土文化的传承是一个现代化的、流动的农村文化在交流中生成的过程，是新文化创新、融合的过程，在这个角度上以及在许多角度上，这都是一个“有希望”的过程。只是有些时候这种“希望”，有人会讳于说出口。

由《老鼠娶亲》这个节目，我也想到现在很多学者总在讲一个很严重的问题，就是“农二代回不去”的问题，认为阻梗在城乡之间“上不去，下不来”的为数巨多的新生代农民工，是未来中国真正的危机。恰恰这个出现在“乡村春晚”上的节目，启发我们看到基层现实的另一面，就是农民工二代的自我觉醒和他们对乡土价值的重新认知。事实上，新“返乡潮”已经成为一个或主动、或被动出现的社会现象。这时候，学术的和文艺的引领作用就很重要。呼号“回不去了”的消极主义姿态未必就是忧时济民情怀的正确打开方式，许多人愿意在“实践的唯物论”意义上讲毛泽东哲学，但不要忘了在前面加“能动的”三个字（“能动的实践的唯物论”）。

现在许多商业化媒体上有一种带有高度预设性的乡村凋敝叙事，以一种城市中心主义的猎奇心理，炮制农村“礼崩乐坏”“人间地狱”的衰败形象。而且出现了明显的“左右合流”，对农村凋零的痛感叙述，成为批判知识分子的“政治正确”和整个知识界的“规定姿态”。

“三农问题”绝非空穴来风，但衰败到丧失希望的农村，只能代表一部分乡村。在剧烈城乡分化、乡村内部分化的背景下，“乡村”“村庄”“农村”这些词除了在相对于城市的意义上使用，本身已经没有太多的描述意义了。

知识分子有关乡村衰败的写作，在态度上大多是严肃真诚的。但在媒体上以“真实农村”“真实中国”为名义展现时，作为一个传播现象，只能凸显城乡对立的意味。去年黄灯老师《一个农村儿媳眼中的乡村图景》影响很大，我在缙云当地媒体上也读到一篇嫁到缙云壶镇的媳妇，对缙云民俗和缙云生活的正面讲述，文笔同样细腻，感情同样真挚，她觉得生活在其中如鱼得水，非常幸福，但这种叙述不会引起媒体和知识分子的广泛关注。这样说不是对“农村儿媳”一文的批评，它当然是一种体现知识分子良知的表达，毋宁说问题是背后的媒体传播机制和知识分子意识的选择和接受。

所以，我在这里是想说：不能只看到负面的东西，仅满足于悲怆的良知表达，或是以一种“摇椅马克思主义”的方式来想象问题；要看到政府的可能、民间的可能、政府和社会互动的正面的可能、看到农民自己的创造性。此时此刻，媒体、知识分子（左翼也好、右翼也好）怎么样来看农村，以什么样的学术和什么样的舆论来引导，是尤其重要的。

第三部分，我想就“乡村春晚”与“央视春晚”的关系谈一下其中反映出的乡村与国家的关系。

就“乡村春晚”与“央视春晚”的关系而言，在文化与社会有机联系的意义上，也许“乡村春晚”比“央视春晚”要更能代表文化的本来含义和“春晚”本应扮演的角色。刚才也说过，丽水的“乡村春晚”甚至早于“央视春晚”；而且“春节”，从本义上就是一个农业社会的节日，用赵月枝老师的话说，中国农民和中国农村应该重新成为春晚的主人，进而重新成为中国春节文化的主人。

当然，尽管存在鲜明对比，但也不能因此就把“乡村春晚”与“央视春晚”对立，以及潜在地把乡村和国家对立。

一方面，很多“乡村春晚”实际上是受了“央视春晚”影响（例如榧树根村春晚对“央视春晚”结构的模仿），加上政府文化部门的有意扶持，才蓬勃展开的。央视春晚作为一个被模仿的对象，在“综艺晚会”的形式上起到了示范作用。另一方面，我们看到的官店村“乡土戏剧春晚”，它不仅是“乡村的春晚”，也是“国家的春晚”。例如它在开场视频中使用了大型电视晚会上常见的类似北京故宫大红门的视觉符号，实际上就有代表国家的意味。有人可能因此批评“城市视角内在化了乡村春晚”，“乡村春晚”在内容和主题上复制城市中心主义视角的现象也是有的，这反映了城市中心主义话语霸权的影响。但具体到我们看到的官店村春晚和榧树根村春晚，我们从整场晚会上并没有看到这个问题。

在乡村与国家的关系上，前面已经讲过，这已经是“层层国家”在场的乡村，是一个有强大的国家在场的乡村，官店村的这台“乡村春晚”当然也是国家行为，是这个国家文化建设的一部分。

更何况，官店村的“乡村春晚”面向“一带一路”国家进行直播，这个直播的技术形式也很关键。如果说“央视春晚”是从北京通过电视网络往乡村和世界发出，官店村的“乡村春晚”就是从乡村往整个国家和世界发出的，虽然与“央视春晚”不在一个平台，却是一种基本平等和互动的关系，且同样代表“国家形象”。这是乡村在通过现代转播技术手段向国家喊话，尽管双方有强势和弱势，但却不再是一种居高临下的单向传输，而是一个双向的“回望”和“回话”的关系。这里存在的是已经全球化的、有国家重新介入的乡村。这是一种有意思的新型的乡村与国家的关系、城市和农村的关系，不能把城市和乡村僵硬地、本质化地对立，它们都是这个国家不同层面的部分。

就“央视春晚”自身的脉络看，它也曾有朴素的形式和共享的价值。我们现在对20世纪80年代春晚的怀念，正是怀念它曾有的朴素、真切、平民化，或者说它的有机性。而我们今天对“乡村春晚”的欣赏目光，多少就带有点“礼失求诸野”的意味。

由于文化生产机制上的城市中心主义，“央视春晚”这些年真正反映农民视角的节目少之又少，缺少真正触及城乡关系的内容，更不用说对此进行正面引导了；而以去年春节期间的表现为顶峰的，以城市中产和小资人群为主的集体唱衰乡村的微信朋友圈里的“民间舆论”，则在一片恐慌和悲鸣中，又看不到或不愿看到任何有正面意义的农村现实和具体实践。既不同于“央视春晚”的“置之不理”，又不同于“民间舆论”的“耸人听闻”，恰恰是“官店春晚”上《老鼠娶亲》这个节目在这两者之间，以一种农村女把到了城市的打工仔“倒插门”“娶”回农村的情节设置，反转了城乡关系和传统婚姻关系，给我们带来既直面现实又富于建设性和进步意义的文艺启迪。在这种对比中，我们可以看到国家与社会的张力，看到城市社会与乡村社会之间究竟哪个更有希望，看到所谓悲天悯人的人道主义情怀在今天的局限性。而且正是在这个意义上，我们可以重新提炼软实力在乡土中国和在更广义的民间的意义。

最后，我就从“软实力在民间”的角度略讲几点。

我们通常把“软实力”和“国家形象塑造”放在国家力量和战略传播范畴里谈，好像一提到“向世界讲中国故事”，就得搬出章子怡、姚明，就要把广告打到纽约时代广场，这其中没有乡村的位置，像“乡村春晚”“打工春晚”这些民间文化也通常被忽略。但是从文化是有机的，是日常生活的一部分，也就是雷蒙·威廉斯所定义的文化的角度来看，真正的文化软实力恰恰在乡土中国。如习近平总书记所讲：“耕读文明是我们的软实力。”这里的“耕读文明”既不是一幅陶渊明式的文人隐居图景，也不是一个高高在上的抽象理念，它在全部意义上就是追求一种物质与精神生活相平衡、脑力与体力劳动相结合的理想生活方式。

把文化和生活分开，把文化与大众分开，这是带有精英主义做派的对文化的误解，也是商业媒体和商业逻辑劫持文化的结果。实际上，只要我们回到乡村，置身乡土文化实践，就容易意识到，我们平常在学术界所讲的“文化研究”是多么肤浅、多么脱离社会，尤其是脱离乡土社会，那充其量就是流行文化研究或者说是对商业媒体产生的文化的研究。文化研究应该另有一个天地，这个天地就是乡土文化的研究，而这个乡土文化正是中国软实力的根基。

另一方面，我们说软实力在民间，最重要的原因是如黄平先生指出的，追求文化软实力的关键不是如何走出去影响别人，而是我们有一个自己视为天经地义的、理所当然的文化伦理格局，广大人民身在其中，自得其乐。也就是说文化软实力的首要目的不是追求霸权，而是我们自己有一种怡然自得的生活。前面也给大家看过榧树根村春晚的观众照片，我们可以形象化地思考什么叫广大人民“身在其中，自得其乐”。正是在这个层面上，我们来提炼软实力的意义，只有怡然自得的生活和格局，才会自然而然地对其他文化产生感召力和吸引力，只有这种对文化软实力的追求才能与中国传统意义上的“王者之道”和“修文德以服远人”衔接起来。

在《老鼠娶亲》的戏剧里，我们看到了新一代农民身上那种自豪感和自信感，他们说在城里没有尊严，像“过街老鼠”，他们说“我们要回到乡村”，在这里可以创造怡然自得的生活。在此意义上，从“软实力在乡土中国”可以进一步引申出“软实力在民间”，这个“民间”就是城乡人民对怡然自得的生活的向往和创造这种生活的信心和理念。而且如我们前面提到的，他们创造这种生活的信心的来源是“自力更生、艰苦奋斗”，是劳动——这才是真正的社会主义中国的软实力。也就是说，中国的软实力不是要让我们重复美国的老路去搞权力外交和文化侵略那一套，是我们自己有一个怡然自得的生活，有一个大家都能过得好的生活。

我还想补充指出的是，浙江农村公共文化建设确实比较先进，这也离不开浙江本身作为一个经济发达省份的有利条件，毕竟浙江农民的人均收入在全国名列前茅。但是我们去的丽水市缙云县恰恰是一个位于经济落后地区，还没有脱去“欠发达”帽子的山区小县。我们一再强调农村的分化，这里是想说，浙江缙云的乡村情形，并非只是处于触不可及的顶端位置的“精英”乡村的图景。

（根据速记整理，经过本人校订）

第七十期

裸贷、苍井空

——新媒体时代的另一面

主持人： 陈国战（首都师范大学文化研究院）

主讲人： 盖　琪（首都师范大学文化研究院）

潘佼佼（北京大学新闻传播学院）

时　间： 2017 年 3 月 30 日（星期四）14:30—18:00

地　点： 中国艺术研究院研究生楼 6208 会议室

主　办： 中国艺术研究院马克思主义文艺理论研究所

编者的话

21世纪第二个十年以来，随着移动互联网的爆炸式发展，新媒体对于普通人日常生活的影响已经到了细致入微、无所不至的程度。一方面，新媒体重塑了文化、经济乃至政治的具体形态；另一方面，在光鲜背后，新媒体的影响也极为复杂，有着众多不会被轻易察觉、感知的晦暗面。2017年以来，由非法互联网金融产品导致的裸贷事件，就引发了社会各界的广泛关注，充分暴露出移动互联网时代的阶级、性别、技术等多重困境。裸贷事件的出现并非偶然。最近几年，以苍井空等为代表的非法淫秽影像中的人物符号，不知不觉地在中国的互联网公共空间登堂入室，甚至大摇大摆地形象代言众多互联网产品。这些光怪陆离的现象标示着新媒体时代的另一面，同时也未尝不是我们这个时代的一个缩影。

本期论坛正是试图通过对裸贷、苍井空现象的深入分析，来探讨当前新媒体时代的经济结构、性别关系、技术逻辑之间的复杂互动关系，以寻求一种更全面、辩证、有机的认识，为理解当下，瞻望未来，做出有益的探索。

陈国战：最近几年，随着移动互联网时代的来临，微博、微信等社交媒体越来越融入人们的日常生活，受到了普遍欢迎，刷屏、点赞、转发已成为很多人的日常必修课。尤其是对于很多年轻人来说，在朋友聚会上每个人都低头不语，却通过手机、平板电脑等与不在场的“朋友圈”进行交往，已成为一道颇为讽刺却司空见惯的风景。社交媒体的流行，固然受惠于智能手机、平板电脑等移动智能终端设备的普及，但同时也离不开当前社会大众文化需求的助推。因此，通过考察社交媒体上的文化生态，我们不仅可以发现网络交往的演变趋势，而且可以窥见当前中国社会的一些突出症候。

社交媒体带来的一个突出变化，是网络交往日益朝着非匿名化的方向发展。这里所说的“非匿名化”，指的是网络交往呈现出的一种自然发展趋势，与国家或网站强制推行的实名制管理要求之间并无关联。同时，非匿名化也不同于实名化，“它大抵处于匿名性和实名性之间：你不确切地知道某人的名字和身世，但大体能判定他所处的社会层次、所属的群体”。在网络交往中，一个人不必使用自己的真实姓名，依然可以给人留下辨识身份的线索，比如，早些年在网络上活跃的“芙蓉姐姐”“流氓燕”等都没有使用自己的真实姓名，但这并不影响我们判断她们是谁。

很多人都还记得，在互联网出现早期，它主要被用作一种与陌生人进行匿名交往的工具。在网络虚拟世界里，一方面，人们可以遇到不同地区、不同阶层，甚至不同国家的人；另一方面，人们可以扮演一个与自己的真实身份完全不同的角色，并随心所欲地塑造、伪装、更换自己的身份。如此一来，互联网就为人们带来了一种全新的交往体验，并为人们建立起一个远离现实世界的乌托邦空间。正是由于这种原因，匿名性受到早期互联网用户的普遍欢迎，很多人都在网络匿名环境中流连忘返、乐不思蜀，并热衷于利用网络结交那些在现实世界中永远也不可能谋面的人。此时，网络空间被人们想象成为一片远离现实纷扰的乐土，在其中，人们可以像波德莱尔笔下的城市浪荡子一样摆脱羁绊，自由穿行。也正是在这种背景下，网聊、网恋、约见网友等社会现象一度引起人们的热议。

仔细辨析可以发现，人们通常所说的网络匿名性其实包括两个方面的内涵：一方面，它是指网络交往的去身体化特性，也就是说，在网络交往中，人们彼此之间既看不到对方的表情和容貌，也听不到对方的声音和语气，而只能依靠屏幕上闪烁的文字和符号呈现自我并感知对方。另一方面，它是指网络身份的虚构性，在网络空间中，人们不仅可以虚构一个与自己的真实身份完全不同的身份，而且可以像更换面具一样随时更换自己的身份。正如马克·波斯特所说，一个人同他在网络空间中的身份分离开来——他成为自己身份的作者，而他的身份则成为他为自己建构的一个角色。

对于公共讨论来说，网络匿名性的优势是显而易见的。一方面，由于其去身体化特性，它不仅可以解决公共讨论的规模问题，而且可以消除各种基于身体特征的排除和歧视，有利于实现平等的交流。另一方面，由于它允许人们虚构自己的身份，并随时更换自己的身份，所以它鼓励人们更大胆地说出自己的真实想法。根据2007年发布的一份研究报告：在中国青少年中，有79%的人认为网络匿名表达能够让人更真实地说出自己的观点，73%的人表示在网络上他们能够更加自由地说或做一些他们在现实中不会说或做的事情。

然而，互联网不仅仅是一个公共交往平台，同时也是一种私人交往工具，随着互联网越来越深地融入人们的日常生活，尤其是随着社交媒体的出现，它的私人性质也变得越发突显。如果说对于公共交往来说，网络匿名性的优势是显而易见的，那么对于私人交往来说，它带来的困扰同样也非常明显。正如罗伯特·帕特南所说："在虚拟世界里，匿名性和流动性都带来了'随进随出''匆匆而过'的关系。电脑互联通讯的这种散漫性正是它得到一些网民欢迎的原因，但这也抑制了社会资本的形成。如果人们可以随进随出，那么承诺、信任、互助等关系就发展不起来。"迈克尔·海姆也认为，脸是责任的源泉，缺少了面对面的交流，人与人之间就很难形成一种义务感，"肉眼是建立信任的邻居的窗口。没有人脸的直接经验，伦常的知觉便缩减了，而粗鲁却进来了"。因此，随着早期那种具有乌托邦色彩的网络交往逐渐失去新鲜感，人们越来越感到，在网络匿名环境中，人们来去匆匆，一别永年，不能建立起牢固而持久的联系，不能给人带来实实在在的安慰。于是，在匿名交往的新鲜感过后，各种非匿名化的“熟人社交”越来越成为网络应用的主流，从早期的BBS、QQ，到后来相继出现的博客、微博、微信等，我们可以明显地发现这一变化趋势。

网络交往的非匿名化趋势，还源于表达与倾听之间的失衡。美国学者欣德曼提出，“说”和“被听到”完全是两码事，在网络匿名环境中，尽管每个人都可以“说”，但只有很少一部分人的声音能够被人听到。他发现，“在今天的美国，尽管数以百万计的美国人都拥有博客，但是，那些读者数量能够超过一张普通大学校报的博主只不过有寥寥几十人”。对于大多数人来说，无论他们发布的内容有没有价值，他们的博客都很难得到别人的光顾，长此以往，他们的表达积极性就势必受到挫伤。还有人做过统计，2005年3月，在美国最受欢迎的前5000个博客中，排名首位的博客独自就占有10%的访问量，而前5名一共占有28%的访问量，前10名则几乎占到了总访问量的一半（48%）。这项研究只是对一些排名靠前的博客进行了统计，如果我们把目光移向末端，就会发现其实有很多博客都几乎无人问津，即使那些博主勤于更新，并的确发布了一些有价值的内容，也只能偶尔捕捉到一些匆匆而过的游客。

在很大程度上，正是因为人们对匿名环境下的个人表达难以到达受众、难以构成一种“有效传播”感到沮丧，才为各种非匿名化交往方式的兴起准备了条件。非匿名化交往的不同之处在于，它能将人们在现实世界中业已建立起来的各种社会关系带入网络空间，并将人们的线上活动与线下活动协调起来。如此一来，即使一个人的发言毫无意义，也不致石沉大海、毫无回音，而是通常可以得到熟人的关注、点赞或评论，这无疑会给人带来更强的表达功效感，也会激发人们的表达欲望，使网络空间真正呈现众声喧哗之势。

与网络交往的非匿名化发展趋势相一致的，是网络空间私人性的突显。在互联网出现早期，它通常被人们设想成一个公共空间，在对这一空间进行研究时，阿伦特、哈贝马斯等人的公共领域理论是人们经常会使用的理论资源。很多人热情洋溢地预言，互联网将建立起一种新型的公共领域，促成由代议制民主向参与式民主的历史性转换，在他们看来，“这些技术标志着启蒙运动的高潮，将会终结财富与权力的不平均分配，为世界范围内的电子广场的实现铺平道路”。由此之故，早期人们经常会用“沙龙”“咖啡馆”“论坛”等来命名网络空间，不难看出，所有这些命名都是公共领域的重要隐喻。

然而，随着互联网的发展，虽然它的公共性得以保留，但与此同时，它的私人性也越发突显。如今，它已不仅仅是一种服务于公共交往的媒介，更是一种服务于人们日常生活的工具，比如，对于网购者来说，它是一个巨型的商场；对于网游族来说，它是一个奇妙的游乐场；而对于更多的人来说，它则是一种便利而廉价的社交工具。尤其是在各种社交媒体出现以后，互联网的社交属性越来越突显。很多人热衷于把自己的一举一动都发布到网上与人分享，如果在匿名状态下，这些闲言碎语几乎不可能得到别人的关注和回应，但由于社交媒体上的好友很多都是现实生活中的熟人，所以即使人们发出的只是一声叹息，也常常能够得到众多好友的嘘寒问暖，而这又反过来增强了他们的表达欲望，使网络空间的私语化特征愈演愈烈。

网络空间私人性的突显，是互联网发展和普及的自然后果。早期，由于接入成本和使用门槛的限制，互联网只属于少数社会精英分子，它的用途也比较单一，主要用以满足共享和交换信息的需要。随着互联网使用人群的扩大和下移，网络空间逐渐被打上了中产阶级文化的色彩，有知识的年轻人成为网民的主体，对于他们来说，网络空间就像咖啡馆和沙龙一样，为人们提供了精神栖息之所。到了今天，互联网在很大程度上已经普及，与此相伴随的则是网民结构的低学历化和低龄化。有数据显示，“1998 年，全国网民中超过四分之三（76%）是大学或研究生学历，高中学历占 17.1%，初中及更低学历只占 6.9%”。而到了 2008 年，虽然全国人口教育程度普遍有所提高，但网民的教育水平分布却出现了相反的变化，“大学及以上的比例由 76% 陡降到 27.1%，由原来占四分之三的绝对优势降到只有大约四分之一，而且是三个教育层次中比例最低的人群。高中的比例翻了一倍多，达到 39.4%，成为三个人群中最多的。变化最大的则是初中或更低学历的网民，他们从十年前的 6.9% 暴增到 33.4%，在比例上增加了几乎 5 倍”。互联网的普及以及网民结构的低学历化和低龄化，势必对网络空间的文化生态造成直接的影响。如果说网络空间曾经被视为一块远离现实生活的飞地，那么如今它已经与现实生活水乳交融，密不可分。与此同时，网络交往的功能也变得多样化了，它既能给人提供参与公共讨论的机会，同时也能满足人们寻求情感慰藉的需要，对于一些人来说，它甚至成为一种塑造个人形象、打理人际关系的手段。

随着网络空间私人性的突显，它与公共领域理论之间的错位也就变得十分明显了。不管是在阿伦特那里，还是在哈贝马斯那里，公共领域和私人领域之间都存在一条明确的界限，不能相互逾越。阿伦特认为，在人类事务中，有一类是必须公开显现的，而另一类则必须隐藏起来，在理想的状况下，它们之间的界限与公共领域和私人领域之间的界限是重合的。她提出："许多东西无法经受公共舞台上由他人持续在场所带来的无情而耀眼的光芒，因而，只有那些与公共领域相关、值得被看到或听见的东西才能进入公共领域，从而与它无关的东西就自动成为了私人事务。"有一种常见的误解认为，阿伦特贬低私人领域而抬高公共领域，其实不然，她认为，私人领域中的活动不仅为人进入公共领域准备了条件，而且一些对于人类来说弥足珍贵的东西也只有在私人领域中才能得到完好保存，如爱情和善行，它们一旦进入公共领域，就不仅会造成自身的变质，而且还会对公共领域形成破坏。阿伦特之所以对公共领域和私人领域进行严格界分，并不是为了做出孰高孰低的价值判断，而是为了强调二者之间存在着不可逾越的界限，不管是私人事务向公共领域的入侵，还是公共事务向私人领域的撤退，都是十分危险的。在哈贝马斯那里，公共领域是处于国家和社会之间、公共权力和私人利益之间的一个独立交往空间，它既要严格警惕国家权力的干涉和控制，又要时刻提防私人利益的侵入和腐蚀。从这一角度看，他批判大众传媒的根本原因正在于，在私人利益和国家权力的双向夹击下，大众传媒已经完全失去了自己的独立性。在此，哈贝马斯实际上是想要在国家权力和私人利益之间为公共领域圈出一片纯净的天地：向上它要同国家权力保持距离，向下它要与私人利益划清界限。

在阿伦特那里，“公共”有两重含义：一是公开可见，一是与公众相关。按照这种标准，网络空间的矛盾之处在于：一方面，它是公开的，能够被所有其他人看到；另一方面，它所呈现的又不一定是与公众相关的“普遍问题”，我们不能判定所有与公众无关的私人事务都没有进入网络空间的资格。如此一来，网络空间就既不完全是一个私人空间，又不完全是一个公共空间，我们不能要求所有的网络发言都符合公共领域中理性协商的标准。

在这一问题上，我们正面临着巨大的难题。比如，2013 年 7 月 21 日，女歌手吴虹飞的一条微博引起轩然大波，她在微博中戏称：“我想炸的地方有，北京人才交流中心的居委会，还有 ×× 的建委……”次日，吴虹飞被北京警方带走，并最终因发布威胁言论被行政拘留 10 天，罚款 500 元。同样是在 2013 年，维珍航空公司的两名空姐因为在转发微博时抱怨公司的飞机餐难吃、量又少，遭到公司解雇，而法院判决最终支持了公司的决定。而在此之前的 2011 年 2 月，汕头市中医院医护人员李某也吃到了同样的苦头，她在微博中称：“测试人品的时刻到了，有个病人的血压在往下跌，半夜极有可能得起床收尸。我未雨绸缪，殡仪馆的电话也问好了，但还是希望她能顶过今晚，这大冷天的，我暖个被窝也不容易，您就等我下班再死，好不？”这条微博一经传开，立即激起众怒，人们纷纷指责博主缺乏职业道德，冷血无情。最后，院方做出决定：对李某进行严厉批评教育，停止李某的处方权，并调离临床岗位。

这几个网络事件的共同之处在于，当事人都把自己的微博当成了一个私人空间，没有意识到它可能产生的公共后果，结果引火付出了惨重代价。可以设想，如果这几条微博的内容出现在私人谈话中，人们会很自然地把它们理解为朋友之间的吐槽和宣泄，即使不一定认同这种说法和想法。可是，在网络空间中，即使是亲密小圈子里的窃窃私语也可以瞬间传遍世界，引发难以预料的公共后果。但是，如果我们将网络空间完全当成一个公共空间来对待，将所有的网络吐槽都上纲上线，显然也是不合适的。如何厘清网络空间的公共性和私人性问题，正成为摆在我们每个人面前的一道难题。

如前所述，在互联网出现早期，很多人都对之寄予厚望，认为它将克服人们参与公共领域的各种障碍，带来公共领域在网络虚拟空间中的复兴。然而，让这些乐观主义者没有料到的是，就在这些期待能否实现还众议纷纭、悬而未决的时候，这些新的传播和交往技术却率先在私人生活领域大显身手了。如今，社交媒体已成为很多人呈现自己私人生活的“神器”，尤其受到年轻人的欢迎。2013年，《牛津英语词典》把“自拍”（selfie）列为年度“最热门词语”。与此同时，各种“网晒”也在中国的微信朋友圈中如火如荼地进行——“晒自拍”“晒旅游”“晒萌娃”“晒菜品”等，很多人热衷于将自己的一举一动都发布到朋友圈中与人分享，以至于人们不无揶揄地把“上菜先拍照”列为网络四大俗之首。

这种自拍文化、网晒文化的流行，已经引起心理学、传播学等诸多领域专家的关注和忧虑。有人提出，社交媒体促成自恋大流行，它在青少年中的普遍程度堪比肥胖症。《纽约时报》记者克里夫·汤普森也说，人们在社交媒体上的喋喋不休，体现出的是现代人的极端自恋，“他们认为自己的每句话都那么动听，以至于值得和整个世界分享”。马克·戴利更是不无讽刺地说：“我们现在生活在这样一个时代：当我们听到自己身患重病的消息时，本能的反应却是，我要把这个消息立即发到Twitter上。”所有这些分析，都将人们在社交媒体上毫无节制的自我展现，看成当前社会自恋主义文化的典型症候。

在《自恋主义文化：心理危机时代的美国生活》一书中，克里斯托弗·拉什提出，当代社会中，人与人之间越来越处于一种相互隔离和对抗的状态，这种社会条件不仅使自恋症取代弗洛伊德时代的歇斯底里症成为当代人主要的心理病态类型，而且还倾向于培养出每个人身上都不同程度地存在着的自恋因素，从而在社会中营造出一种自恋主义文化。理查德·桑内特认为，通常而言，自恋是指对自我的过分欣赏，爱上自己水中倒影的纳西斯就是其原型意象。但临床意义上的自恋却与此不同，它突出表现在分不清自我和他人之间的界线，以及私人生活和公共生活之间的界线。自恋主义者一方面表现出对于公共生活的疏离和冷漠——在他看来，这与自己无关；另一方面表现出对于私人生活的过度强调，以至于认为它具有公开展览的价值。在他看来，面具是文明的本质，而过度暴露自我则是一种不文明的表现。“它是让自己成为他人的负累；它是这种人格负担引起的和他人交往的减少。我们很容易就能想起那些不文明的人：他们是那些巨细靡遗地向他人透露自己在日常生活中遇到的倒霉事的‘朋友’，他人除了对他们倾吐而出的心声表示唯唯诺诺之外，并没有其他兴趣。”在今天的社交媒体上，我们可以见到大量这类“不文明”的行为，很多人喜欢将自己的一举一动都呈现出来，而不管别人是否有兴趣了解。与此相应，很多时候朋友间互相点赞也变成了一种敷衍，而根本不去关注对方真正发送了什么。

因此，与纳西斯沉湎于欣赏自己水中的倒影不同的是，当前的自恋主义者更多的不是一种自我欣赏，而是源于一种身份焦虑——正因为他们自己无法给自己一个明确的身份定位，所以才需要依靠别人注视的目光来锚定自己的身份。正如拉什所说：“折磨新一代自恋主义者的不是内疚，而是一种焦虑。他并不企图让别人来承认自己存在的确凿无疑，而是苦于寻找生活的意义。他已从过去的迷信中解放了出来，但却对自己现在的存在发生了怀疑。”如果说纳西斯完全活在自己的世界中，对周围的世界不闻不问、不理不睬，那么当前的自恋主义者则假想自己一直活在别人的注视之下，并油然而升起一种演员意识。当他将自己的形象呈现于他人时，他首要关注的不是自己的形象是否完美，而是这种形象将会在别人那里激起什么样的反应。因此，“尽管自恋主义不时会幻想自己权力无限，但是他却要依靠别人才能感到自尊。离开了对他崇拜得五体投地的观众他就活不下去。他那种脱离家庭纽带和社会机构束缚的表面自由并不能使他傲人挺立，也不能使他作为一个个人发出光辉。相反，这种自由带来了他的不安全感，只有当他看到自己那‘辉煌的自我’形象反映在观众全神贯注的眼神里时，或者只有当他依附于那些出类拔萃、声名显赫、具有领袖才华的人物时，他才能克服这种不安全感。”就此而言，社交媒体一方面具有私人性，可以将现实生活中的熟人连接起来；另一方面又具有公共性，给人提供了一个可以公开展现的舞台，它受到自恋主义者的青睐也就不足为奇了。

焦虑是与现代社会的流动性相伴随的一种社会体验，从根本上说，它源于一种不安全感和不稳定感。改革开放 30 多年以来，在打破过去僵化体制的同时，社会的流动性增加了，焦虑也已成为当前中国社会的一种常态。中国青年报社会调查中心完成的一项调查（2134 人参与）显示，34.0% 的受访者经常产生焦虑情绪，62.9% 的人偶尔焦虑，只有 0.8% 的人表示从来没有焦虑过。据报道，与五年前相比，有 47.8% 的人变得“更焦虑了”。或许，这也可以解释《自恋主义文化》中译本出版以后的遭遇——“这本书在 1988 年由陈红雯和吕明译成中文，当年没有引起任何反响，原因其实很简单，因为那时的中国正在从封闭、死板、压抑的生活中解放出来，正在‘崇尚竞争的个人主义文化’，还看不到这种文化有可能把我们引入‘自恋主义的死胡同’，那时的人，即使看到这本书，也会认为是危言耸听，不会往心里去的。然而，20 年之后，中国人再读这本书，又会如何呢？恐怕要有切肤之痛了”。

由于自恋主义源于身份焦虑，而身份焦虑又是由身份的不确定性和不稳定性造成的，所以自恋主义在一个社会的年轻人中表现得尤为突出，也就顺理成章了。正如很多人已经指出的，在当前的社会中，大部分所谓年轻“白领”“中间阶层”其实已经底层化了，“新穷人”或“屌丝”正是对这个群体的指称。一方面，这些人大都受过高等教育，工作于高档写字楼，外表光鲜亮丽，对自己的白领身份有很高的期待和想象；但另一方面，无论在工作的枯燥程度上，还是在收入水平上，他们都已与蓝领工人没有实质性的区别，甚至面临着更大的工作压力和生活焦虑。对此，电影《杜拉拉升职记》的虚假矫情和电视剧《蜗居》的真实沉重之间的对比，恰如其分地丈量出了白领的身份想象和现实境遇之间的巨大差距。一方面是跻身于上层社会的期待和幻觉，另一方面是堕入下层社会的无情趋势，面对如此巨大的心理落差，消费受到很多年轻人的青睐就不足为奇了。最近几年，我们见证了一些品牌折扣网站的兴起，如唯品会、聚美优品等，不难理解，它们的主要消费人群就是这些年轻的白领，一方面，他们认同名牌，希望借重名牌的身份修饰价值；另一方面，他们又没有雄厚的经济资本，甚至生活得捉襟见肘，因此只能淘一些打折的名牌来装点自己的身份，缓解自己的身份焦虑。而很多时候，网晒就是对个人消费的一种展示，如购买了一件什么东西，到哪家咖啡馆喝了一杯咖啡等。

总之，社交媒体的出现，极大地改变了当前网络空间的文化生态，使互联网的媒体功能弱化，而社交功能得以凸显。在互联网刚刚兴起时，它常常被人们想象成一个虚拟的公共空间，随着社交媒体的出现，网络空间日益呈现出公共性和私人性相混杂的特征。这种变化既是由网络传播技术自身的演进决定的，同时也离不开当前社会中自恋主义文化的强力助推。

盖琪： 2016年10月下旬，在众多剧迷的翘首盼望中，美国NetFlix公司一次性推出《黑镜》第三季的六集内容，延续并拓展了前两季的媒介批判主题。其中第三集名为《黑函之舞》，讲述的是一个腼腆怯懦的年轻人，由于电脑摄像头被黑客恶意操纵，导致他在自己卧室浏览色情网页自慰的过程被偷拍；黑客随后以将自慰视频发给他电子邮件通讯录上的所有联系人作为要挟手段，诱导他一步步走上犯罪道路，最终陷入深渊，无法自拔。谁料剧集上线仅仅一个半月后，中国的新媒体平台就爆出自己的“黑函之舞”：高达10G的“裸贷”照片、视频以及借贷人信息遭到泄露，涉及161位以在校大学生为主的年轻女性，但据说还仅仅只是“冰山一角”。“裸贷”事件再次向我们证明：现实常常可以比戏剧更为冷冽晦暗。

所谓“裸贷”，简单地说，就是一些不法放贷方，以互联网金融和社交工具为平台，引诱年轻女性手持身份证件拍摄下自己的裸体照片（甚至更为不雅的色情视频），在线提交给放贷方作为质押物，以换取短期小额高息贷款的地下借贷方式。在这种借贷中，年轻女性提交的裸体照片和视频被称为“裸条”。媒体调查显示，参与“裸贷”的年轻女性们用“裸条”换来的，通常是不过三五万元甚至不到千元人民币，一般用以满足她们日常生活里的种种浮华的消费；而她们一旦不能按规定时间连本带利还款，放贷方就会以公开“裸条”并联系其父母亲友等手段相要挟，迫使她们从事由放贷方所指定的色情服务，实现以性抵账。

无疑，“裸贷”的产生不是偶然的：它既可以被看作是我们这个扭曲时代里人性之疾的一个典型表征；又可以被视为移动互联网环境下媒介文化症候的首次集中爆发。换言之，进入21世纪的第二个十年，一个以“微”为特质的新时代倏然开启，并被我们满怀欣喜地命名为“微时代”。六年来，随着“微时代”的不断发展，我们享受它的便捷，拥抱它的丰富，歌颂它的优越，畅想它的荣景；但与此同时，它所潜藏的危机却在很大程度上被我们忽视了。时至今日，伴随着“裸贷”事件的发生，以及过去两年间其他一些媒介文化症候的渐次凸显，应该说，我们已经到了需要对“微时代”重新进行一番冷静审视的时候了。

所谓“微时代”，概括地说，主要是指以移动互联网技术为基础、以高度碎片化为特征的新型语境，该命名主要来自中国传媒学界和业界对当今时代特征的积极把握与敏锐反应。历史地看，这一语境大约自2010年前后萌芽：从微博的兴起，到微信的普及，再到各种微艺术形态、微文化样态、微商业模式与微美学话语的风靡；短短五六年的时间里，可以说，“微时代”已经对我们的生产方式、生活方式、认知方式乃至思维方式产生了全面影响，从而也使得整个社会越来越深地浸淫于这种由“技术转型+文化转型”所引发的愉悦体验之中。

由此我们也看到，近年来，在传媒学界和业界，对于“微时代”的各种正向期待与乐观预言蔚为潮流。从文化研究的角度来看，“微时代”所开启的，是中国社会由福特主义文化逻辑向后福特主义文化逻辑的深刻转型过程。如我曾经在旧文中论述过的，中国由于后发现代性的特殊历史语境，从1980年代初才真正迈入福特主义阶段，并在激荡中保持到21世纪的第一个十年间。总体而言，福特主义阶段规模化、流水线化的生产方式从根源上决定了其主流文化逻辑也倾向于总体伦理——主要是对“大”从理念到实践的过分推崇，对集体利益的高度信任，以及由此对稳定、完整、均衡、秩序的不懈追求等。正是以此为基础，我们可以把“后福特主义”理解为对

“福特主义”历史局限性的超越，即为了满足日益多样化、专业化、全球化的消费需求，人类的生产方式、生活方式乃至思维方式都越来越朝着流动不居的方向发展，人类社会也越来越由集体化、固态化和秩序化趋向于个体化、液态化和碎片化。与之相对应的是，在文化上，以多元、灵活、差异和不确定性为核心的当代个体伦理开始越来越多地占据公共空间。而在这一转型过程中，让媒介研究者和从业者们格外兴奋的，不仅是后福特主义文化逻辑大幅度提升了传播维度对整体社会结构而言的重要性，更是其为许许多多个体的“我”提供了窗口、平台乃至历史机遇。

因此，“微时代”伊始，当我们展望前景时，不由得做出颇具乌托邦气质的期许，即相信在“微文化”的浸润下，个人将更有机会获得主体性的充分发展，人类生活将更有希望重新回归到人自身；甚而相信——“微文化”可能蕴含着对人类文明发展路向的纠偏价值。如同预期的，“微时代”确实在过去几年间为更多个体提供了前所未有的表达、交流、创新和营利的空间。例如，以个人为传播主体的微信公众号如雨后春笋，许多受欢迎的公众号基于“打赏”机制已经有了稳定收入，佼佼者甚至已经开始有偿承接知名品牌的广告；再如，以个人为经营主体的APP商户也遍地开花，在衣食住行各方面伸出触角，提供富于创意的、多元化的、个性化的服务内容；又如，以个人为制作主体的视频平台和直播平台如火如荼，普通人成为“网红”甚至借此实现经济自由的概率相对以往大幅上升。

应该承认，上述所有新兴的、以个体为基本单位的媒介文化现象和事物，确实在某种程度上为社会文化提供了更为开放、更为民主的发展契机；但与此同时，有可能将“微时代”的“乌托邦”愿景引向反面的，恰恰也是这种对于“媒介化了的个体”过分乐观的、缺乏节制的信任和倚重。过去几年的时间里，这种整体性的乐观情绪遮盖了对于“微时代”所潜藏的负面因素的警惕。我们必须意识到，问题的关键在于，移动互联网时代的个体其实已不再是传统媒介时代的个体——在移动互联条件下，个体即时性的言论和行为都可以被“社交媒介杠杆”指数级地放大，蒲公英式地传播，进而引发始料未及的现实后果。这方面一个新近的典型例证，就是 2016 年秋冬几乎搅动了整个中国新媒体世界的“罗尔事件”。从该事件中，我们可以十分清楚地看到，凡俗个体可能不过是一念之间的私心，经由移动互联网环境的播撒，就能迅速产生几何式的倍增效应，最终超越个体所能够想象和承受的极限，泛滥成社会性的喧哗与拷问。

不仅仅是罗尔，事实上，近年来我们越来越多地意识到移动互联网环境下社交媒体极易产生自我叠加的杠杆效应：现实情境中的政治敌意一旦经由“社交媒介杠杆”放大，会迅速变得更加难以收场；现实情境中的经济分层一旦经由“社交媒介杠杆”放大，会迅速变得更加令人绝望；而现实情境中的任何个体不端一旦经由“社交媒介杠杆”放大，就足以引发排山倒海般的媒介示众与媒介审判。因此，我们必须及时意识到“微时代”并不会自动生成真正具有主体性的个体：它表面上对个体进行了更大程度的赋权，但实际上，那些受困于现实语境，既无从获得充足发展条件，又无从掌握充分自省能力的个体，只会在这样的时代里更加迅速地陷入空虚与焦虑，甚至走向堕落与狂暴。

换言之，在社会共识达到一定的平均水平之前，一些本来已经被现代文明所扬弃的价值观由于“社交媒介杠杆”效应的“加持”，往往比符合现代文明共识的价值观更具有吞噬一切的力量；而处于零散状态的个体，在既有的总体性退场之后，往往轻易就陷入价值的相对主义与虚无主义之中，面对权势、金钱以及人性的暗黑面毫无招架之力，唯有彻底地缴械投降，进而被时代的欲望之潮所裹挟。而这，恐怕才是我们今天面对“裸贷”所必须予以正视的新媒介文化深层危机所在。

综合上述，“裸贷”事件为我们提供了一个深入审视“微时代”潜在危机的切入口和样本。在此，我将通过对“裸贷”事件的三个追问，进一步批判性地分析当前移动互联网环境下媒介文化的深层症候所在。

我想追问的第一个问题是：“裸贷”中所涉及的年轻女性们，她们如此汹涌的消费欲望究竟从何而来？

平心而论，即使抛却一般的道德评判，参与“裸贷”的年轻女性的行为也无疑是愚蠢的。当这种愚蠢行为不是个别现象，而是成为一种群体选择的时候，其背后所隐藏的就是一个必须被我们正视的社会症结。我们看到，被“裸贷”中的年轻女性们押上风险台面的，不仅是传统意义上的肉体，还包括几乎全部的个人关系网。而如此巨大的“风投”所交易的，不过是对几支口红或一个名牌包的餍足。这种狂热与轻率已非一句传统意义上的“商品拜物教”就能够解释清楚。

据媒体报道显示，“裸贷”主要集中发生在三四线城市高校的女生群体中，其中原籍农村和小镇的女生占了较大比例，而来自北上广等大城市的女生比例极小。有评论者分析，造成这种现象的原因是，三四线城市高校往往教学质量很差，缺乏健康的教育环境和规范的学校生活，使得这些学校的女生们在学业上基本处于荒废的状态，以至于更大程度地沉迷于物质生活，虚荣心不断膨胀。我是基本认同这种分析的。但是正如我在上文中所追问的，这些三四线城市高校的女生们，居然甘愿以“裸条”换取金钱，她们如此汹涌的物质欲望究竟从何而来？她们还在读书，社会生活很大程度上尚未展开；而且以她们所处的区域环境和所在的高校层级来看，身边富二代和官二代的数量也应该不会太多——难道她们的消费观念不是更应该与她们所处的日常环境相匹配吗？

至此，我们可以看到“裸贷”所折射出的“微时代”的第一个深层症候，即在移动互联条件下，社会贫富差距已经借由“社交媒介杠杆”的作用，对底层年轻人造成了异常巨大的心理压迫，并由此产生了普遍性的价值错乱。“裸贷”事件所揭示出的其实是一个残酷的社会现实：对于照片里的年轻女性们来说，“穷”的无尊严感已经远远超过了“裸”的无尊严感——这种感受才是促使她们可以为了几千元钱，就押上全部隐私与关系网的真正原因。

时至今日，我们有充分的理由相信，年轻女性们的这种感受很大程度上来自新的媒介环境，确切地说，来自新的媒介环境对于富裕阶层、中产阶层生活方式无孔不入的描摹与渲染。今天，这些描摹和渲染不仅来自电影银幕和电视荧屏，更来自每时每刻陪伴她们的手机社交平台——那里面有不计其数的APP、公号、微商、鸡汤写手、人生赢家……它们乐此不疲地向青春期的女孩们表达唯有物质符号与个体尊严之间才是同质同构的关系。这些女孩们正是鲍曼意义上的“新穷人”(New Poor)，是“有缺陷的、有欠缺的、不完美和先天不足的消费者”，而移动互联网技术的普及，让她们比以往任何时候都能够更清楚地意识到自己的这种“缺陷”，并时时刻刻为这种“缺陷”而深感焦虑和羞耻。换言之，“微时代”前所未有地提升了“新穷人”的塑造效率。

所以，如果说过去的小镇乡村由于远离大都市的喧嚣诱惑，还能够相对自保为一片伦理道德的“净土”的话，那么今天，由于移动互联网技术的普及，这种“净土”已经不复存在。对于富裕阶层和中产阶层生活的想象，已经通过新的媒介环境，对身处三四线城市乃至乡野村落中的底层年轻人构成了一种无比巨大的心理压迫，使得他们再也无法凭借其他价值话语去建构起有效的自我认同。

正是在这种错乱的价值话语下，邓文迪成了在社交平台刷屏的“女神”和“人生赢家”；也正是在这种错乱的价值话语下，《小时代》票房高企、“裸贷”泛滥流行。虽然移动互联网技术实现了信息与人的无缝对接，但是很多“小镇青年”反倒因此沦为信息的奴仆；而其中更为边缘化的“小镇女生”们，则成为“反心理压迫”与“抗信息奴役”能力最为羸弱的一群。

由此，关于“裸贷”，我想可以换一个角度去追问的第二个问题是：为什么是“女大学生”?

事实上，我们不难发现，在近年的移动互联网环境下，将目标锁定为“女大学生”的不仅是各种网络放贷平台，而且也包括各种网络直播平台，以及一些金融性质的网络社交平台。这些平台在对待“女大学生”资源的时候，虽然设计的名目不尽相同，但其实质逻辑却只有一个，即引诱女大学生群体注册为平台的常规用户，然后通过拍摄、录制、展示、交易自己的身体形象，为平台聚拢人气，也为自身赚取经济回报。在这方面也有新近的典型案例——即2016年11月下旬突然冲上舆论风口浪尖的“支付宝校园日记事件”。在这一事件中，我们可以清楚地看到：原本作为金融平台的“支付宝”，正是由于深谙“女大学生”身份在媒介文化场域中所联结的险恶趣味，才会想到要开辟专门的社交频道，鼓励这一群体用身体形象换取赏金。其实，除了“支付宝”之外，其他变相诱导年轻女性以“女大学生”身份进行网络直播的APP平台早已存在，而我们的整个媒体环境对于“女大学生”形象进行负面暗示的陋习也是由来已久。

因此可以说，支持“裸贷”运转的基本逻辑，同样包含着“女大学生”身体形象的“易销售性”在内——据报道，没能按时还款的高校女生们，除了按放贷人指令直接提供色情服务之外，往往还要遭遇私密照片和视频被贴上“女大学生”的标签在线售卖的下场。这也正是“裸贷”事件所折射出的“微时代”的第二个深层症候，即在新的媒体条件下，大量与现代文明共识背道而驰的价值取向更为迅速地涌入媒介文化场域，并对其造成严重侵蚀，其中尤以对青年知识女性身体形象的恶意传播为显征。

深入观之，针对青年知识女性的险恶趣味的流行，有着更为沉重的社会成因。近年来，面对全球性的政治经济危机，青年的普遍贫困化已经成为一种世界性的困境。在中国，由于社会阶层在最近十年内迅速固化，类似困境在社会心理层面上的影响显得更为尖锐。近二十余年来，中国的大学教育向年轻人提供的，除了知识之外，更是一种“中产生活的美好想象”，这种“想象”既包括物质层面的内容，也包括社会地位层面的内容。十年前，大学校园里几乎每个年轻人都不会怀疑自己属于社会的“预备中产阶级”，过上有房有车有话语权的生活只是时间问题；而十年后，这种“中产想象”却已经在很大程度上失效，知识青年的“下流化”已经成为一个冷峻的社会现实。

在这种时局下，我们的媒介文化逐渐呈现出一种罕见的畸形面貌：一方面在形式上越来越“萌化”和低龄化；但另一方面在内容上，许多落后的、倒退的价值取向以更具迷惑性的新技术形态为外壳迅速回潮。这其中，包括对知识的蔑视，对钱权的膜拜，对自我奋斗的嘲弄，对理想主义的讥讽，对女性价值的贬低，对不劳而获、买空卖空的推崇，以及对身体的高度物化和变相售卖。其中，移动互联网对“网红经济”的过度发酵，对比实体经济的孱弱萎靡，更进一步加重了全社会对一夜暴富的虚妄期待。

不客气地说，正是这样一种整体性的媒介文化氛围，将包括“女大学生”在内的青年知识女性的身体形象（以及更为广义的媒介形象），逐渐异化成为一种可供多方窥视的情色用品。这种混合了“反智”与“厌女”的负面凝视，包含的是一种社会性的、对于知识和女性的双重诋毁。而这种负面凝视及其背后潜藏的文化逻辑，已经在相当大的程度上侵蚀了我们的媒介文化：它首先暗示“读书无用”，其次暗示“颜即正义”，继而暗示“干得好不如嫁得好”“笑贫不笑娼”，一步一步地鼓励年轻女性将身体形象作为建构自我认同、维护人际关系、获取社会资源的最有效证券，并借助现实环境中的升学、就业、婚姻、生育政策等对年轻女性形成一系列结构性的压制。从这个角度来看，无论是网络直播平台上打各种色情擦边球的“性感女主播”，还是支付宝开通的“校园日记”和“白领日记”等，都和造成“裸贷”事件的深层文化逻辑如出一辙。

综上所述，关于“裸贷”，从更高的层面上去追问的第三个问题是：我们对移动互联网环境下可能产生的“影像之恶”到底有多少准备？

必须承认，“裸贷”事件只有可能发生在移动互联网时代，也就是我们曾为之兴奋不已、对之寄予厚望的“微时代”。这不仅是因为“裸贷”的整个流程基本都是借助移动互联网时代的社交平台来完成，更是因为只有在移动互联网的技术支持下，“裸贷”事件中所涉及的质押物——年轻女性的不雅照片和视频才有可能点对点地传播给她们的亲友以至所有社会关系，而这正是放贷人用以威胁恫吓借贷人的核心。所以我们必须正视的是，由“裸贷”事件所折射出的“微时代”的第三个深层症候，即在新的媒介条件下，个体所进行的无论是有关自身还是他人的影像传播，都有可能极大程度地被异化，进而导致难以逆转的灾难性后果。

从文化人类学的角度来看，影像技术的诞生堪称人类近百余年来最伟大的发明之一：它使得人类终于有能力记录时间与生命，从而在某种程度上克服必将因死亡而导致的身体形象的消逝。这也是我们每个人都会本能地去热爱摄影机的深层原因。但当下的问题在于，移动互联网时代的到来，使得我们对于自身和他人身体形象的记录与传播都越来越频繁，越来越呈现为一种无节制的状态，由此可能导致的不仅仅是一个更为自恋和恋像的时代，更是一个逐渐被影像掏空了所有主体意义的时代。

可以说，我们与我们的身体形象之间的关系，已经走到了一个善恶交界的“双光地带”（Twilight Zone）。其主要表征在于：一方面，由于滥用，当代人变得对任何身体形象都越来越缺乏起码的敬畏，甚至会在很大程度上产生它与我的主体性毫无关联的错觉，所以很轻率地就可以与陌生人“裸聊”，可以展示大尺度照片，甚至可以上传与爱人之间的亲密视频，很多时候仅仅是为了获得更多的评论与“点赞”；另一方面，由于身体形象的滥用，当代人暴露出越来越多的软肋，逐渐进入一种无所不在的监视与被监视的情境之中。已经不需要“老大哥”（Big Brother），今天，理论上讲，我们每个人都有条件通过影像记录和传播去攻击其他人，而每个人自己也都时时处于被其他人的影像记录和传播所摧毁的可能性之下。这就是愈演愈烈的“影像之恶”。

回到本文开头提及的《黑镜》。其实在这部剧集中，直指“影像之恶”的反乌托邦预言早已登场。2011 年与 2013 年，该剧分别播出了第一季和第二季，其中数个故事都以科学幻想的外壳，呈现了“微时代”的影像传播可能带来的负面效应：“高存储记忆粒与电子眼支持下的隐形监控”“万众瞩目的暴力直播与媒介审判”“由 VR 大屏幕建构的全息式娱乐化监狱”“以影像屏蔽或影像监禁作为对个体进行强制惩罚的手段”，等等。但彼时的我们还处于“微时代”所带来的兴奋与愉悦当中，更多地将这些情节当作科幻文艺的奇诡想象，以为一切离我们很远。“裸贷”的发生堪称一记警钟：它足以让我们惊觉，当今媒介科技发展的速度，以及相关文化现象酵化的能力，已经远远超出我们的历史经验。

在关于“裸贷”的讨论中，有评论者试图去区分究竟有多少女生是上当受骗，又有多少女生是道德败坏，本着卖淫的目的去借贷，内心早就标定以性抵债的选项。问题发展至今，我觉得这种对于动机的区分已经不是关键。媒介技术能够在多大的程度上放大善，就能够在多大的程度上放大恶，对于每个身处其中的个体来说都是如此。在人性犹疑之处，良性的制度设计和深刻的价值自省应该出场。显然，我们对此还远远没有做好准备。“裸贷”风波沸扬至今，但若以此管窥其阶级、性别、技术的三重困境，进而引发对移动互联网环境下媒介文化的症候审思与策略应对，倒也可以成为一个有历史意义的转折。

潘佼佼：苍井空大家都比较熟悉，因为她活跃在中国的网络空间中，哪怕是没有看过苍井空早期色情作品的人，也会在网络上面看到大量关于她的新闻话题和段子。因为她在网络上非常活跃，也有很多大 V 去推崇她，转发她的言论，她也代言了很多商业产品。

对于苍井空的走红有一些分析，一种是把网络工程师、网络宅男对苍井空的热爱当作一种亚文化现象来进行分析，认为苍井空的走红是新一代人希望自己的文化价值观成为主流价值观的一种努力。另一种是我们比较熟悉的符号经济、粉丝经济的分析路径，它主要是把苍井空当作屌丝经济下的一个商品符号，讲她是如何自我包装来吸引粉丝获得商业价值的。当然这些分析主要把目光放在苍井空2010年开通新浪微博后的行为表现与粉丝互动状况。在这里苍井空通常被当作一个成功的商业案例。我们可以看到在这些分析当中，都提及了苍井空和性之间的关系，但是没有提及的是为什么色情产品的私人消费会形成一种所谓的群体亚文化，这种亚文化又怎么样和网络工程师文化、网络宅男文化和屌丝文化一起共生的。所以我希望能够通过对历史资料的分析，梳理这种新的文化观念的建构过程、它的内涵和意指，以及它和现在的数字资本主义之间的关系。

色情消费一般是私人的消费，那为什么会形成一个群体意识呢？我们历史性地回顾一下，虽然苍井空老师在2010年正式入驻新浪微博，正式进入中国市场。实际上她在2002年就开始进入AV界，并从此之后进入了中国宅男硬盘之中，所以我们的历史梳理也要回溯到21世纪初前后。我们知道中国的改革开放催生了市场化和私有化进程，但是一些领域的深度商品化并没有放开，例如性的商品化。因为大家都知道，在新中国成立之后，共产党进城后关闭了所有的妓院，我们能够想到的一个典型的历史场景是妓女们被改造成为女工。这实际上是一个有着非常明确政治理想的运动，它认为对身体和性的商业征用背后实际上是一个阶级问题、性别问题，这也是动用国家暴力机器进行扫黄运动的政治基础。

到了20世纪八九十年代，有一些淫秽色情的产品从港台等地流入内地。对那个时代有点印象的人，会在一些非法的录像厅中或者是在家庭这样的私人空间之内看到这样的一些小黄碟、录像带、CD

等。在 2002 年时，出现了一个热点社会新闻，就是延安黄碟事件，讲的是延安的一对小夫妻在家看黄碟，被破门而入的警察给抓了。这个事情引发了网络的争议，也就是说非法色情产品的私人家庭消费警察应不应该介入干预。最后的处理结果是公安机关进行了道歉，这也就意味着公安机关、国家暴力机关对非法色情的打击对象通常是色情产品的生产者和传播者，其难以制约在家庭私人空间内对非法色情产品所进行的非营利性消费。把非法色情产品在私人空间的非营利消费视为公民的合法权利，从某种层面上来说，使得中国形成了一个关于色情消费的真空地带，包括在色情产品市场端的市场真空和色情产品消费端的监管真空，这也就为 21 世纪初大量的色情产品通过互联网等方式进入中国提供了一个前提。

早期的互联网使用者可以通过国内外各种色情网站浏览下载各种色情视频，这种对跨国色情产品的私人消费并不限制，也不受法律制约。当然在一般情况下，也仅限于在私人场所进行，例如寝室和卧室等。但出现于 2002 年，流行于 2003 年的一个网络新技术——BT 技术的出现，改变了色情产品、AV 产品作为纯私人消费的局面，使得 AV 在网络上得以广泛传播。也使得色情产品 AV 的下载者之间建立了某种联系，这种联系我认为是网络色情意识形态产生的群众基础。这个由布拉姆·科恩创始的 BT 技术，它是一种新型的 P2P 传输协议，具有下载的人越多，文件就下载的速度越快的特点。因为它有一个技术特点，就是你在下载的时候，同时也在上传。这样的话，资源的发布者不需要具备高性能的服务器，就可以将资源分享给其他的 BT 客户使用者。用 BT 来传播 AV 这个东西也并不是一个自然而然的现象，一方面是因为AV作为视频文件，而当时的服务器带宽有限，用BT技术可以明显提高下载速度。另一方面这也是早期AV资源丰富者定义的规则。需要提及的是一个在中国的宅男圈或者色情文化圈比较出名的传奇人物，名字叫Nike。他最初选择在香港论坛发放AV产品，因为发布的AV数量之多，被称为香港AV之神，也被内地网友誉为凭一己之力撑起黄网的男人。Nike的历史作用不在于他在网络上发放了可能有数千套AV产品，而在于他致力去扭转了下载完毕停止分享的色情产品使用习惯。他有一个非常著名的呼吁，说希望大家能够下载完之后，能够SEED24小时。所以说BT技术的出现和Nike这样一些早期的色情资源的传播者的一些呼吁和鼓动，开启了互联网视频传播的求种和求番号之路。

就这样以日本AV为代表的色情视频在网络上泛滥，而我们可以注意到一个时间节点，就是2002年。苍井空在2002年出道，她的出道时间和中国网络色情通过BT这样一个技术方式泛滥时间几乎是同步的。所以说苍井空逐步在硬盘当中然后被中国早期的男性互联网使用者所熟知，其中大量的是男大学生。

我们要说一下为什么BT这样的技术使用能够形成一种所谓的群体意识呢？因为色情视频没有办法合法地进入中国市场，所以日本AV的生产机构也不可能发起版权保护或运用法律来限制其在中国的非法传播。在这样一个商业版权制度失效的背景之下，信息产品展现出它的非排他性，也引发了信息自由流动的互联网想象。网络色情视频下载者和上传者，他们充分享受到了互联网的免费（free）特性，当然既包括免费，也包括自由。信息产品的特殊性在于其不会因为你的分享而减少，这种如巴布鲁克所说的以奉献为核心的高科技礼品经济，形成了内嵌于互联网价值中的共享精神。同时，色情资源的分享也构建了群体生活亲密性。因为通常被认为是私密的禁忌的话题，通过公开分享的方式促成了一种群体亲密性的交流，也形成了一种基于性别的同性社交方式。在BT式的传播网络中，数据节点不再是与比特、交换协议、服务器、光缆一样的词汇与物质，而成为一种虚拟存在，这些虚拟存在汇聚的电子通讯网促使了虚拟阶层的形成。也是在这种轻松愉悦的同性社交互动中，苍井空被称为“苍老师”。

色情产业实际上总是勇于尝试新的方法和科技，在中国早期互联网处于一个烧钱状态的时候，很多色情网站就已经实现了盈利，一般有两种方式。一种方式是通过技术来制造匮乏性，来获取收费会员。主要的做法就是通过传播错误的种子，然后在里面留下付费购买的信息，或者将病毒绑入到色情视频当中，用免费引诱点击，然后制造付费消费行为。另外一种方式是通过贴片广告和诱导点击方式，通过互联网的广告分成。CPC模式是互联网的主要的网络分成模式，也就是说用户每次通过点击付费广告，这个网站的站长就会获得相应的收入。所以说在色情视频影像当中，加入网络赌场的水印广告获得网络赌场的分账，或者通过引导用户点击进入充满各种弹窗广告、图片托管代理网站，以获得更多的点击和收入。所以在2004年前后，各种色情网站纷纷建立，如草榴社区、情色六月天、九九情色网等。

在对苍井空的“粉丝”进行描绘时，除了互联网使用这个背景，同时我们也要看到21世纪初的男性互联网使用者所处的大的历史背景。在2003年的时候，清华大学的李强教授提到了在当时阶段的中国社会发生了一个新的变化，第一是贫富分化层次的加深。第二是都市当中出现了新的状况。在北京、上海和广州三个城市中，首次出现了白领群体总数超过蓝领群体的状态。李强把这个人群称为新的中间群体，指出新的中间群体基本特征是年龄比较轻，一般具有较高的学历，有新的专业知识，懂外语、会电脑，大家就职于新兴企业、新兴行业，例如金融、证券、高新技术等，然后这个群体的收入较高，在消费行为上有很高的消费倾向。我们可以看出这个群体实际上是信息社会所造就的新的职业群体。当时在高校中的大学生，中国的虚拟阶层、当时互联网的使用的主力，很明显是这个中间阶层的一部分。在2001年末的时候，一出为《清华夜话》的DV短剧出现在了网络，并迅速成为各个大学校园BBS的热门话题，这个短剧讲的是清华计算机系学生夜间的闲聊，我们就把这个对话当作文本来研究，来理解新的中间阶层、新的网络虚拟阶层在现实生活中的精神状况。

在这个短剧当中，男性聊天的主要话题是对异性的渴求以及对于自我男性气质魅力的焦虑。男生在夜话当中，从头到尾贯穿的话题就是女人，“男人白天奔波，夜里操劳为了啥？实际上就是为了女人吃得更好，穿得更好，睡得更好，走得更少，住得更宽敞”。男性的存在是为了实现女性的物质消费欲望，而挣钱是为了养美女。这些未来的社会精英，要和具有金钱权力资本的“建国门男人”和具有文化资本会玩的“三里屯”的男人争夺美女的青睐。我们知道从

20世纪90年代开始，中国的男性气质在大众话语层面上，更加趋向于金钱和政治权力发生联系，主要包括对资源的占有。然后在康奈尔对两种理性的男性气质做过一种划分，一种是像公司、军队这样围绕着直接支配力量构成的男性气质；另外一种是专业和科学技术相关的男性气质。他认为在一个现代化和资本主义加深的过程当中，后一种就是专业和科学知识相关的男性气质，会对前者的霸权产生挑战。我觉得《清华夜话》里面体现出的这些未来男性精英的焦虑，实际上是在挑战并没有完全成功时候的一种矛盾和焦灼。一方面，他们觉得自己可能成为白领，成为老板，但是在现实当中，现在还是没有办法完全确认的。而美女是对他们男性气质的一种认可，他们渴望获得男性气质以及相应的负权红利，包括荣誉、威望、支配权，当然包括对美女的获取。我们可以很清楚地看到，在这样的文本中，理想女性基本上是被胸、香水所取代，女性的性价值是被无限放大的，被物化的女性成为了未来的技术精英性别图景中的一个欲望对象。

而色情视频，尤其是AV视频，是物化女性的一种最极端的方式，因为它内在包含着对女性的一个色情凝视和身体暴力。日本学者Tomo Shibata区分了两种性欲的色情表达方式，一种是主体间性的色情表达，而另一种是对象性的色情表达。她认为以日本AV为代表的色情影像就是一种对象性的性欲色情表达，因为它会把女性的部分性器官长期曝光在摄像机前以引发男性的性欲望。她认为对象性的性欲表达和强奸是有同构关系的，因为都要通过剥削和主导女性的身体获得快感。这位学者是对AV产业持批判性态度的，她说在日本放开AV视频市场的1986年—2003年，日本的强制猥亵犯罪率增加了338%。被中间阶层所追捧的苍井空，严格意义上来说，是高度细分化的日本AV产业的一个分支——bishōjo类型的影片，即其主角为美貌的少女、年轻漂亮的女人。香港学者王向华分析台湾男性对美少女类型AV的偏好，发现其与文化建构的“性真实”是一致的，具体表现为“孩子气”“未经人事如处女般的羞涩”“可爱”“服从性”的美少女，在男性的挑逗下成为“有意愿的”“跃跃待试的、冒险性的”“享受性爱的”性对象。

无论是《清华夜话》还是对苍井空式的AV明星的追捧，都体现了支配性男性气质在网络空间的蔓延。康奈尔说，支配性男性气质的概念来源于安东尼奥·葛兰西对阶级关系的分析，它是指那种文化动力，凭借着这种动力，一个集团声称拥有在社会生活中的领导地位。所以在2007年的时候，央视《新闻联播播》出了一段抨击不良网络视频节目的报道，其中有一个被采访的女生说，“上次我查资料，忽然蹦出了一个窗口，很黄很暴力，我赶快给关了”。这个报道引发了对这个女生的人肉搜索，“很黄很暴力”这个句子已经成为一个网络流行语，引发了男性网民的狂欢。黄和暴力已经脱离原有的话语的语意范畴，成为一个空洞的形容词，在各种标题当中出现。这种对“黄暴”的去政治化、去道德化的语意演化，以及对女性主体表达的集体漠视和集体嘲讽，也让网络宅男心安理得地去消费传播色情产品。

然后我要讲的是2010年苍井空正式进入中国市场前后的事儿。在2010年4月，苍井空在Twitter上发了一条推文，上面写的是“目标是 1 万人”。这条信息被新浪微博上面的大 V 广为转发，然后引发了 Twitter 的苍井空之夜，很多中国网友“翻墙”去追随苍井空，她的粉丝在一夜间就成功破万。当苍井空于 11 月份入驻新浪微博的时候，她已经从一个 AV 演员的形象，转变成一个有着国际人道主义精神、热爱中国文化、平易近人的微博红人。苍井空的圈粉速度刷新了新浪微博的记录，花了 6 个小时的时间，她的粉丝就超过了 13 万人，24 小时内突破了 20 万人。

我们觉得苍井空的“中国式”成功，也展现了社交媒体对于男性欲望和同性社交的一个商业化征用，本来非法的网络色情传播，以及商业链条通过对色情符号的再包装，然后进入了一个合法的经济模式当中。非法色情网站，处于政府的监管和打压之下，没有形成一个更大的色情自由市场。但是它们为互联网经济指出了一条道路，就是通过对男性欲望和商业消费的勾连，使得男性转化为合格的互联网经济消费者。21 世纪初的男大学生们，在 2010 年的时候已经拥有了消费能力，而且需要建构自己的成功男性气质。这些技术精英建构自己成功男性的方式一般有几种：一方面是通过对网络技术的应用对自身男性的气质进行一种彰显和扩大，例如选择一种高科技的生活方式和进行昂贵的电子产品消费等；另一方面是做大老板的冲动，在后面表现为互联网行业的创业神话和创业冲动。当然还有必不可少的一点，就是通过消费物化的女性来进行网络社交，以确认自己的男性气质。

苍井空在中国通过符号再包装，以躲避中国的法律管制，进入到合法的经济模式当中，实际上是有不同的力量参与到这个包装过程当中的。在 2010 年 6 月的时候，《南方周末》记者专访了苍井空，发表了一篇文章名为《我从不妄自菲薄》。苍井空在这次采访和后来的历次媒体采访当中，都明确地表示了自己是为了名利、事业、梦想进入这个行业的。很显然，曾经被视为具有政治性、人格尊严属性被禁止进入商品流通的舆论的性和身体，在苍井空的叙述中可以为个人所自由使用，通过商业交换，实现个人主义的成功。性的商品化，以 girl's power（女性的力量）的名义，在公共媒体发声。

后来我们可以看到，AV 女优成为了互联网公司年会的一个标配，一群互联网宅男和 AV 女优的合影在互联网空间中广为传播。与 BT 时代所不同的是，以物化女性为底色的新自由世界已经不再是一个网络想象，男性面对的欲望对象也不仅仅是远在异国他乡的一种色情符号，而中国的女性也已经不仅仅是这样一个男性的社交体系的旁观者。在新的色情意识形态中，男性和女性都同时有着位置。“性”和“身体”作为一种生产要素，推动了互联网经济体系的成功运转。

这个运转成功的经济体系后来被概括为屌丝经济学。屌丝也被研究得比较多，林品看到，屌丝实际上就是已经成为一种共同的能知，也就是自称为屌丝的这一群人当中，不仅仅是有之前我们被认为的“矮穷矬”这样的群体，同时也包括主流的消费者，可能还有一些我们想象当中的技术精英或者基础知识、文化程度比较高的人。他认为，屌丝文化的盛行实际上是跟消费社会下的一种刻意的文化误认和身份转换，是一种防御性的认同。从苍井空参与的广告和代言当中，我们也可以看到这个屌丝经济学涵盖的阵容，包括互联网电商、互联网游戏、网络剧、在线娱乐城、互联网直播等。男性们被欲望所驱动，成为了网络社交经济的消费者，而女性们也开始在这种新兴行业获得位置，一些情感劳工相关的职业产生，例如网络女主播、淘宝模特、游戏的 showgirl 等。这些女性最典型的形象就是穿着女仆装、整齐划一的网红脸以及被重点关注的胸部。

在 2015 年的时候，阿里巴巴在程序员鼓励师的招聘广告中，指出苍井空可以作为理想的员工典范，“你可以如苍老师般德艺双馨，胸怀天下，进可欺身压海棠，退可提臀迎蛟龙”，对这个职位的唯一要求就是颜值要对程序员有足够的震撼力，“激发团队又猛又持久的工作”。然后得益于屌丝经济的各大互联网公司，也成为屌丝经济价值观的一个推手，以至于互联网的年会上充斥着对女性的色情凝视。这些都在互联网上引发了争议，而这些争议又成为流量经济的一部分，传播着主流互联网公司的价值观，就是女性的价值在于成为男性欲望的对象，而男性的欲望又是制造互联网价值的源泉，一方面是消费，另一方面是生产。欲望的男性和物化的女性，同时进入了这样的一个数字资本主义的链条之中。其实我们看到的技术基金和资本拥有者，收获了高额的收益，然后更多的普通人，用欲望、身体、性和消费参与到这种欲望机器的运转当中。

当然，就是因为在这样一个机器运转中，我们也可以看到这个时代其实见证了男女双方性别之间的慕和厌。我们可以看到白富美、高富帅、矮穷矬、土肥圆之间的鄙弃、仰慕和纠缠的链条，还有直男癌和女权婊的针锋相对，这都是数字资本主义时代的互联网征兆，因为用男权欲望结构所推动的互联网空间必然不是一个自由平等、流淌着牛奶和蜜的乌托邦，被经济收益和欲望所掩盖的结构性问题，既然已经潜入到这个网络结构当中，当然不可能凭空消失。

苍井空的“中国式”成功，其实展现了新自由主义之下数字资本对男性欲望、同性社交和女性身体的商业化征用，在这种意识形态之下，“性”可以为个人所自由使用，参与市场交易，以实现个人主义的成功。这与男性欲望为中心的屌丝经济的策略一起，就使得数字资本的经济链条得以顺利地运转，而物化女性、欲望化男性的新的色情意识形态成为了互联网经济的动力引擎。当然了，这种网络性别权力结构也时不时地被挑战，例如支付宝曾经悄然启动一个白领日记项目，希望通过女性的自我展露，来吸引男性进入支付宝平台社交，让支付宝变成一个具有社交属性的平台。在这个白领日记里有大量的色情图片传播，遭到了网络批评，最终支付宝也将这个项目下线。被欲望机器所异化的网络空间，不仅不能实现自由平等的网络乌托邦的想象，甚至可以造就性别、群体之间的撕裂和隔膜，或直接导致社会文化的倒退。

（根据速记整理，经过本人校订）

第七十二期

《人民的名义》，反腐剧、涉案剧爆红背后的产业成因与传播逻辑

主持人： 石　嵩（中央民族大学外国语学院）

主讲人： 孙佳山（中国艺术研究院马克思主义文艺理论研究所）

林　品（北京大学中文系）

时　间： 2017年5月17日（星期三）14:30—18:00

地　点： 中国艺术研究院研究生楼第五会议室（四层）

主　办： 中国艺术研究院马克思主义文艺理论研究所

编者的话

3月末，《人民的名义》，一部充满着主旋律特征的反腐题材电视剧，在没有任何征兆的情况下，突然爆红。7%的收视率，也是1999年中国广播电视行业实现卫星电视化之后收视率最高的电视剧。仅就这一点，这就是一部值得被深入剖析的作品。事实上，这部剧集在制作水准上还比较粗糙，远不及同期作品的最高水平，但这本身也恰恰说明了其自身的复杂性和多义性。从1990年代中后期到世纪之交，反腐、涉案题材电视剧，不断取得收视率的佳绩。反腐剧也和同期的涉案剧在题材和类型上有着很多交集和重合，作为当时的热点问题受到了全社会的广泛关注。

然而，由于种种原因，自2004年开始，反腐剧、涉案剧开始陷入大约十年的沉寂，直到2014年《湄公河大案》的出现，反腐剧、涉案剧才又一次出现在公众视野，并不断获得商业、口碑上的双重认可。尤其需要注意的是，像《人民的名义》这样具有明显的主旋律特征的反腐剧、涉案剧，竟然在青年文化、二次元文化中受到了热捧，这种新的文艺现象显然突破了既有理论的一般性认识。

因此，到了《人民的名义》这个历史节点，整体性地审视这一波反腐剧、涉案剧爆红背后的产业成因与传播逻辑，就成为了这个时代文艺领域议事日程上必须解决的核心问题，某种程度上，这也是认知我们这个时代的一条曲径通幽的有效路径。

孙佳山：《人民的名义》能火到这个程度，这事可能超过了所有人的预期，即便是对买了这部剧的湖南卫视的年轻的采购班子而言，你如果那会儿告诉他们这部剧是今天这样的爆红，他们也绝不会相信，一定会觉得你是在忽悠他们。因为这部充满着主旋律特征的反腐题材电视剧，在没有任何征兆的情况下，最高点的时候拿下了8个多点的收视率——这是1999年，中国广播电视行业实现全盘卫星电视化之后收视率最高的电视剧——这是什么概念呢？就是1999年之前，比如《渴望》《北京人在纽约》等那些“骇人”的收视率的意义，其实非常有限，因为大家那时只能收看五六个频道，《人民的名义》最高8个多点的收视率，换算一下放在那时也是数一数二的。

那么，当我们在讨论《人民的名义》的时候，我们在讨论什么？尽管在剧本创作、拍摄制作等角度，实事求是讲还比较粗糙，这部电视剧作为电视剧的水准其实在我国电视剧历史上，只能算中上之作；但无论如何，站在我国电视剧史的角度，尤其是在电视开机率、收视率持续下滑，视频网站大幅分流的大趋势下（比如我就是在视频网站上看的该剧，而这并没有被算进收视率)，《人民的名义》还能有这样的表现，就更是不容易。

所以，我们首先要明确一个问题。本着“不吹不黑”的原则，虽然在制作层面的瑕疵很多，但不管是收视率，还是话题度，《人民的名义》在中国电视剧史上，都是数一数二的作品，这应该没什么问题。

就个人而言，我一开始因为当时手头有别的事儿，并没太关注这个电视剧，只是随着它开播后话题度的不断上升，特别是新媒体上广泛传播的达康书记表情包——这么主旋律的作品也被青年亚文化消费了，让我意识到这事儿肯定是不简单。后来很快，国内几家主流的新闻报刊就先后找到我，采访我对这个剧的看法，让我认真准备一下再接受采访，我才被“吓”得赶紧恶补追剧。其实我一开始也是懵懵的，但同样的话来来回回说了几遍之后，就逐渐开始给自己说明白了、给自己说会了，一点点地不仅自己信了，而且也有了整体性的认识。

在现有的关于《人民的名义》的讨论中，也真是一点不意外，“大道理”太多了，各种“车轱辘话”“片儿汤话”的分析太多了。当然并不是这些与《人民的名义》相关的话题就没有意义，而是说现有的这些“大道理”与这有关、与那有关，但唯独就是与作为电视剧的《人民的名义》无关，毕竟《人民的名义》首先是一部电视剧，而不是别的；所以我们最需要做的是先把电视剧脉络上的《人民的名义》说清楚、唠明白，这事儿不说透，其他都是白扯，毕竟它只是一部电视剧。

2015年6月，中纪委宣传部调研组到国家新闻出版广电总局、最高人民检察院调研并举行座谈，希望两部门配合，用文艺推动反腐：广电总局“每年电影最少一两部，电视剧最少两三部，而且必须是精品。不能一写反腐就写成案件剧，一写公检法就写成劳模剧”，最高检影视中心要加强反腐题材影视剧的创作和生产。

这件事的意义非常丰富，我们就以此为基点对反腐剧、涉案剧的来龙去脉一层层地剥离，通俗地说就是讲一讲它们的过去、现在和将来，具体的展开都会锚定在这个事件上，来来回回都要从这件事出发。

我的主体汇报思路也分为以下两点：一个是把反腐剧、涉案剧在电视剧意义上的前因后果说清楚、唠明白；另一个是谈一下反腐剧、涉案剧和主旋律的关系，今天的主旋律到底是咋回事儿。

第一，也是我要展开的第一个角度，就是从反腐剧、涉案剧的角度入手，谈谈《人民的名义》作为一部电视剧，在中国电视剧的脉络里到底是怎么回事。中纪委2015年6月的这次座谈是《人民的名义》能够出现的最直接原因，可以说没有这次座谈就没有《人民的名义》。为什么？

因为在2004年初的全国电视剧题材规划会上，当时反腐剧、涉案剧数量多、质量差的问题被突出地反映出来。同年4月，各地卫视就陆续接到了新闻出版广电总局《关于加强涉案剧审查和播出管理的通知》，要求这类题材的影视作品退出黄金档，安排在晚间11点之后播出。与此同时，当年送审的相关剧目，在批准、立项环节被压缩了40%。我国的涉案剧、反腐剧，就是从那时起，开始了长达十余年的沉寂。

所以我们稍微多看几眼，就会发现中纪委宣传部的这次座谈，其实非常懂行，因为他们明确指出了“不能一写反腐就写成案件剧”，这也确实是当时的反腐剧、涉案剧的最大问题。纯粹从知识分子概念辨析的角度来看，在中国的广电体系下，反腐剧在概念上其实隶属于涉案剧，是可以被放进涉案剧这个“大框”里的。只抽象谈缺点的话，那个年代的反腐剧、涉案剧的问题确实比较大、比较明显，除了色情、暴力之外还惊悚、恐怖，有的也真的暴露了当时公安机关的刑侦手段，相当于给犯罪分子上“科普课”了。

的确，现在距离那段历史已经一晃20年了，大家对那个年代的印象已经面貌模糊了。对于“严打”这个词现在的朋友可能都比较陌生，今天再回过头看，也很是感慨，也是那个历史阶段的产物。第一次“严打”是1983年，第二、第三次“严打”则是在世纪之交的1996年、2001年，非常密集。道理也不复杂，如果说当年的第一次“严打”很快稳定住了社会治安局面的话，世纪之交这两次就很有意味。说白了，就是1996年的第二次“严打”没摆平，才有2001年的第三次。很显然，世纪之交那会儿社会矛盾相对尖锐，社会治安也很成问题。于是反腐剧、涉案剧也就应运而生，从1990年代中后期到世纪之交，《英雄无悔》《12·1枪杀大案》《刑警本色》《苍天在上》《永不瞑目》《大雪无痕》《黑冰》《黑洞》《征服》《绝对权力》等反腐剧、涉案剧，随着当时改革开放步伐的进一步加大，社会矛盾的集中爆发，不断取得收视率的佳绩。

今天回头再看，世纪之交的那段岁月，套用波拉尼的语式说，有点构成了我们今天生活的起源，就是说影响我们今天日常生活样貌的全部元素在那个时期都凑齐了，后来都是在那个基础上的叠加，没再有多少新东西。比如说新一代领导班子的稳定、分税制改革、《物权法》、永久废除农业税，包括影视领域的1999年省级电视台综合频道全部上星、2002年的电影院线制改革，等等；在1990年代中期之前——现在看来属于4倍慢速、2倍慢速的改革开放步伐忽然加速了，并在世纪之交完成了它自身的“大转型”。后来发生的一切事情，都能追溯到世纪之交的这十年，就像刚才提到的，那会儿社会治安确实不太行，远不像今天这么“安定祥和”，哪些东西能让大家一下子就激起对那段时光的感知？必须是反腐剧、涉案剧。

反腐文学、反腐剧的“三驾马车”张平、周梅森、陆天明，就是那会儿登上历史舞台的，是他们奠定了我国反腐文学、反腐剧的基本样貌和格局，并一直影响到今天，影响到《人民的名义》。为什么这么说呢？因为从这个意义上说，《人民的名义》可以说是那个年代的反腐剧、涉案剧的集大成者，它的基本脉络、架构都能从那个年代的作品中找到线索。当然这其中的线索比较杂乱，我们就从《苍天在上》《绝对权力》《大雪无痕》这三部最有名的反腐剧说起，刘复生老师的相关文章已经分析得很透彻，我们会发现《人民的权力》的类型元素在它们中间都能找到清晰的线索。

第一个是李达康书记的由来，就是《苍天在上》这个脉络。它的类型贡献就是一个地级市的市长或者书记，遇到“事儿”了，发现身边有坏蛋了，本以为顺藤摸瓜能除暴安良，结果“摸”到当年曾经提拔过自己的老领导那儿了。于是乎，就痛苦抉择、良心发现，最终“苍天在上”啊。而且在大结局，主人公都付出了事业上的、生活上的不小代价，就像李达康，老婆进监狱了，“沙李配”传闻中的省长位置也没戏了。

第二个是侯亮平局长的由来，就是《绝对权力》这个脉络。它的类型贡献就是纪检监察干部，在司法程序受到严重干扰，作为主人公的院长、检察长、反贪局长受到各种打击、报复的工作处境中，如何在上级大领导的暗中支持下还顺带着紧密联系群众开展调查，最终铁证如山地搞定之前很嚣张的大贪官及他们的党羽。

第三个是祁同伟厅长的由来，就是《大雪无痕》这个脉络。它的类型贡献就是公安系统的刑警队长、缉私队长，在侦破大案、要案的过程中叫那个年代的祁同伟同志给整了，让人家给停职或者调走了，但是大丈夫英雄无悔，不让干也干，最后一场枪战搞定一切，有点港式警匪片的味道。然后，祁同伟同志这个类型元素，不管是不是“胜天半子”，肯定会选择自杀结局。

上边是反腐剧的类型脉络，在《人民的名义》当中还有不少涉案剧的线索。

我们就从当时最有名的《黑洞》《黑冰》《征服》入手。我没太想好怎么用学术语言概括，就先用点比喻性的语言形容一下。《黑洞》《黑冰》也是兼备了反腐剧、涉案剧的特征，当时好多剧都是这种情况，包括《征服》，它们都有一个很奇葩的逻辑，就是对“受难者”的“二次清除”。

咋清除的呢？就是不管是《黑洞》里的聂明宇（陈道明扮演）、《黑冰》里的郭小鹏（王志文扮演），还是《征服》里刘华强（孙红雷扮演），他们之所以以各种形式危害社会，都是因为过去受了委屈：聂明宇和郭小鹏都是“文革”的受害者，童年记忆太压抑了，然后在改革的大潮中借着平反了的父亲（后爹、老丈人也算）的权力，开始为非作歹；刘华强是因为1980年中期左右的物价改革，让过去的主人翁工人阶级受了太多委屈，于是玩起了黑社会。所以这些涉案剧的奇葩逻辑就是，他们过去受难的历史反而是他们后来形成变态人格的原因，这倒很符合世纪之交那会儿的猎奇心态，于是二次消灭他们就有了充分的正当性，那都是原罪啊，只有彻底弄利索了才能继续推动改革开放的步伐。这个逻辑今天看起来非常奇葩，但在当时就是很顺溜。

在《人民的名义》当中，当时涉案剧的这种类型，其实也依然存在。就是大风厂的工人们，具体点就是王文革那帮“流氓无产者”。人家明明是受害者，受了那么多委屈，最后还被这么污名化处理，显然是不合适的。这种表达还是李达康同志当年的“改革能人”“改革弄潮儿”时代的逻辑，就是刚才的分析，只有把他们这些原罪清理干净，更甜美的明天才会到来。这个逻辑是挺奇葩的，谁不想过好日子啊？

就类型而言，世纪之交的涉案剧，某种程度上讲，在大众文化领域要比反腐剧还火，因为那时候的反腐剧还是一个成年人话题，不像今天的《人民的名义》在青少年世界里也有那么大的话题度，论接地气儿，那必须还是涉案剧。因为和当时的社会现实紧密结合，所以当时的《英雄无悔》《12·1枪杀大案》《刑警本色》《黑冰》《黑洞》《征服》，都火得不得了，在全年龄段都有“杀伤力”。

稍微多说几句，除了王志文、陈道明这些当年就已成名的演员之外，诸如黄渤、孙红雷、马伊琍、段奕宏、李晨等这些今天的知名演员，都是在当时的涉案剧中冒出来的，在里面演一些有特点的小角色——反腐剧、涉案剧其实一直是符合中国国情的、有中国特色的中国影视类型，为中国影视领域做出了独特贡献。它的一个基本特点就是浓郁的纪实风格，“素人”比较多，有的为了逼真，干脆就用纯粹意义上的普通人，比如当时参与破案的公安干警等，这种类型有很强烈的真实感，其实和美剧有很多接近的地方——在当时，我国电视剧的这个类型和美剧的差距其实并没那么大，并且有着鲜明的中国风格，后来没能延续下来真的是太可惜了。

所以说《人民的名义》，确实都是事出有因，并不是天上掉下来的。距今一晃十五六年前的世纪之交时期的反腐剧、涉案剧，对于中国影视行业的影响远比我们想象的还要深远得多，你别看 2004 年硬给摁住了，它的实际影响一直都在那儿呢。而且它们所波及的范围也远超我们的一般认识：不仅后来以艺术片面目出现的《白日焰火》《烈日灼心》《黑处有什么》等，其实都还在处理那个阶段的历史经验；就连这两年受到 90 后、00 后热捧的网络剧，也同样涌现出了《余罪》《心理罪》等这些涉案类型——反腐剧、涉案剧的跨门类、跨媒介影响，这么重要和有价值的问题，却始终没有被有效清理，是因为我们过去“大道理”讲少了呗？

第二，反腐剧、涉案剧和主旋律的关系，今天的主旋律到底是咋回事？

说到主旋律，大家一般的印象就是《大决战》《长征》《建国大业》，或者《焦裕禄》《孔繁森》之类的。的确，从1987年的“弘扬主旋律、提倡多样化”开始，主旋律这一概念的正式提出至今已经整整30年有余了。但主旋律并不是一个本质化的概念，其自身有着丰富的内涵和沉积，今天的主旋律和30年前相比肯定也不是一回事儿，这个问题三年前的青年文艺论坛也讨论过。

我们先大致回顾一下主旋律的几个发展阶段。

第一个阶段就是1990年前后那些事儿，就是《大决战》系列、《开国大典》《渡江战役》之类的。现在对主旋律的主流一般认识，其实还停留在那个阶段，认为主旋律就是完全由国家出钱搞定的，给国家看的东西。这在今天简直就是天方夜谭，是《人民的名义》的制片人做梦都梦不到的啊。

第二个阶段就是新世纪初那一拨儿，代表作品就是那会儿的一批“长征”题材作品。配合那时的“走下神坛”话语和老百姓喜闻乐见的“戏说”模式，主旋律的焦点都在“毛主席用兵真如神”的“三国诸葛亮”式的呈现上。也是从那时候起，国家投资开始从主旋律中退场了，主旋律在资金意义上基本都是市场化运作了。

第三个阶段就是《建国大业》《建党伟业》这个阶段，也是知识分子视野的天际线，知识分子圈讨论主旋律一般也就到此为止了，再往后的主旋律是咋回事就都不知道了。在这个阶段不仅在资金投入意义上已经和国家完全没关系了，在内容制作逻辑上也高度市场化了，开始遵从好莱坞等主流大片的制作逻辑。

那么，拿上述的三个阶段来套今天的《人民的名义》，哎，是不是套不进来？好像都没啥太大关系，哪里出问题了呢？显然今天的主旋律又发生新变化了，溢出了过去的框架。

我们再次回到2015年6月，中纪委宣传部调研组到国家新闻出版广电总局、最高人民检察院的座谈，中纪委宣传部希望两部门配合，用文艺推动反腐。反腐是当前我们国家前二三件大事之一，用文艺推动反腐，就是让主旋律兼容这一话题，并有正面推动作用，这个意思很清楚。而且我们看中纪委宣传部除了“不能一写反腐就写成案件剧”的另一条具体要求：“不能一写公检法就写成劳模剧。”说明他们懂业务并不是吹捧，这里的劳模剧的具体意思其实是反思了过去主旋律的相关问题，别弄成苦情戏，正面人物也得有血有肉，也得食人间烟火。

也就是不管是战略上还是战术上，中纪委宣传部的思路都是非常清晰的，但在他们之前还有先例——2014年的《湄公河大案》和2016年的《湄公河行动》。湄公河事件，这个不用多说了，大家都大致了解。出了这么大的事，处理完之后，总要在国家层面上有所表达，而总局2004年的禁令还在，确实到了今天也没有公开说那个禁令就失效了，那么从电视剧生产的角度怎么办？那就只有主旋律这一条路，从国家主旋律的角度进场，就像中纪委宣传部给新闻出版广电总局留的作业“每年电影最少一两部，电视剧最少两三部，而且必须是精品”，当时公安部也是这么进入这一领域的。

所以主旋律经过30年走到了今天，已经走向了新的阶段，要比之前任何一个阶段都复杂得多。即便是《建国大业》《建党伟业》这些主旋律，其实他们只是以比较花哨的方式完成了规定动作而已，并没有什么新东西，而到了《人民的名义》这个阶段，则开始推陈出新。

与过去由国家标明边界的主旋律作品相比，今天的主旋律有了相当的自主性，对于文化边界的“勘测”也由其自身完成，并没有谁告诉你哪行哪不行。而这不正是主流意识形态、主流话语在文化产业也好、大众文化领域也罢，开始成熟起来的标志么？不管操持怎样的立场，这至少是不小的进步吧！在这方面我们其实一直很吃亏的，就不说《纸牌屋》，也不说好莱坞了，就说和我们相对接近的韩国吧，韩国电影从来就不缺少这种大尺度的高层反腐、涉案的影视剧，但是和好莱坞一样，这反而印证了他们文化产业意义上的成功，甚至成为了他们文化软实力的一部分。

相比较而言，从2004年到2014年，我国这个领域一直被“捂着”“摁着”，吃亏的显然是我们自己，远不是影视领域多赚点钱少赚点钱那点事儿，而是在主流意识形态、主流话语层面一直吃着暗亏。在影视领域的结果，就只能是逼着《白日焰火》用欧洲电影节现代主义标准来呈现那段历史，说白了就是在相当程度上满足了白人老外“窥淫癖”的猎奇心理。我们都知道，我们的国情和美国非常不一样，《纸牌屋》还是晚期资本主义那一套逻辑，我们没必要和他们一样，真一样了也不是啥好事；但我们还是可以算一算，这里里外外差了多少意思？真的是“失去的十年”啊。

当然了，谈任何问题都不能抽象谈，我们再放大一些看吧，影视领域的市场环境其实更不乐观。按照刚才的梳理，尽管今天的反腐剧、涉案剧开始有了这个时代的主旋律的历史任务，其生产、传播等和国家其实也是无关的，都是在高度市场化的环境中完成的，

《人民的名义》就是最好的例子。比如在剧中扮演赵立春同志的另一个前秘书，朗诵了《共产党宣言》的制片人高亚麟就明确说，恨不得写一个关于《人民的名义》的拍摄过程的报告文学，好好揭示一下这个过程中众生相的丑恶嘴脸，那叫一个搞笑。说是大概有50多家投资机构都表达了意向，并大多签了合同，就因为反腐这个话题太过敏感，有很多机构甚至不惜交违约金而选择毁约。而且它的制作方的三分之一的股份在去年年末就被另一家大公司转让了。为什么呢？正是因为这些年影视领域风行的对赌协议，说白了就是业绩没达标，这和其他行业普遍存在的高杠杆投机，其实共享着相近的结构。随着相关泡沫的进一步破灭，金融资本也调低了对影视业的预期。这个行业2016年的对赌总额还是20.7亿，到了2017年直接被腰斩到11.5亿，2018年则是10.4亿。在我们国家的GDP已经臃肿到这个地步的情况下，10亿人民币真的是沧海一粟，在强势行业看来，这真只是零钱而已。

还有就是在传播过程中，《人民的名义》的发行方所设置的“小鲜肉”“老戏骨”对比的话题，就是强调“小鲜肉”不值那么多钱，而“老戏骨”们物美价廉，是行业良心。事实真的如此么？就连该剧的制片人、导演都承认，这些“老戏骨”在这部剧里面，给的是“内部价”“人请价”，片酬并没有按照市场价走，真按照市场价，这部剧的总花销就得2个多亿小3亿了——不管按照什么标准，这都不可能是所谓中小成本电视剧了。这显然是结构性问题，不是“小鲜肉”“老戏骨”这个二元对立能涵盖的。

所以，至少中期看，这个行业都不再处于一个乐观的通道中。

因此，当我们讨论身处在这一历史阶段中的《人民的名义》时，就不能抽象地讲“大道理”，比如老同志们都愿意唠唠人民是不是个名义，确实不能说这些讨论就一点用都没有；但只要稍微聚焦一下《人民的名义》的生产、传播，我们就会发现实际情况和我们的主观想象根本就不一样，就不是一回事儿。在这样的市场环境下，它的生产、传播面临多大的风险、多大的挑战？这肯定不是我们在这里坐而论道能体会的。

今天的主旋律的另一个特征就是在其传播过程中受到青年少的广泛关注。因为无论是《大决战》《开国大典》，还是《焦裕禄》《孔繁森》，抑或《建国大业》《建党伟业》，在过去这都是大人的事，是成年人世界的话题，和青少年和孩子们从来都没有关系啊。说主旋律到了新阶段，在这个问题上也确实足够全新。《人民的名义》在拍摄的时候，为了试图吸引青少年群体的注意，特意加了郑胜利这条他们认为的青少年网生代的线索。但结果是，广大青少年群体在新媒体上都不断表示，他们根本不喜欢郑胜利，把他的空间都留给达康书记吧。

说大一点，至少在改革开放以来的大众文化史上，这都是前所未见的。像《人民的名义》这样具有明显的主旋律特征的反腐剧、涉案剧，竟然在青年文化、二次元文化中受到了如此的热捧，这种新的文艺现象显然突破了既有理论的一般性认识。而且这并不是偶然，2016 年中纪委的《永远在路上》就在 B 站上受到了广泛欢迎。我们想想啊，如果说《人民的名义》好歹还是个电视剧，有点剧情的话，《永远在路上》这可是严肃得不能再严肃的正经专题片啊，一点娱乐性元素都没有啊。

所以主旋律发展到今天这个阶段，它的复杂性，实事求是讲，至少未必在我的认知内，很多东西还要深入挖掘。面对今天的青少年，我们再也不能拿过去把小孩儿当傻瓜的那一套想当然的思维来看待，包括我们青年文艺论坛曾经讨论过的帝吧出征、粉丝文化等，他们的政治、经济、文化诉求，平心而论，我们了解么？恐怕也就了解那么一丁点吧。不解决这个问题，也根本谈不上充分认知这个时代的主旋律问题。

综上，到了《人民的名义》这个历史节点，整体性地审视这一波反腐剧、涉案剧爆红背后的产业成因与传播逻辑，是我们这个时代文艺领域议事日程上必须解决的核心问题。在相当程度上，它就是认知我们这个时代的一条曲径通幽的有效路径。要做的工作太多，我们大家一起努力吧。

林品：刚才孙佳山老师是从产业成因的角度来讲，我接下来可能更多的是从传播和接受的角度来讲《人民的名义》这个现象。

首先，我想跟大家分享一些数据。因为如果要讲传播和接受，我不能空口说白话，空口无凭。我觉得《人民的名义》就像佳山兄刚才讲的一样，有一个非常重要的点，它是一种混合所有制的形态，就是说，它实际上是在中央级别的国家部委的支持之下，由民营资本投资筹拍的。然后，它在播出的时候，有一点非常有意思，它既在电视屏播出，又在网络端播出，而它在电视屏播出时，它所选择的平台是——更准确地说，也不是它选择的平台，而是选择它的平台，因为据说当时《人民的名义》拍完之后，有很多播出平台都不看好这个涉及敏感话题的高风险的片子，反而是湖南卫视以 2.2 亿的价格买下了他的播出权。大家都知道，湖南卫视是一个高度娱乐化的，而且是以青少年群体为主要受众的这么一个地方卫视，它也是中国最早的真人秀、选秀节目等一系列现在非常火的综艺节目的开拓者。但是，通常来说，湖南卫视黄金时段的金鹰独播剧场，它播出的那些剧都是像青春情感、古装传奇这种类型的电视剧。比如，这里有个数据是，金鹰剧场在 2015 年至 2017 年播出的电视剧有 29 部，其中 76% 是青春情感类，或者是古装传奇类，就算它播出的是革命军旅题材，它的风格也是倾向于青年偶像化。所以，《人民的名义》并不是湖南卫视以前比较青睐的剧种。同时，像反腐剧、涉案剧，它一般也不会选择湖南卫视这样的播出平台。近几年，从 2015 年开始出现的这些反腐剧跟涉案剧，我们可以看一下它们的播出频道：《人民检察官》是在中央电视台一套，《国家底线》是在中央电视台八套，《谜砂》是在东方卫视，《草帽警察》是在中央电视台八套，这是关注度相对较高的几部，都是以在中央电视台播出为主。然后，关注度比较高的这几部反腐剧跟涉案剧，没有一部是在湖南卫视播出的。但是这一部《人民的名义》，它在湖南卫视播出之后，造成的结果，首先是它的首播关注度非常高，因为我们知道，湖南卫视一直都是国内各个地方卫视中关注度、收视率最高的电视台之一。此外，它突然之间与一群青少年的受众，还有平时可能主要是在粉丝文化中追星，在电视综艺节目中追逐娱乐明星的那样一批观众相遇了，这是《人民的名义》非常有趣的一点。

《人民的名义》在电视播出平台方面，是在湖南卫视的金鹰独播剧场播出的。而在播出之后，《人民的名义》就创造了非常非常高的收视率。之前石老师说他是“破七”，而它在最后几集，就是祁同伟出逃的那几集，49 集、50 集、51 集、52 集，最后几集的时候，它的收视率居然峰值突破了 8%。这是一个什么概念？这是 1999 年以来收视率最高的国产剧。第二高的是 2011 年的《回家的诱惑》，也只是百分之五点几。《人民的名义》创造的是 1999 年以来最高的收视率。因为，1999 年之前整个电视格局不是这样的，地方卫视没有上卫星，大家的选择是非常少的。所以，在 1999 年之前，有一些非常夸张的收视率，比如说《还珠格格》超过 50%，那是在一个特定的时间段，不像现在我们大家打开自己的电视，能有 100 个以上的频道来供你选择，有非常非常多的电视剧。在 1999 年之后，最高收视率的国产剧就是《人民的名义》。

另外一部超过 8% 的电视剧是 2005 年、2006 年的韩剧《大长今》，这是 1999 年以来收视率最高的两部剧。《人民的名义》在电视屏上创造了如此高的收视率，与此同时，它还在网络客户端上播出，我们看到《人民的名义》选择了 PPTV、芒果 TV，以及优酷、土豆、腾讯视频、爱奇艺、搜狐视频等多个网络平台，全网播出。实际上它在播出端的市场运作就已经相当成功了。而在网络端造成的一个结果就是，因为现在事实上通过电视屏来看电视剧的，即便是湖南卫视，也是以三四线城市的那些青少年为主，同时也有很多是中老年的观众依赖电视屏。而网络端的话，就和一些一二线城市的、东部发达地区的这些青少年相遇。在这个过程中，《人民的名义》的全网点击量突破了 200 亿，也就是说，它一共 52 集，平均每一集它的点击量大概超过 4 亿，这也是一个非常非常惊人的数字。

那么，《人民的名义》为什么会创造这么令人惊讶的一个传播数据？我们来看一下更细致的大数据的分析。这个是百度的一个数据分析，从观众的男女比例来看，在《人民的名义》的观众群体中，女性占 32%，男性占 68%。这个相对比较好理解，因为我们看《人民的名义》的海报，绝大多数的角色是男性，然后它的这个题材——反腐题材和官场题材，在性别刻板印象里也是男性观众相对偏爱的一个题材。但是，事实上它的女性观众也相当多。而且我看到《人民的名义》刚播出的时候，播出前半段的一些数据，女性观众是比男性多的。可能是后来口碑传播开了之后，更多的男性观众涌入。而且在前半段的时候，有大量的女性观众造成了一个巨大的传播效应，就是以一种粉丝文化的方式去解读、传播，利用《人民的名义》，重新组织《人民的名义》的一些素材来展开二次创作，尤其是和李达康书记相关的一些素材，从而造成了《人民的名义》在互联网上的高曝光度。之后，在《人民的名义》形成了一个巨大的话题之后，更多的男性观众，特别是对官场剧和反腐剧有强烈兴趣的男性涌入，造成了最终的这样一个比例。

再来看一个非常重要的数据，就是年龄比例。我们一般会认为，像这种主旋律的片子，它的观众是以中老年观众居多的，而年轻观众，在很多人的想象中，可能是去政治化的，或者是对主旋律有着一种冷感。但是《人民的名义》的数据和这种传统印象很不一样。因为，百度视频分析的主要是网络的数据，所以我们可以看到，18 岁—24 岁，以及 25 岁—34 岁这两个年龄段的占比最高，也就是青年观众。比如说，大学在校生以及刚刚毕业的那种习惯通过网络端追剧的白领观众，这两个人群的观众是非常多的。这个也是我接下来要讲的，也就是《人民的名义》和青年群体现在的粉丝文化及二次元文化之间的那样一种互动，这是令人非常意外的一种互动。

接下来，再看它的行业分布，56% 是专业技术人员，33% 是文职人员。也就是说，实际上产业分布是以青年白领工作者居多。观看设备分布，iPhone 是 47%，iPad 是 21%，这一点显示出的是，我们知道，iPhone 和 iPad 的观看效果比较好，这一点是没话说，另外就是，iPhone 和 iPad 是相对来说价格较为昂贵的移动智能设备，由此可以看出，《人民的名义》的观众，实际上他们的受教育程度是相对比较高的，经济状况是相对比较好的。

最后，百度提供的这个数据就非常有意思了。我们知道，《人民的名义》的主人公是侯亮平，但是他在百度给出的角色热搜排行榜上却没有出现，角色热搜排行榜上排名第一的是李达康，排名第二的是高小琴，排名第三的是祁同伟。也就是说，男主角并没有进入热搜排行榜的前三名，而这是接下来我可能会谈的一点，就是，为什么李达康和高小琴、祈同伟成了大家最关注的角色？然后，演员热搜排行榜第一名就是自带粉丝群的陆毅，因为，陆毅原来就有非常高的粉丝积累，同时又演男主角，同时，他的演技在老戏骨的反衬之下，成了大家讨论的一个话题。所以，演员热搜排行榜的第一名的还是陆毅，但是第二名和第三名分别是扮演高育良书记的张志坚和扮演李达康书记的吴刚。而这个也是接下来要讨论的一个话题，就是由《人民的名义》引发的一场巨大的争论，所谓的“老戏骨”

和“小鲜肉”之间的那样一个对比。

在《人民的名义》播出之后，有这样一些话题是频频地登上微博的热搜。比如说，“《人民的名义》的片酬”，这实际上就联系到接下来要讲的一个问题，因为，《人民的名义》的片酬，是所有演员加起来才4800万元人民币，而这实际上比不上现在所谓的“小鲜肉”演员，或者是“流量艺人”他们拍一部长篇电视剧的片酬的一半，就是说，所有演员加起来可能还不如一个“小鲜肉”演员的片酬的一半，这是它引起巨大争议的一个话题点。另外一个重要的热搜话题是“史上尺度最大反腐剧”，还有“李达康表情包火了”。这些话题，“大尺度”和“李达康表情包”，都是它在网络上引起热议的一些关键点。

那么，为什么《人民的名义》会通过这些话题取得这样一种传播效应？我们可以从多个角度来看。首先是从制作方和出品方的角度，然后再从受众的角度来看。

从制作方和出品方的角度来看，大家都觉得，它是一部“主旋律”电视剧，“主旋律”一般来说在惯有的刻板印象里可能是偏“高冷”的。但是，《人民的名义》的出品方有一点做得非常成功的是：它和观众之间的互动。因为，现在是网络时代，一部电视剧如果要产生一种很强的所谓“观众黏性”和“观众忠诚度”，不是说本身的质量好就可以了，而是需要出品方和观众之间形成一个有效的、友好的互动关系，才能黏住那些观众。而《人民的名义》在这一点上就做得相当老道而成功。比如说，之前提到的那些微博热搜话题，很多其实是《人民的名义》的营销团队主动和微博合作，然后贡献出来的很多带标签话题。然后，在它播出到一半的时候，它还进行了一个“九大主创”的微博访谈。九大主创包括两大制片人，也就是导演、总制片人李路和出品人、制片人高亚麟。更值得关注的是七大主演：吴刚、许亚军、胡静、张志坚、丁海峰、李光复、张晞临。他们分别扮演的是李达康、祁同伟、高小琴、高育良、赵东来、郑西坡、蔡成功。这里面，它就特意把李达康的扮演者吴刚的互动时间专门提出来放在周日，也就是说，周五晚上的微博互动是五个主演，周六晚上的微博互动是张志坚和两个制片人，最后周日单独地把吴刚放出来，这体现两点：一个是看它主动地与微博用户互动，还有一个是它对网络舆情的反应是非常非常及时的。因为，实际上，如果大家去看《人民的名义》的原著的话，会发现李达康并不是那么一个出彩的主要人物。之所以它在播出到一半的时候进行主创微博访谈，而且微博访谈又把吴刚单独放在最后一天，实际上就是要有对网络舆情的高度敏感和及时反应才能做到的，这也是体现了现在的“主旋律”，它本身在自己营销的时候已经不再走原来那种“高冷”的路线。

而且，《人民的名义》主创方和新浪微博运营方，他们在互相磨合之后还形成了创造、引领新话题的能力。比如说，他们就在《人民的名义》播出期间，自制了“老戏骨演技课堂”这样一系列的短视频。实际上，“老戏骨”和“小鲜肉”之争，可能一开始就是他们想要推的，他们想要打这个牌：我们这个戏的整体演技好，如果要跟同档期的其他那些“IP 剧”竞争的话，我们的最大优势、最大特点就是演员的整体演技要明显高出 N 个档次。同时，我们可以发现，这个话题引起了大量网友的强烈反响，所以，他们很快就及时地做出反应，制作了这样一系列的短视频，并且让那些50多岁的老戏骨、老演员们在微博上用他们自己平时不常使用的个人账号积极地转发，造成了这样一个关于“老戏骨”的大讨论。

让我们再来看一下数据，这是一个微博评论热词的大数据，这是4月1日“泽传媒”给出的大数据。《人民的名义》是3月28日首播，所以4月1日给出的这样一个微博评论热词，实际上并不是网友评论热词，而是电视剧的出品方和新浪微博在营销推广这个剧的时候，他们制造的那些话题，是新浪微博上的那些带“井”字标签的话题，它们会成为最大的热词。所以，这其实是这个剧的出品方他们在推销自己的时候，想要提供的卖点、噱头，比如说“主旋律”“大尺度”“戏骨飙戏”“反腐败”这四个词，大家看，在热词图上字体是最大的。“主旋律”之前已经从产业成因的角度谈过了，“反腐败”是这个剧的题材，然后，还有两个热词，一个是“大尺度”，一个是“戏骨飙戏”，演技好，这是它自己要推出来的话题，也是它取得传播成功的两个非常重要的点。因为，说到“大尺度”，我们知道，正如刚才佳山师兄所讲的，这样一个尺度的反腐剧、涉案剧已经十几年没有出现了。而“反腐败”题材本来就是一个民众高度关注的，也和我们当下身处的现实密切相关的题材，所以“大尺度”作为传播要点完全可以理解。

另外就是，《人民的名义》出品方专门推出了一个“老戏骨”话题，引起公众的热议。这是从一开始就引起大家讨论的，它其实也可以预料到，因为，播出第一天，第1集的时候，是侯勇扮演的赵德汉那一场戏，可能他们对“老戏骨”的演技也很有自信，同时也迅速发现网友对这一点的热议，所以从一开始就制造了这个传播关键词，就是“老戏骨”。这是接下来我要讲的一个话题，而且想带出一些值得大家讨论的问题，在下半场的时候大家来讨论。

另外，实际上这个剧，像“大尺度”和“老戏骨”这些标签其实也依然符合“主旋律”“反腐败”的画风。但是，这个“主旋律”电视剧又有意识地想要同时迎合、满足、吸纳多个年龄层的观众。因为，我们看它是一个多线叙事的剧情设置，然后，通过交叉的剪辑，把多条线索给剪到了一起。其中，就包括一些和主线剧情不大相关的，比如说郑胜利的那一条线。其实，出品方、制片方自己的想法，是想通过多线的叙事来满足和吸纳各个年龄层、各种趣味的观众。而且，他其实从一开始就想吸纳那些青少年的观众。像这一张截图，当大风厂工人维权的时候，他们专门提供了一个段落，就是有人在通过网络平台视频直播大风厂工人的维权行动，然后这个细节就很有意思，大家看，这个网络直播上面是带弹幕的。这是《人民的名义》的一个截屏，可以看到大风厂维权的网络视频直播带着弹幕，所以这部在湖南卫视的播出平台和多个网络播出平台全网播放的电视剧，其实在制作的时候，就已经想要吸纳那些喜欢在B站上一边观看视频、一边发弹幕的青少年观众。

（根据速记整理，经过本人校订）

第七十三期

从边缘到中心，网络文艺做对了什么？

主持人： 唐宏峰（北京师范大学艺术与传媒学院）

主讲人： 吴闻博（博见传媒）

高东旭（中娱智库）

时　间： 2017 年 6 月 28 日（星期三）14:30—18:00

地　点： 中国艺术研究院研究生楼第五会议室（四层）

主　办： 中国艺术研究院马克思主义文艺理论研究所

编者的话

21 世纪以来，互联网的迅速普及，尤其是 21 世纪第二个十年以来，移动互联网几乎深入到了我们日常生活的每一个角落；基于互联网产生的网生内容，特别是其中具有相当原创性的网络文艺快速发展壮大，日渐主流化，开始影响着传统的文化艺术生态。自 2014 年以来，习近平总书记也多次提及网络文艺，强调其重要性。然而，由于历史、现实等多重原因的叠加，当前学界、媒体对网络文艺的整体情况及进程却依然缺乏足够的了解和认知，相关研究仍然相对滞后；对于网络文艺自身有何具体特点，与传统文化艺术生态究竟构成怎样的竞争、伴生关系，又如何仅仅在三五年光景里就完成了由边缘向中心的格局转换，这些关键问题都还没有清晰地给予描述和总结。

本期论坛力图以网络综艺为例，并结合网络游戏、网络动漫、网络文学等网络文艺细分领域的泛娱乐 IP 的开发、打造，为描摹、勾勒网络文艺的整体面庞，做出以点带面式的初步探索和尝试。

吴闻博：2014年，网络综艺具备抗衡电视综艺的能力，并逐渐进入文艺研究的视野。这一年，《奇葩说》在青年群体中引起轰动，火爆至今，成为最成功的网生节目之一。

网生网长的网络性：何谓“网生”？

这里之所以用“网生”，而不是“网络”，是因为网络综艺，其实可以从三个层级上理解。第一个层级是电视节目的网络再播出。比如《中国好声音》《爸爸去哪儿》等优质电视节目，都在网络上播出过，并获得极高点击量。在网络内容尚需电视影响力为网络点击率导流的时代，经常出现不同网站为争夺某档热播电视节目独播权，不断抬高价码的局面。而即便是在当下的网络，电视节目借助网络进行二次传播，依然在网络综艺的数量上占有优势。第二个层级是网络自制与独播，但节目内容的网络属性并不强，跟在电视上播出的没有什么区别。近年来，众多优秀的电视制作人进入到网络综艺的制作市场，推动网络综艺的品质提升，但是带有很强的电视节目的烙印，并没有脱离电视媒体传播特质。

只有基于网络传播特质生产出来的节目，才应该被称为网生节目，这是网络所特有的第三层级。事实上，近年来提出“电视消亡论”，除了体制、尺度、题材之外，基于网络传输特点而形成的受众特殊体验，也是重要论据之一。只是目前关于网生节目的理论界定，依然处于探讨阶段。而网生节目，无论在数量还是质量上，也没有成为主流。

那么，如何界定网生节目？

网络思维、网络语言是网络综艺的两大特性。

简单来讲，“网生”的标准无非两个：网络思维的体现与网络语言的使用。什么叫作网络思维？我们不妨和电视思维做一个比较。

电视节目是一个与观众没有太大关联的闭合圈，基本上是自说自话的过程。在录播的过程中，制作人尽最大努力完成一场场精致的歌舞秀、喜剧秀或者其他才艺秀，然后把结果呈现给观众，观众只能以欣赏者的身份去评论和解读。目前电视制作在内容上更注重剧情化设计，也是希望这个闭合圈能够更有起伏与吸引力，让观众看节目就像看故事一样更有代入感，但事实上，观众与节目内容呈现是分裂的。即便是现在诸多互动设计试图建立电视节目与观众的关联，比如摇一摇、扫一扫等，也不会对节目内容的完整性或者精彩度有什么影响，或者说，对节目的进程本身不会起到影响作用，观众只是借助于电视节目，完成另一个游戏或者购物罢了。总之，电视思维就是在一个无须观众参与的闭合圈中，完成一个精妙的展示秀，由此带动观众的各种感官刺激。

网生节目同样也是一个闭合圈，但必须要有网友参与其中。我们有的时候不太关注网络内容说的是什么，反倒更关注网络内容下面的评论，因为评论要比内容更精彩。所以一个网生节目，一定不只是节目本身呈现了什么，更在于网友评论了什么，也就是，是网友的评论和节目内容在一个相对长的过程中，共同构成了闭合圈。因此，网生节目一定要在内容的设计上，呈现一些“争议地带”，让网友能够进行多角度的阐释，产生甚至超脱节目本身的意义。所以电视节目的设计应该是精准的，传播的是一个结果；网生节目的设计应该是争议的，传播的过程就是网生节目闭合的过程。

在这两种不同的思维指导下，我们可以清楚地看出电视节目与网生节目设计出发点的差异。电视节目中的话题选择，往往是从公共领域出发，然后尽量把公共话题细化成一个私人话题，这样吸引观众去关注。但是网生节目的结构正好是倒过来，基本上是从私人领域出发，然后把私人话题尽量扩展为一个公共话题，完全是两种思维。

按照这个标准回过来去看《奇葩说》，它首先具备了网络思维。《奇葩说》的形式很简单，就是围绕一个话题展开辩论，但是这个节目所讨论的话题，基本上是青年亚文化的话题，是处在灰色地带的话题，或者说是私人话题。比如“该不该看伴侣的手机”“精神出轨和肉体出轨你更不能接受哪个”。也正是因为《奇葩说》在话题选择上的成功，带动大量网络语言节目的出现，甚至到目前为止最成功的节目也基本上都是网络语言类的节目。但话题的选择只是《奇葩说》成功的一个重要条件，这就涉及网生节目的第二个标准：网络语言。

到底什么样的语言才是网络语言？其实很难界定。就好像网络文化有很多符号代表一样，二次元？宅？动漫？笔者认为，简单来说网络语言就是私人化表达，或者是一种“Q型”的语言，你可以表述得很犀利或者很深刻，但是不丢掉可爱的感觉。在《奇葩说》当中，为什么大家都喜欢听马东、蔡康永谈论话题？他们说的不仅有内容，更有趣味。而其他的选手呢？凡是当年的著名辩手，特别是拿过国际大专辩论赛最佳辩手的几位，其实表现得都不好。因为他们还是在按照真实辩论赛的方式一板一眼地去讲述。火的是谁呢？马薇薇。马薇薇当年也是辩论队的，辩论思维很强，但不是用传统的辩论方式和辩论语言来表达观点，个性但不失可爱，反倒受到追捧。所以《奇葩说》在语言的使用上，也走出了一条让我们觉得符合网络语言的态势。

之所以把《奇葩说》摆在一个很重要的位置，还有一个重要原因是《奇葩说》的出现，扭转了我们对网络综艺的一个偏见：网络作品都是比较浅薄的，比较低俗的。虽然现在这种浅薄和低俗的网络作品仍然大量地存在，但是为什么这样一档节目在青少年当中获得大量追捧（包括初中生和高中生）。笔者在一个中学里问过初中生为什么喜欢看《奇葩说》？他们说得很简单，“因为我觉得他们说得有道理”。电视谈话类节目也很多，天天给人讲道理，结果很多年轻人不爱看、不爱听。他们认为蔡康永和高晓松这些人讲得是很有道理的。其实他们的道理跟我们在电视上讲的是一样的。但差别在于表述方式是结合自己的生活经验、接地气的方式，而不是正襟危坐的、居高临下式的。也正是因为他有道理，确保了节目的品质，不是靠八卦而是靠内容。

就这样，2014 年，网络综艺开始找到自己的特色。

2015 年，网络综艺迎来爆发期。网络综艺野心勃勃，计划在 2016 年开始去超过电视节目，甚至到 2017 年的时候取代电视节目。2015 年，网络综艺的底气从哪里来？

首先，从资本的角度来讲。5 年前一档网络综艺，制作费用不过百十万，跟电视节目根本没有办法去比。但是到 2015 年的时候，资本开始不断进入网络，带动网络综艺投资额度的整体提升。为什么会在资本层面上出现变化？一个很重要的原因，就是这一年国家新闻出版广电总局开始对电视节目的内容生产进一步加强调控，很多节目（特别是一些已经被购买的、从外国引进的节目）转向网络制作播出。比如《拜托了，冰箱》《我们 15 个》等。以前我们对网络综艺的认知基本是“低成本的短视频”，在 2015 年却开始出现大量有着国外基因的节目，不能不说是一个重大变化。甚至可以说到目前为止，在网络上火爆的节目，50% 以上都是国外的节目。这种现象也反映出现在的网络综艺缺乏原创性。

再一个是在制作人的层面，在 2015 年的时候有大量的电视台优秀制作人转向了网络。比如说像浙江卫视的前总监夏陈安、副总监陈伟，湖南卫视金牌制作人谢涤葵等。这些优秀制作人进入到网络之后，其实是把先进的电视节目的制作经验带到了网络平台，整体提升了网络综艺的制作品质，就算是一档普通的谈话聊天节目，设计感也比较强。舞美、道具等方面的使用也有了很大的改观，更吸引了越来越多的明星参与网络综艺的录制。

从网络生态的整体来看，2015年网络综艺的爆发，只是整个网络文艺大爆发的一个缩影。2015年，我们发现有很多网络热词涌现出来，比如说IP、网红、VR，不管是从技术还是内容，网络综艺开始叫板电视综艺。很多从电视台转向网络的金牌制片人，也把制造下一个“爆款”的机会，放在网络综艺层面考虑。夏陈安先生刚刚进入网络的时候，说了一句话：未来总在想象之外。他在电视综艺里创造了一个“爆款”后，希望能够在网络上也创造一个。他认为年轻人是网络的主体，所以他当时关注的是90后的年轻人。但现在来看，90后的年轻人都不叫年轻人了，应该是95后的年轻人。90后的年轻人都快30岁了，我们关注青年亚文化应该是95后，95后刚刚22岁左右。而他们的想法是什么？跟90后，跟85后，这些都完全不是一个概念。

在2015年的时候，网络综艺之所以有这么大底气叫嚣去超越电视节目，很重要的一点就在于找到了实现资本变现的商业模式。内容的生产，或者说一个产业的发展有没有形成一个独特的商业模式，决定了能不能走得更远。就像《中国好声音》不只是在节目模式上创新，在商业模式上的创新也推动灿星制作引领了整个中国电视五年的发展。网络综艺其实也一直在探讨这样的一个商业模式。而这种商业模式的典型代表就是网红经济。此外，也包括网络综艺节目中的产品植入。

其实，网络综艺节目在广告上比电视综艺自由度更大、灵活性更强。比如说要设计一档有四个人物的网络综艺节目，我们可以按照剧情化方式进行人物设置：四个女孩在一块，每天都有不同生活，一个是开淘宝店的，一个是跳舞蹈的，一个是商品售货员，还有一个是公司白领。其中，有三个都能很自然地进行广告植入，比如那个开淘宝店的女孩，肯定天天都要看淘宝，于是就有了一种自然的流入，商品的植入和整个剧情的发展，以及人物的性格和形象完全融合到了一起。也就是在这一年，网络综艺突然间发现，原来它们是一个很好的变现平台。但即便是在2015年，这种商业变现仍然还是达不到电视综艺节目的体量。只不过广告、资本从电视节目分流到网络综艺的态势已经非常明显。一方面是电视广告的下降，另一方面是网络综艺广告的上涨，特别是商业模式的清晰，大多数人都对2016年网络综艺的爆发抱有极大期待，"电视消亡论"也在这一年开始登堂入室。

但是到了2016年我们发现，我们所期待的爆款，我们所期待的冲击，我们所期待的颠覆，其实并没有出现。网络综艺，反倒开始陷入了一种比较尴尬的境地。

第一，并没有出现爆款节目。我们虽然可以看到《奇葩说》《火星情报局》这类优质的谈话类节目，也能看到《茜你一顿饭》《看你往哪跑》这样与技术紧密结合的节目，还能看到《白领拳击》《国民美少女》此类垂直领域的节目，却很难找出一档能够媲美《中国好声音》《爸爸去哪儿》的电视现象级节目。

第二，"私人话题公共化"的做法在一些节目中被极致化。大量网络综艺节目的尺度从灰色地带越过了红线，《吐槽大会》虽然吐槽的形式非常有趣，从吐槽每个人的私人话题，延展到公共想象空间，符合网络思维，语言的使用上也绝对可爱，但是充满了性隐喻，只播出了一集就被叫停。

为什么网络综艺一直没有出现爆款？一方面，从社群上讲，目前的网络文艺并没有形成真正的网络综艺社群；另一方面，从制作上讲，大多数的节目都缺乏吸引网友持续关注的设计，也就是无法形成过程性的闭合。有些节目只是我喜欢这个人，有这个人我就去看，没有这个人我可能就不看了，或者是我喜欢这个评委，我就一直喜欢看这个评委，这是一种粉丝效应或者是明星效应。这种效应其实在电视节目中更适用。

不过或许“爆款”本就不该是网络综艺的终极目标。因为网络综艺最大的一个困境，就是在于当我们试图把一个节目做成“爆款”的时候，那就意味着这个网络综艺是要有大量共性的东西。可是对于网络传播来讲，共性不是最重要的，个性才是最重要的，这本身就是一个悖论。所以与其说“爆款”是网络综艺的最终目的，不如说是其他特色性呈现的“衍生品”。

另一方面，部分文艺研究者指出网络文化其实是一种碎片文化，是一种无深度、平面化的文化，需要的是碎片传播。网络文化不是不要深度，是需要个性化的思维和语言。网络综艺绝不是通过片段化的传播吸引网友的持续关注，反倒是要通过一个过程化的闭合环节设计来持续吸引网友。换句话说，网络综艺吸引网友关注的绝不是简单的视觉或者趣味，也不是简单的按键或者打赏。参与到内容生产中，才是最重要的。

比起“爆款”或表面上的“碎片化”，网络综艺更应该把个性的“脑洞”放在一个很关键的位置。我们说二次元，二次元是什么？虽然二次元的表达方式、思维和语言跟我们的传统方式不一样的。但笔者认为，二次元的关键是脑洞，你只要在一档节目当中，把观众的脑洞代入到这个里面，这档节目就是一个好的网络节目。

按此标准，如果要选出2016年的网络节目代表，笔者认为是《明星大侦探》。这档节目原版是韩国JTBC的《犯罪现场》。原版在韩国第一季播出的效果其实并不好，但是在网络上的热度很高，后被国内的芒果TV引入制作。不难看出，这档节目与网友一起完成了一个传播闭合圈，并且，其方式是整体性而非片断化的，具体验是沉浸式的，具有较强的角色代入感与操纵快感。

《明星大侦探》每集一个故事，单期成篇，场景设计都以真实案例作为背景，加工后呈现。所以在节目的一开始，我们就置身于实体性的“案发现场”，案情的介绍都是围绕实体建筑展开的，无论是机舱、监狱、仓库还是其他，受众想了解案情就要进入到节目设计的场景中，也就有效实现进入场景与浸入节目相统一。而且案发现场用于搜寻证据，会贯穿节目始终，不断强化受众的场景意识，确保浸入的连贯性。另外，每个参与者都根据案情赋予不同的角色，也正是因为真实案情的存在，这些角色的勾连性极强，形成“嫌疑人”群体，观看节目者成为破案者，无论嫌疑人群体内部如何地猜测与排除，破案者都可以借助嫌疑者的身份，完成自己的判断，实现个体视角的贯穿。

这个跟《奇葩说》的话题性参与是一个道理，对于“你是大侦探”这种对参与的邀请，大家的脑洞十分清奇。在推理这个案件的时候，人们完全是把自己放置在这个场景里面去实现，这是电视综艺所不能实现的。所以笔者觉得《明星大侦探》在2016年的横空出世，实际上也是对网络文艺，或者说对青年亚文化的实践提供了非常好的案例。

2016年网络综艺节目的尴尬，在2017年体现得更加明显。随着相关规章陆续出台，网络在尺度上最直观的“优势”不存在了。但尺度收紧，并不是网络综艺继续尴尬下去的理由。因为，尺度原本就不该成为网络传播的一个重要特点。如果我们忽略了它的闭合性，忽略了它的语言表达的方式，而只是在尺度的红线上去游走，实际上就已经把网络文艺带入到了一种困局，甚至是一种危局当中。

似乎在各种规章出现之后，网络综艺突然间不知道该往哪一个方向去走，网络文艺研究似乎也有些迷茫。但这正好给我们提供了一个机会去认真反思，网络综艺真正的特性是什么？网络节目的文艺价值和电视节目的文艺价值究竟体现在哪里，他们之间的勾连和差别是什么？

是的，我们可以简单说电视讲的是正能量，网络讲的是二次元，但是二次元又是一种怎样的价值观念？莫不见被停播的《吐槽大会》一集的点击量可以瞬间几千万，但《我在故宫修文物》也能够火遍B站。也许“二次元”的年轻人并不是反对深奥，也并不是反对专业，他们其实从来不拒绝那些正能量的东西。

高东旭：游戏作为一种区别于传统的互动娱乐产品和艺术形式，被喻为人类的第九大艺术形式。大多数游戏，尤以RPG角色扮演类、第一人称射击类、MOBA类游戏为主，都在游戏伊始便设定了自己游戏的历史观。而时下的众多网络游戏产品中的游戏角色与历史书上的任务错位会不会让你大吃一惊？对此，是否要全盘否定，到底应该怎么看？

我国网络游戏产业迅速发展，来自中娱智库的数据显示，仅仅移动游戏方面，2017 年约有 16000 余款新品游戏上线，新品移动网络游戏类型占比前三位分别为：RPG 角色扮演 30.6%、休闲益智 26.9%、策略 13.7%。RPG 角色扮演类、第一人称射击类、MOBA 类游戏，都在游戏伊始便设定了自己游戏的历史观。

目前游戏产品的历史观分以下情况：有些游戏由设计团队设计原创历史观如《魔兽世界》《英雄联盟》等；有些游戏则是在正史背景下假设自己的历史观，如《梦幻西游》，以西游记所在历史时期为依托，《剑侠情缘 3》则是将游戏放在了中国古代唐朝的历史背景下独立衍生的故事情节。另外一些游戏则直接将历史人物或者历史事件作为游戏剧情的一部分，如《三国无双》《成吉思汗》等。游戏在发展过程中，总是要与历史、经济、政治等因素不断融合，进而推陈出新，结合历史性元素本无可厚非，但是一些游戏为取得利益以篡改历史人物或事件形成巨大反差博人眼球的行为就显得有些不妥。纵观当下游戏市场，与传统历史结合的游戏种目繁多，但又良莠不齐，具体呈现以下特点：

从内容数量上看，涉及历史观游戏数量较多，种类齐全，而架空历史性游戏相对较少。以 STEAM 平台为例，截至 2017 年 5 月 7 日，STEAM 平台排名前十的游戏作品：1.《绝地求生：大逃杀(Playerunknown's Battlegrounds)》、2.《掠食(Prey)》、3.《反恐精英：全球攻势(Counter-Strike：Global Offensive)》、4.《战锤 40K：战争黎明 3(Warhammer 40,000：Dawn Of War III)》、5.《H1Z1：杀戮之王 (H1Z1：King of the Kill)》、6.《上古卷轴 5：天际重制版 (The Elder Scrolls V：Skyrim Special Edition)》、7.《侠盗猎车手 5（GTA5）》、8.《尼尔：机械纪元 (NieR：Automata)》、9.《幽灵行动：荒野 (Ghost Recon：Wildlands)》、10.《逃生 2(Outlast 2)》。前十名无一例外都具有自己的历史观架构。历史改编游戏包括各种游戏类型，策略类游戏诸如《帝国时代》、《文明》系列、《红色警戒》系列；动作类游戏如《骑马与砍杀》《刺客信条》《三国无双》；第一人称射击类如《英雄连》等。移动端游戏同样拥有较多品目，且不乏爆款。腾讯的《王者荣耀》稳坐 IOS 畅销榜前两名，网易以日本历史传说人物安倍晴明的传说为蓝本创作的《阴阳师》手游也同样获得了大众的喜爱。架空历史类的作品，尤以单机游戏为主，如《文明》系列、《帝国时代》系列，以及仙侠类角色扮演网游如《仙剑奇侠传》《剑侠情缘 3》等。

从改编特点上看，游戏历史架设较为随意。一是戏说历史。《恋姬无双》中，耳熟能详的三国英雄，全都换成了身着华丽衣裳的美少女战士，主要人物刘备、关羽、张飞三姐妹义结金兰。二是解构名人。在《王者荣耀》中，男性历史人物诸如荆轲被刻画成了女性，诸葛亮身披时空铠甲，成了未来战士。三是架空历史。在一些所谓“红色游戏”中，八路军使用的武器相当现代化，比起日军毫不逊色；甚至还有诸如“八国联军”火烧圆明园这样的完全混淆历史事实的东西。四是恶搞经典。在游戏《幻想曹操传》中，诸葛亮变成了地狱妖魔使者，可以任意召唤地狱恶鬼，玩家扮演的曹操需要杀死诸葛亮，阻止诸葛亮毁灭人间的阴谋。

从历史观架设原创性上看，国外网游因大多采用自设历史观的形式，如《魔兽世界》将故事背景设定在艾泽拉斯，《英雄联盟》设定在符文之地，因而不易于产生诸如游戏与正史差别过大受到社会诟病的问题，且因其史诗般的历史背景，反而会受到玩家及社会的青睐。而国内受仙侠武林风的影响以及中国人的重史情节，较多游戏借鉴历史，如《王者荣耀》、《仙剑奇侠传》系列、《诛仙》等，其中仅以历史作为背景的游戏较少受到攻击，而直接挪用历史事件和人物的游戏常常受到社会的诟病。

对历史及历史人物的敬畏，是文化传承的底线。历史和历史人物的事迹构造出了我国传统文化的内核，一批批仁人志士在历史长河里的留驻，积累起了上下五千年历史的源远流长。这些历史片段和历史人物是文明得以延续的根本，他们的精神品质激励着后代人不断践行不断超越，在当代，仍然具有举足轻重的重要地位。青少年的思想观还不成熟，而先进历史先辈的事迹对其不成熟的思想观具有潜移默化的引领的作用，榜样的构造是艰难的，同样也是重要的，历史先辈的榜样作用在当下这个物质利益之风渐起的时代尤应得以重视。

有助于提升青少年思想道德素质。传统文化是我国民族精神的源泉，也是民族精神的精华所在。良好的历史观可以让青少年通过对传统文化的习得提高个人修养以及道德意识。无论是“鞠躬尽瘁，死而后已”的诸葛孔明，还是“匈奴未去，何以家为”的霍去病；无论是南门立柱一诺千金，敢于向王权富贵开炮的商鞅变法，还是马革裹尸，扎根西部苦心钻研两弹一星的邓稼先；从扁鹊周游列国解除人间疾苦到敢为高力士脱靴且清风道骨的诗仙李白；从烽火连城，以一己之谋大破曹操取得赤壁之战胜利的周公瑾到吉鸿昌在敌人的枪口下正襟危坐、视死如归。他们无不闪耀着民族精神的光辉，对青少年的思想品质提升具有醍醐灌顶的作用。

帮助青少年塑造良好的人格。新时代的青少年因为家庭条件相对宽松和家长的溺爱或多或少地存在着这样那样的人格缺陷：或缺乏追求进步的精神动力；或畏惧困难；或抗挫心理能力差、情绪起伏大；或自我定位高，以我为中心，无法与他人相处，等等。这些人格缺陷直接影响着青少年身心健康的发展，抑制了内在潜能的发挥。正确的历史观通过丰富的人格教育素材，可以不断对青少年进行人格熏陶和激励，潜移默化地施加影响，达到“润物细无声”的目的。

有助于加强青少年的爱国主义教育 。列宁说：忘记历史就等于是背叛。青少年作为祖国的未来，肩负着民族和国家的使命，这就要求青少年从内心里感受到祖国的伟大以及自己的责任。正确的历史观让青少年能够更好地认识自己的祖国，中华上下五千年历史所创造的物质文明、精神文明也对增强青少年荣辱观、民族责任感有着至关重要的作用。

错误的历史观也会对青少年的身心发展产生消极的影响。艺术形式需要创新也离不开创新，传统文化同样也需要推陈出新，不断结合时代的走向、结合科技进步以及社会新的思潮。但是，创新绝不是为了利益不择手段、盲目篡改、粗制滥造。错误或不当的对传统文化、历史的改编会让青少年失去对历史人物及事件的客观评价，让本应该被尊敬以及缅怀的先辈失去严肃性，成为被调侃的谈资，这绝对不利于青少年正确价值观的养成，也是对严肃性历史内容的不尊重。当下游戏产业蓬勃发展，网络游戏作为深受青少年喜爱的客观存在，本身也是文化产品，在对玩家认知影响上，与影视作品有很大相似性。本着对青少年成长、认知负责任的态度，网络游戏必须要体现正确的历史观、价值观，既要尊重历史，又要远离色情暴力。网游虽有盈利的主观诉求，在内容生产特别是历史认知上，绝不能与国家历史观背道而驰，消解主流文化，追求感官刺激。长此以往，必然会混淆青少年认知，让一代代人陷入历史虚无主义的泥淖。

中国历史是中华民族的精神血脉。我国的光辉历史无不闪耀着一个个品格高尚的时代人物的光辉，他们是民族精神传承的推动者，是民族精神内核的创造者。中华文明之所以生生不息，之所以博大精深、源远流长，其原因就是无数仁人志士的推动与构建。如果生在当下的我们对传统文化的坚守置若罔闻，肆意篡改优秀的传统文化、篡改无数仁人志士的光辉形象，那无异于釜底抽薪、自断后路。市场经济的大潮催生了无数优秀的企业家，也同样催生了逐利的思维，可是如果为了金钱至上的原则而置国家的过去以及未来而不顾，那么所追求的金钱利益也只是饮鸩止渴没有任何意义，我们应该将对传统文化的尊崇摆在经济利益之上。

我国是一个历史悠久的文明古国，拥有灿烂多彩的传统文化。丰富的传统文化在当下却并没有发挥应有的作用，同时在传播上也不尽如人意，反而越来越被人所忽视。与此形成鲜明对比的就是西方以及日本对传统的尊崇。当下的国际社会，有越来越多的国家开始进行文化意识形态的输出。萨缪尔·亨廷顿在其代表作《文明的冲突与世界秩序的重建》一书中概括，“冷战后的世界格局大体形成了基督教文明、中国文明、印度文明、伊斯兰文明、东正教文明、拉丁美洲文明以及非洲文明，而文明间的冲突是极有可能发生的。冲突的基本根源不再是意识形态而是文化的差异”。在国际社会普遍打“文化牌”的时候，我国的文化输出却略显不足。原因来自两方面：一是传统文化的有效传播缺乏创新手段；二是中国近年来的外国文化入侵情况严重，好莱坞的电影、日本的动漫、韩国的综艺在中国占领了较高的市场。因此对于传统文化的传播与重塑受到来自国家层面的肯定与支持。文化部表明，将大力支持具有中国历史文化内涵，代表中华民族传统道德和价值观的传统文化的传播。

网络游戏作为创意文化产业的重要组成部分，在当下互联网经济模式下，商业模式成熟稳定。然而文化产业的进一步发展需要打破此稳定模式，谋求随着时间变更而不断推陈出新。一直以来，网络游戏都以打怪升级作为固定的模式，在缺乏创意以及变革的引领下，游戏渐趋同质化。原有的模式已经不能再吸引新的用户群体，因此为网络游戏赋予民族文化的内涵尤为重要，传统文化博大的精神内涵以及宽广的素材资源可以为网络游戏的革新增加基本的精神内核，但还存在一些差距。

网络游戏对传统文化表现得过于肤浅，缺乏深度融合。现有的国内网络游戏中，许多游戏接触的第一感觉是具有中国风，但是仅仅用了中国风的画面，而游戏内容和操作全部都是模仿欧美、日韩游戏。

金钱至上的游戏观。当下部分游戏开发商为了获取高额利益，在游戏里设置了许多需要玩家充钱购买的游戏道具，拥有游戏道具的玩家可以很容易地超过缺少此类道具的人，因此游戏逐渐沦为快速消费的、商人暴利的牺牲品，玩家不再重视游戏传达出的文化性内容与传统文化的传播，而是一味追求实力的迅速提高。

网络游戏工作者对传统文化的重塑存在误差。传播人员主导着传统文化的传播过程，在传统文化传播的过程中，网游设计者由于自身的文化素养较低、知识水平有限，会对变现传统文化产生负面影响。网络游戏的策划如果对传统文化的内涵不精通，自身的媒介认识水平不高，对传统文化的娱乐化建构技术不熟练都会影响到传统文化内容建构的真实性和准确性。

游戏与传统文化融合的方式：

用扬弃的方法，取其精华去其糟粕。中国传统文化在与游戏相融合的扬弃不是简单的摒弃，而是要克服、丢弃旧的消极的东西，同时继承、发扬对游戏发展有积极意义的元素，使之发展到与时俱进的更高水平。

具体问题具体分析，拒绝生搬硬套。源远流长的中国传统文化的每一个细枝末节都具有其合理存在的意义，生搬硬套、粗制滥造只会导致对传统文化的背离。大多数游戏并没有合理设计出相应历史背景的美术风格，有些单纯追求唯美，不伦不类，导致很多游戏角色服装、场景道具风格杂糅，这不仅离题千里而且失去了个体的辨识度。

主次结合，显隐相间。在游戏与传统文化融合的过程中，要注意区分主次及显隐关系。显性运用主要是视觉形象化的传统文化艺术元素，用存在的形态附着在设计外观之上，多是造型、色彩、纹案等元素的重组和表达。对传统文化艺术精神的非视觉化的抽象运用属于隐形运用，表现为将其蕴含在游戏美术中向玩家传达传统文化及价值理念。

多角度思考，多方面组合。类似于医学上基因重组的概念，游戏设计工作者要善于将传统文化某些元素进行拆分并与当代游戏艺术进行重新组合。重组的方式多种多样，它可以是对传统造型和功能的变革，也可以是对传统元素之间或元素本身的重构和嫁接，除此之外借助传统文化艺术自身功能的自我调节作用，避免对元素的直白运用或者全盘吸收，打破有“形”无“神”的民族化误区。

艺术需要不断推陈出新，同样青少年的价值观也需要正确导向的引领。因此，对于青少年受众最广的艺术形式——游戏的推陈出新，既要摒弃保守故步自封的创作思想，也要在创作过程中必须考虑对青少年的导向作用。对于传统文化的游戏应用要保持取其精华去其糟粕的态度，在尊重历史的前提下进行开发创作，融合时代精神与创新手段，通过精品游戏的创作，推动新兴艺术形式与传统文化的融合，进而促进具有时代感的传统文化的传播。

（根据速记整理，经过本人校订）

第七十四期

《西游记》:“超级 IP”背后的中国故事

主持人: 拓　璐（北京大学艺术学院）

主讲人: 白惠元（中国社会科学院文学研究所）

时　间: 2017 年 7 月 27 日（星期四）14:30—18:00

地　点: 中国艺术研究院研究生楼第五会议室

主　办: 中国艺术研究院马克思主义文艺理论研究所

编者的话

2017年7月13日，有"网文第一IP"之称的《悟空传》终于登上大银幕，上映一周后票房突破5亿。而就在《悟空传》上映的三个月前，1986年版电视剧《西游记》导演杨洁女士逝世，引发中国民众对八十年代的集体追怀。大数据表明：古典小说《西游记》是中国排名第一的"超级IP"。这是一个经济事实，更是一个文化事实。那么《西游记》何以深受中国民众喜爱？古典文学资源如何转化为当代中国的文化生产力？如何解释代代相传的"孙悟空情结"？1986年版电视剧《西游记》缘何成为经典？周星驰电影《大话西游》究竟触动了青年人怎样的敏感神经？中国网络文艺如何扬弃《西游记》的叙事传统？以上种种问题亟待深入地辨析与讨论。

本期论坛重点关注古典小说《西游记》的影视改编，从阶级、国族、亚文化等角度讨论其叙事策略及意识形态嬗变，并紧密追踪其IP开发过程，力图在文化政治与产业经济的双重维度深度解析这一国民级别的"超级IP"。以此为鉴，我们得以重新思考"中国故事"的讲述方式，以期建立真正的文化自信。

白惠元：1986 年春节，电视剧《西游记》在中央电视台播出前 11 集，瞬时轰动全国，取得 89.4% 的收视成绩，其中，大学文化的收视基数为 85.2%，而不识字或少识字人群的收视基数达到 100% ，从文化普及的角度看，其“新启蒙”实效可谓惊人。1988 年，电视剧《西游记》历经七年拍摄后暂告段落，中央电视台完整播出了全部 25 集，这成为 20 世纪 80 年代中国一个重要的文化事件。在此后 30 年中，《西游记》重播次数达到 3000 次以上，成为全球重播率最高的电视剧。2000 年，《西游记》续集再度登陆央视，作为对前作的补拍，这一续作正式宣告电视剧《西游记》17 年拍摄历程的终结。

在媒介转型的视阈之内，《西游记》的电视剧翻拍现象是与电视的普及息息相关的。有趣的是，各路翻拍作品虽屡见不鲜，却始终无法复制 1986 年版的辉煌。我们不禁要问：央视版《西游记》缘何成为时代经典？这部电视剧如何嵌入到了 80 年代中国的“情感结构”之中？在表现形式上，它有何创新之处？而作为一种“有意味的形式"，其背后的意识形态运作机制又是什么？这询唤出怎样的主体想象？从这一主体想象出发，电视剧《西游记》中的孙悟空形象如何被建构为一种诗意美学？这种美学又如何在民族寓言的维度上得以理解？

若从置景角度切入《西游记》的文化再现过程，我们会立即捕捉到1986年版电视剧的独特之处。在此之前，无论是《西游记》的电影形态或是戏曲形态，其置景方式都是人工搭景，其表演空间是平面化的假山假水。可是在1986年版电视剧中，创作者明确采用了真山真水的"实景"，更重要的是，"实景"的取景地遍布中国大江南北，是着眼于"祖国"的，这显然是一种有意识的艺术创作方式。在回忆录中，导演杨洁将"实景"解读为"游"的美学，认为这是"用现实主义手法处理浪漫主义题材"。

"《西游记》，'游'是一条贯穿线。从大唐景色到异国风光，环境的变化，表现了路途的遥远和取经的艰辛。我要通过'游'字，把我国绚丽多彩的名山大川，名扬四海的古典园林，历史悠久的佛刹道观摄入剧中，增强它的真实感和神奇性，并达到情景交融，以景托情的效果。……我坚持：理想的环境对烘托气氛、刻画人物会起到极重要的作用！神奇的故事和绝妙的风光结合在一起，会大大增加它的美学价值！我要根据《西游记》的剧情需要，拍摄下来许多珍贵的风光镜头！这会成为它将来的一大特色！"

于是，在"游"的美学指导原则之下，电视剧《西游记》基本走遍了全中国所有主要景区。在此，可以做一个简单统计：对照电视剧《西游记》每一集的核心场景与取景地（及其景区级别），我们或可一窥“实景”策略的意识形态功能。

导演杨洁始终在“祖国”的高度上选取“风景”。于是，在“风景”与“祖国”之间，我们必然遭遇“风景民族主义”。为了准确阐释二者之间的关系，我们有必要将“风景”视作一种话语，视作充满权力交锋与协商的理论场域，它在不同国家的文化内部都发挥着意识形态效力。美国人类学家温迪·J. 达比在《风景与认同：英国民族与阶级地理》一书中提出了诸多洞见，其中最重要的结论是：“风景成为认同形成的场所。”从“自然风景”到“如画风景”（the Picturesque）是一个“文化赋值”（cultural valorization）过程，是把空旷之地变成文化恒产的命名过程，当那些令人敬畏的崇高风景出现在明信片、绘画、电视荧屏或者电影银幕上时，野性的“空间”已然变成了民族—国家内部的“地方”。因此，“风景”始终是一个动词，它是文化权力的工具，是社会和主体身份赖以形成的文化实践。无独有偶，在电影场域之内，“风景”同样建构着民族主义认同，一个鲜明案例是德国魏玛共和国时期诞生的全新电影类型：高山电影（Bergfilm）。高山电影的开创者是弗莱堡人阿诺德·范克博士（Dr. Arnold Fanck），他“热衷于把悬崖与激情、无法接近的峭壁和无法解决的人际冲突结合在一起；每年他都会带来一部高山上的新作。虚构的元素尽管离奇却并不妨碍影片中大量高海拔寂静世界的纪实镜头”。我们或许“可以将他们的心态比作一种英雄式的理想主义，出于盲目而无切实目标的理想，他们在旅行探险中耗尽自己”。正如克拉考尔所分析的，高山电影通过“实景”所传达出来的高山崇拜，实质上是在进行英雄主义战争动员，“其历史性角色，就是表达一种民族主义式反抗的胜利"。而在明治时期的日本，地理学家志贺重昂的著作《日本风景论》曾产生很大影响。他试图通过"江山洵美是吾乡"这句话提纲挈领，唤起日本国民对于日本国土风物的热爱，进而完成文化认同，提升民族自信心。1888年，志贺重昂在《国民之友》杂志上发表了《如何使日本国成为日本国》一文，点破了"风景"与"祖国"之间的隐秘联系："如何巩固日本国家之根本呢？答曰：逐步培养日本国民赞扬日本山水风土花鸟之优美的感情，悄然树立一种热爱日本国土的观念。"

如上所述，从英国、德国到日本，"风景民族主义"深刻地嵌入了其现代民族国家形成过程之中，成为国家层面现代化叙事的重要环节。如此，再回返至1986年版电视剧《西游记》，其实景拍摄策略也就更加引人深思。我们必须追问：为什么实景版《西游记》出现在这个历史结点上？或许，正是在那些优美的祖国风光中，我们得以重建一种民族主义认同，这是对"文革"后国家认同危机的一次拯救，是对个人与国家之间紧张关系的想象性解决。戴锦华认为，20世纪70–80年代之交中国知识界最重要的文化策略之一，就是用"祖国"取代"国家"："'国家'被用来指称计划经济体制时期的社会主义体制，而祖国则指称着故乡家园、土地河山、语言文化、血缘亲情与传统习俗，"因此，"从权力机器、民族国家政权中剥离出'祖国'的形象与概念，事实上成了一次更为'标准'的现代民族国家意识的强化；而且较之'公民的义务''政治的归属'，个人的别无选择的身份、亲情血缘意义上的归属，则成了民族认同的更为自然、合理的表达。"在"风景民族主义"的维度上，1986年版《西游记》所呈现的祖国风光恰恰标识着20世纪70–80年代历史转型的结果，即民族主义话语成为了阶级话语的替代形式，它通过强调一种共同地缘关系来实现文化共同体的认同，同时修复阶级话语曾经造成的创伤与悲情。

在这些镜头中，全景、自然光、仰拍成为核心要素，调度方式是四人一马呈直线形排列，从右向左行进。更重要的是，“行者”群像常常出现在险峻的地势之上，诸如陡坡、悬崖、瀑布等，创作者试图用地势之险反衬出路途之艰。在雄壮的自然风景之中，“行者”群像显得尤其渺小，但是，仰拍角度却又模拟出一种英雄崇拜式的注目礼。在实景拍摄的自然风光与英雄主义情结之间，“行路难”成为一个寓言性的主题，它不经意地揭示出80年代中国的复杂文化心理。

在前文的讨论中，我们分别从“媒介景观”与“风景民族主义”的角度打开了“风景”的理论视野，而接下来的论述焦点将是“风景”与“行者”之间的张力关系。换言之，我们必须回答“风景”如何塑造了主体。日本思想家柄谷行人在《日本现代文学的起源》一书中提出了著名的“风景之发现”，他的论述出发点是康德的“美”与“崇高”之辩。在康德那里，被视作名胜的风景是一种“美”，而诸如原始森林、沙漠、冰河那样的风景则是“崇高”；“美”是通过想象力在对象中发现合目的性而获得的一种快感，“崇高”则相反，是在怎么看都不愉快且超出了想象力之界限的对象中，通过主观能动性来发现其合目的性所获得的一种快感。而现代“风景”恰恰存在于那种崇高的令人不愉快的对象之中——如何将“崇高”

体验为“美”？这才是柄谷行人在面对“风景”时真正想讨论的问题。所以，他才会将“风景”定义为“一种认识性的装置”，“这个装置一旦成形出现，其起源便被掩盖起来了”。所谓“认识性的装置”是说，“风景”与观者的孤独心态紧密联结在一起，因此，它真正指向的是对“内在的人”（inner man）的发现，而这一认知过程被称作“颠倒”。

同理，1986年版电视剧《西游记》所呈现的“风景”，其“颠倒”的结果正是“行者”的生成。作为一种认识性装置，“风景”询唤出80年代的全新文化英雄——知识分子。更准确地说，是一种具有人文精神的知识分子想象。在“新启蒙”的社会修辞方式之中，知识分子的文化想象与社会地位得到加固，“科学与民主”再次成为时代最强音。有趣的是，“科学”与“民主”之间存在着一定的内部张力，在20世纪80年代（尤其是前、中期），“科学”分外凸现，而“民主”则处于隐形状态。“从《哥德巴赫猜想》《人到中年》到蒋筑英、‘科技是第一生产力’和《共和国之恋》，科技知识分子不仅是当之无愧的文化英雄，而且是伟大的爱国主义的旗帜下的民族英雄”。有趣的是，虽然科技知识分子事实成为了80年代的既得利益者，但却“是人文（而非科技甚至社会科学）知识分子想象性地占据了那一即将即位的新神的位置；即使是活跃于80年代文化舞台之上的科技知识分子，亦采取了人文、准人文学科的文化资源并出演人文知识分子的角色”。在这种人文精神的鼓舞之下，20世纪80年代的知识分子洋溢着理想主义的英雄气概，他们渴望以“行者”的形象真正融入自然风景之中。正如陈晓明所指出的：“那已是一个自我意识与日俱增的时期，当然也确实是一个令人想入非非的时代：改革开放初见成效，经济过热发展，高楼大厦拔地而起，消费指数急剧上升，抢购风与通货膨胀展开角逐……不满与期待，愤恨与躁动，希冀与梦想，混为一体；挡不住的诱惑，摸着石头过河，跟着感觉走……人们既为现实的不公不平痛心疾首，也为眼前的机会激动不安。在这初具规模的竞争时代，人们需要成为强壮的自然之子。”

于是，在饱含英雄主义情结的仰拍镜头中，风景中的行者被拔升至理想主义者的高度，他们的影像被审美化为一种崇高美学，但这种崇高又绝非单纯的乐观主义，时常混杂着悲情，那种复杂性恰恰是20世纪80年代知识分子的自我想象与情感状态。对于这种美学特征，蔡翔将其总结为“挣扎着的向上欲望”。“八十年代的理想主义实际上是非常复杂的，既有对现代化的热烈憧憬，又有人对自身的更高的美学追求；既有对现代性异化的批判，又有对专制社会的强力抗击……在各种矛盾的冲突之中，相互纠缠而组成十分强大的情感力量，很难用一句话来概括清楚。它表现出来的，更多的是一种情感形态，使人在种种困窘之中爆发出强烈的奋进精神。但是不能据此把八十年代处理成一个温馨的或者肤浅的乐观主义时代，尽管这个时代充满高歌猛进的青春精神。八十年代同样充满凶险，道路坎坷，而且我以为这一代理想主义者身上具有浓郁的悲观情结。这种悲观心态来源于许多方面，政治、思想、文化、现实的社会矛盾等等。乌托邦冲动的产生，正是对此世的绝望与抗争之中。但是在那个时代，彼岸尚未从人的视野中完全消失，寻求真理的努力支持着理想在此世的实现。从而在绝望中又燃起希望之火，悲壮地坎坷前行构成一代人的写作姿态。这种挣扎着的向上欲望可以理解为八十年代的美学特征。”蔡翔将20世纪80年代的理想主义理解为一种“情感形态”，这是十分精到的，而他的生动描述“绝望中又燃起希望之火，悲壮地坎坷前行”甚至与“踏平坎坷成大道，斗罢艰险又出发”（电视剧《西游记》主题曲《敢问路在何方》）基本同义。因此，若要深入讨论20世纪80年代的理想主义美学，我们是无法脱离后“文革”时代的历史背景的，那种悲情与乐观相杂的感性氛围是20世纪70–80年代之交的历史剧变所造成的。当然，在悲情与乐观的博弈状态中，最终是乐观主义占据上风并代言了时代主旋律，正如电视剧《西游记》“扫塔辨奇冤”插曲所唱的那样：“一片禅心悲众僧，师徒扫塔情殷殷。驱散妖雾乾坤净，换来晴空月儿明。”

事实上，1986年版电视剧《西游记》对原著进行了叙事切分，每一集都以师徒战胜妖魔、继续上路为结局（第十集“三打白骨精”除外），基本上自成单元。那么，究竟该如何理解这个“乐观主义的尾巴”呢？这种关乎“希望”的乌托邦冲动究竟指向何处？对此，贺桂梅有着非常深刻地解读：“一方面源自社会主义文化本身所勾勒的历史远景（实现‘自由人’联合、作为‘异化’之扬弃的共产主义社会），另一方面则是‘新时期’朝向‘开放’的世界和未来空间转变而产生的希望与憧憬”；“在一种‘后革命’的氛围中，无产阶级专政的历史实践虽然遭受到挫折和广泛质疑，但是‘革命’所携带的乌托邦历史远景以及朝向未来的乐观主义想象，却并没有受到怀疑。很大程度上，这种乐观主义‘嫁接’到有关‘现代化’‘现代'‘启蒙’的想象中。”所以，当创作者自我设问“敢问路在何方”之时，他们必须给出一个坚定而有力的回答——“路在脚下”，他们必须给观众以希望与信心，因为只有如此，民众才能“面向现代化、面向世界、面向未来”。

于是，从电视剧《西游记》的“行者”想象出发，我们经由知识分子的理想主义情结，得以抵达一种崇高美学。这种崇高美学天然地带有历史的悲情意味，但是其“行路难”的主题最终必然转化为“长风破浪会有时，直挂云帆济沧海”般的“希望”与“未来”。“行者”作为一种时代形象，也就因其克服困难的勇气变得更加崇高，正如罗曼·罗兰所说，这世界上只有一种英雄主义，那就是看清生活真相之后依然热爱生活。如果说，这种负重前行、苦尽甘来的心路历程，正代表着20世纪80年代知识分子的情感动力学，那么，我们仍需追问，在那种“面向未来”的乐观主义背后，究竟是怎样的意识形态建构？作为一种英雄形象，“行者”是被20世纪80年代主导话语建构出来的，是典型的“大写的人”，它指向一种坚韧不拔的灵魂状态，是被审美化了的意识形态崇高客体。在这里，“审美化”的过程可谓至关重要，正如英国思想家伊格尔顿在《审美意识形态》一书中阐明的，“审美”并非无关政治，甚至相反，它始终是“一个关键的政治学问题”。“审美的界线可以区分出向左转或者向右转。向左转：打碎真理、认识和伦理（这些都被看作是意识形态的桎梏），生活在丰富的自由之中，随心所欲地发挥创造力。向右转，包括从伯克、柯尔律治到海德格尔、叶芝和艾略特：忽视理性分析，依附于感觉的特殊性，把社会看作是一个以自我为基础的机体，它的所有部分都不可思议地解释为没有冲突也不需要理性的判断。”显然，对“感觉的特殊性”的强调正是典型的20世纪80年代文化症候，那个具有主观战斗精神的“自我”正是“美猴王”的文化价值。

众所周知，“美猴王”之名是从六小龄童开始的。电视剧的造型程式吸收了戏曲造型的短打武生元素，以黄色作为视觉中心也是对动画片《大闹天宫》的借鉴，不过，这一版本在化妆扮相上有了重大创新，那就是彻底去掉了戏曲脸谱，明确淡化了舞台痕迹，追求更为生活化的表演方式。于是，孙悟空在特写镜头中的表情细节也就更接近于“人”，更易被审美化。需要注意的是，在这一电视剧版本中，“美猴王”之“美”是一个被创造出来的概念，是导演杨洁进行艺术再创作的指导理念之一。在她看来，再现孙悟空的“美”，正是她拍摄《西游记》的重点与难点。于是，孙悟空之“美”也成为六小龄童的表演创作理念。他坚定地认为：孙悟空是真善美的象征。

在这里，真正有趣的是六小龄童对于“真善美”的援引。据考证，“真善美”作为文艺理论概念进入中国或许是在晚清时期，与严复、蔡元培、梁启超、王国维等人对于日本哲学著作的译介有关，但是其真正流行于文化场域，甚至成为一种主流批评话语，则与“新时期”的来临密切相关。而在美学领域，李泽厚于1985年提出的“以美启真”“以美储善”更是产生了极为深远的影响。作为其主体性哲学讨论的补充，李泽厚将“美”拔升至“真善美”结构的中心位置，以“美”来统率“真”与“善”，事实上，这正是用美学的憧憬取代了政治的希望。对此，祝东力这样解读：“在现实和理想的空白处，美学发挥着其关键的中介作用：在这里，历史远景转化为一种当下的美感体验。马克思的‘历史之谜’得到了审美的解答。无疑，这是通向历史远景的政治实践之路遭遇挫折（‘文化大革命’）之后，取而代之的一种新的途径。”

可以说，20 世纪 80 年代文化语境对于孙悟空形象的审美诉求是极具症候性的，而这种“美”最终落在了“人情味”三个字上。杨洁导演反复强调人情味，十分精确地揭示出美与人之间的关系。换言之，20 世纪 80 年代中国社会对于美的空前关注，是与人道主义思潮的兴起密不可分的。“人道主义思潮在 70 年代后期中国出现的基本历史语境，一方面是‘实现四个现代化’‘将重心转移到经济建设上来’的‘新时期’的提出，另一方面则是通过审判‘四人帮’、平反冤假错案和为‘右派’平反、由中央发布《建国以来若干历史问题的决议》等方式，终止并批判‘无产阶级专政下继续革命’的提法。也就是说，开启‘新时期’与审判无产阶级专政被滥用的历史，这两者往往被看成一体的两面，人道主义思潮则既是这一历史转折的动因，也是对这一历史转折的呼应。”所以，“美猴王”不单纯是一个由六小龄童塑造完成的电视剧形象，从更广阔的思想史与社会文化语境中讨论，他恰恰提供了一种独特的精神气质与感性氛围。作为“人的自由王国”与“人性最完满的展现”，“美猴王”之美令 20 世纪 80 年代中国脱身于“文革”后期的压抑沉闷，引渡其奔向充满无数历史可能性的新时期，并将观众的审美目光延伸至社会各层面共享的乌托邦想象之中。于是，“敢问路在何方？”也就成为一句耐人寻味的发问，它将我们的视线引向路的尽头，引向那个充分敞开的未来。

在20世纪80年代中国"面向未来"的乐观主义氛围中，我们将进入到对1986年版电视剧《西游记》主题曲《敢问路在何方》的讨论。之所以如此关注这首歌词，至少有两方面因素：一方面由于它是对电视剧版本的主题阐释，因而展现了创作者对于《西游记》的个性化读解，而这种读解方式，正是整个社会在历史转折过程中的集体无意识投射；另一方面是因为这首歌的文化影响力早已超出了影视歌曲的基本范畴，而成为了时代的主旋律。

歌词结构分为前后两部分：前半部分描绘"行路难"与克服困难不断前进的情景；后半部分则突出了时间的累积，进而对《西游记》进行了主题提炼——"敢问路在何方？路在脚下。"这两句话可谓凝结了整部剧的核心精神。如何去理解歌词中的"路"字？——把《西游记》的故事主题解读为"道路"，这是一种20世纪80年代历史语境的文化发明。据词作者阎肃回忆，在创作这首歌词的过程中，他先是凭借记忆中《西游记》的情节，写出了前半段，却感到缺乏深度，于是闭门几日细细思考。遇到瓶颈时，他急得在屋子里来回走，一旁复习功课的儿子说，地毯上都走出一条道来了。这才使他想起了鲁迅小说《故乡》的最后一句话，即"其实地上本没有路，走的人多了，也便成了路"。他觉得，这一意境正好与取经故事相符，于是写出了"敢问路在何方，路在脚下"的结句。如阎肃所说，他读出了电视剧《西游记》与鲁迅小说《故乡》末尾句的主题相似性，然而从内容上说，一个是西天取经路，一个是回家路；一个古典，一个现代，它们事实上绝无可比性。那么，二者究竟是在什么意义上变得相似？其实，在这个问题的背后，是将20世纪80年代视做第二个“五四”的情感结构在发生作用。与其说二者具有艺术意境的相似性，不如说是具有历史语境的相似性。换言之，在20世纪80年代被寄予的“新启蒙”愿景中，本就蕴含着一种“筚路蓝缕，以启山林”的实践激情，在那个历史结点上，中国急切地需要走出一条自己的道路，进而走向未来。

> 希望本是无所谓有，无所谓无的。这正如地上的路；其实地上本没有路，走的人多了，也便成了路。

这句话出现在鲁迅《故乡》的结尾。曾有诸多研究者认为，这一句与小说主题无关，是可以删去的。对此，汪晖有不同意见，他将这一结尾解读为“希望与绝望的悖论式情境”，鲁迅所描绘出的“希望”与“绝望”最终指向的是一种生命形式——“走”，从本质上说，这是一种关乎人类生存的哲学情境。然而，这段话之所以深入人心，恐怕是与哲学无关的，其直接原因是《故乡》早在1930年就被选入了国语教科书，并延续至今。对此，日本学者藤井省三进行了有趣的观察：在1930年代的国语教科书中，几乎所有课后习题都必然涉及“希望的路”那一段的意义，它被左翼文学派重新解释为一种民族的政治性期待，这一思路在毛泽东时期得到延续。而进入邓小平时代以后，《故乡》开始被读解为知识分子与小市民的故事。“在这一时期，民国时期的知识阶级所无法比拟的庞大的知识分子阶层和小市民阶层正在形成。这种邓小平时代出现的，一边向民国时期的

'阅读'回归一边呈现出新动向的对《故乡》的阅读，也许并非是将文本作为旧中国破产的故事，而是作为共和国遭遇的挫折的故事来阅读的。或者，改革开放时期的市民阶层试图'想象'一种与社会主义国家体制相异的新型国民国家。"

可见，对于鲁迅《故乡》最后一句"希望的路"的解读，经历了哲学情境政治化的历史过程。在"路"的主题之下，民族的政治性期待、社会主义的乌托邦冲动、共和国的历史挫折等不同含义相互交杂，构成了1986年版电视剧主题曲《敢问路在何方》的创作前史。"敢问路在何方？路在脚下。"——这两句话有效整合了现代中国的复杂历史记忆，将社会激变中的20世纪中国重构为一条"路"，因而成为了一次意味深长的文化回溯，最大程度地引起了20世纪80年代电视观众的共鸣。然而，若回到歌词的文本层面，这种自问自答的修辞方式，无非指向一种对现实困境的想象性解决，即"路在脚下"，从意识形态层面上说，《敢问路在何方》与邓小平著名的"摸着石头过河"理论构成了耦合。作为中国改革开放的三大经验之一，"摸论"（摸着石头过河）与"猫论"（不管黑猫白猫，只要抓住老鼠就是好猫）、"不争论"（不争论，大胆地试，大胆地闯）共同构成了邓小平理论的精髓，也成为了20世纪80年代中国的一组社会话语。那么，如何在现代中国的视阈之内理解"摸着石头过河"呢？从历史发生的语境看，"摸着石头过河"最早见于陈云1980年12月16日在中央工作会议上的发言。

我们要改革，但是步子要稳。因为我们的改革，问题复杂，不能要求过急。改革固然要靠一定的理论研究、经济统计和经济预测，更重要的还是从试点着手，随时总结经验，也就是“摸着石头过河”。开始时步子要小，缓缓而行。这绝对不是不要改革，而是要使改革有利于调整，也有利于改革本身的成功。

邓小平对于陈云提出的“摸着石头过河”完全赞同，后来，在1986年接受美国记者迈克·华莱士采访时，他进一步将“摸着石头过河”解读为“试错法”：“从另一个意义来说，我们现在做的事都是一个试验。对我们来说，都是新事物，所以要摸索前进。既然是新事物，难免要犯错误。我们的办法是不断总结经验，有错误就赶快改，小错误不要变成大错误。”而从社会话语的角度分析，“摸着石头过河”的精神内涵与“敢问路在何方”至少有以下三点相似性：其一是“试验”，也就是勇于尝试，虽然方向并不明确，这体现在“敢问”与“何方”两个关键词上；其二是“实践”，即搁置争论，并投入到改革的实践中去，“路在脚下”是对这种务实精神的回应；其三是“稳”，也就是陈云所说的“步子要小”，这种渐进式的改革状态是对20世纪50–70年代不断激进化的社会主义革命进程的放缓，其反激进内涵在歌词中具象为“一番番春秋冬夏，一场场酸甜苦辣”的时间累积。因此，在“试验”“实践”和“反激进”三个层面上，《敢问路在何方》都成为“摸着石头过河”在流行文化场域内的再现，这也是它在1986年秋季被列入社会主义精神文明建设文艺宣传材料的根本原因。在20世纪80年代中国的政治文化语境中，这首脍炙人口的电视剧主题曲就是改革开放的时代主旋律。

当然，“路”总是指向着某个远方，正如“摸着石头过河”是为了抵达“河对岸”。那么，“河对岸”究竟是什么呢？胡鞍钢认为：

"改革之'河'的对岸，是社会主义初级阶段的宏伟目标——基本实现现代化。"因此，所谓"路在脚下"自然可以理解为"中国"的现代化之路。然而，如果我们把"路"还原一个文化地理学概念，那么，我们必将回返至世界地图之上，在20世纪80年代的历史语境中，这条"路"又是"面向世界"的，它同样是全球化之路。因此，诞生于20世纪80年代的响亮口号"面向现代化、面向世界、面向未来"成为了《敢问路在何方》的最佳诠释。在这三个"面向"之中，"现代化"与"世界"分别从时间和空间的角度定义了现代中国之"路"，而"未来"则是在最深远的意义上奠定了一种乐观主义基调。在这里，需要特别注意的是，若从社会话语的角度考察，无论"现代化"或"全球化"都不过是一种叙事，在其背后，都存在着一个欧美中心主义的世界体系，而作为一种叙事，它们也必然是特定意识形态的表现形式。"现代化理论"试图回答的问题是"为什么西方进步而非西方世界则停滞不前"，而这正是一个"深深植根于帝国历史"的本源问题。同样地，全球化叙事之提出正基于现代化叙事的日渐失效，它看上去似乎致力于全球范围内的国际主义与平等主义，但事实上，这种幸福的承诺正掩盖了全球社会和经济上的不平等状态，昔日依版图而建的"帝国"虽已没落，但跨国公司正在凭借其资本实力而成长为全新的帝国主义载体。"对全球化的成功的价值之考虑，正如它之于跨国资本那样，对世界主义的自由人士或左派也有着吸引力，它弘扬世界的内在统一性，但却忽视了继续存在的问题不只是过去的残存物，而是带有构成其意识形态的发展主义假想的全球化过程的产物。"

或许是出于对“现代化”与“全球化”叙事的双重怀疑,《敢问路在何方》的歌词并没有正面回答题目中所提出的问题，换言之，它没有给“中国”以任何层面的方向性暗示，相反，所谓“路在脚下”只是再一次确认了“中国”的主体性与特殊性。作为一句铿锵有力的发问,“敢问路在何方”正于不经意间触碰到了历史转折期的敏感神经，对于第三世界国家来说，原发性的民族主义立场使其时间与空间的双重维度上发生了“迷失”。然而，正是这种可贵的“迷失”，令“中国”的前进速度得以放缓，并深入反思其独特经验，部署其主体位置。因此，1986年版电视剧《西游记》无愧时代经典之名，从风景民族主义的“祖国”想象，到“行者”之崇高美学的建构，再到知识分子的人道主义诉求，以及“敢问路在何方”的民族预言，这一切都令电视剧《西游记》呈现为80年代中国文化地形图的一处奇景，并最终成为“现代中国”文化嬗变的一个有效注脚。

孙佳山：如果说，以小说《西游记》为中心的“西游”题材影视改编作品对于中国电影而言具有《星球大战》系列式的意义，应该并不为过。自16世纪诞生伊始,《西游记》在中国社会便产生了极为深远的影响，其作为“四大名著”之一，与另外三部作品共同支撑、映衬着近现代以来中国民间社会的文化心理结构。

的确，其“人畜无害”的内容和风格差不多在任何时代都能被接受。也正是基于此，进入到20世纪之后，从小说到电影、从电视剧到游戏等一系列与之相关的改编作品、衍生品呈现出了加速度式的井喷效应。在这个意义上，即便将其定位为我国进入到现代社会以来的最大国民 IP，恐怕也不会有太大的争议。

在影视领域，每个历史阶段都有经典性的、里程碑式的“西游”题材改编作品出现。现存的“西游”题材的最早电影作品是 1927 年的《盘丝洞》。1941 年的《铁扇公主》则是中国和亚洲第一部，世界第四部长片动画电影。1961 年的《大闹天宫》更是一举奠定了那个阶段的中国动画电影在世界电影史的地位。

改革开放以来，1985 年的《金猴降妖》，特别是《西游记》(1986 年电视剧版）更是在当时造成了万人空巷的收视效应。从世纪之交至今，又出现了《宝莲灯》《大话西游》系列，也包括 2015 年在社交媒体引爆话题效应的《西游记之大圣归来》……“西游”题材影片在每个历史节点都能有效地牵动时代的脉搏。

也正因如此，每当有“西游”题材的影视作品面世之时，便不可避免地引起不同程度的争议以及非议。在不同年代、不同媒介环境下的不同“西游”题材作品，使得每个人的内心中都有着各自的西游故事，这也使相关题材影片一直不得不面临着只有这一级别的国民 IP 才有的众口难调的巨大压力。

2017 年春节档上映的《西游 · 伏妖篇》，因为适逢中华民族最隆重的传统节日，自然也不可避免地引发了广泛的热议，口碑不佳也几乎成了这个阶段相关题材改编影片都难以逃脱的命运。

所以，如何看待《西游 · 伏妖篇》——“西游”题材影片所携带的相关问题和征候，就不仅仅是在考察以“西游”题材为代表的国民 IP 在今天的命运，更意味着 2016 年中国电影在经过近十年看似狂飙突进式的暴涨周期之后几近停止增长，暴露出了一系列结构性问题的残酷现状下，如何认识、反思中国电影下一阶段发展模式和路径 的问题。

明清年间的“ 四大名著”在其诞生之后的三四百年时间里，在中国社会的近现代化进程中，内嵌式地卷入到了普通中国人的日常生活、精神生活、政治生活，也在漫长的20世纪逐渐标示出了中国民间社会近现代以来的文化心理结构的四个不同面向，在今天差不多都已成为中国文化的世俗化象征和代表。

然而，为何单单《西游记》在“四大名著”中受到如此程度的偏爱和垂青?《西游记》(1986年电视剧版) 创造了中国电视剧史上的重播纪录，其播放次数甚至超过另外三部根据“四大名著”改编的影视剧的播放次数的总和。如果仅仅归因于其内容、风格上的“人畜无害”，以及影视视觉呈现意义上的技术原因，那显然是避重就轻，远没有真正触碰到20世纪文化脉络上的《西游记》问题。“西游”题材影片自面世之初，其实就深陷在中国文化现代转型的焦虑结构中，而孙悟空形象的变迁则是其中的中心线索。

正是因为《西游记》的独特地位，以《西游 · 伏妖篇》为代表的所有“西游”题材影片都首先要面临是否符合原著、尊重原著，再具体一些就是孙悟空像不像孙悟空这类的循环拷问。而一提起孙悟空，一般中国人都会条件反射地想到从《大闹天宫》到《西游记》(1986年电视剧版) 中的“美猴王”形象，并且将那个形象视为天经地义、理所应当的孙悟空形象的原型和范本。确实，从《大闹天宫》到《西游记》(1986年电视剧版) 中的“美猴王”形象实在太过家喻户晓。这也是从《大话西游》系列开始，相关“西游”题材改编影片开始饱受争议的最直接原因——假如孙悟空都不像"美猴王"了，那么《西游记》的"味道"是不是也就变了。

眼下对于《西游·伏妖篇》呈现出两极化评价的焦点，就集中在上述问题。在《西游·伏妖篇》的支持者看来，除了由韩国团队制作出的眼花缭乱的、具有当代文化工业水准的特效之外，一个着重被强调的理由就是《西游·伏妖篇》更符合《西游记》原著，并做到了援引《西游记》的原著来佐证。

这足以让很多真正关心这个问题的人感到困惑：如此"暗黑"的、被冠以所谓"哥特"风格的西游故事，怎么能比有着经典"美猴王"形象的系列作品（《大闹天宫》以及1986年电视剧版《西游记》）更符合原著？这似乎太不符合"常识"。在这里，问题也就开始逐渐显现：我们今天所默认的《西游记》的"味道"，也就是孙悟空的"美猴王"形象究竟从何而来？其自身究竟有着怎样的演化逻辑和沿革脉络？这都是我们今天讨论《西游·伏妖篇》的基本前提。

早已深入人心的"美猴王"形象诞生于1960年的电影《孙悟空三打白骨精》和1961年、1964年的《大闹天宫》，"美猴王"鹅黄上衣、豹皮短裙、红裤黑靴的经典造型自那时开始，后世所有的"西游"题材影片，即便是到了今天个个大尺度、颠覆性改编的历史阶段而言，都不得不直面这具有"原典"意味的定型形象。众所周知，从1840年开始，中国文化的现代转型，赋予中国传统文化以现代价值，对于中华民族的现代身份认同，是具有根本性意义的核心问题，同时也内在地构成了贯穿于中国现当代历史的一条主线。

1955年，特伟先生提出的"探民族形式之路，敲喜剧风格之门”，也不过是以动画电影为代表的中国文艺界对这一问题的持续回应。20 世纪 60 年代的那些“西游”题材电影，就是在充分搜集传统美术、雕塑、建筑、音乐、舞蹈等不同艺术领域的素材，包括对京剧、绍剧等地方性戏剧、戏曲形式进行“打捞”和“提炼”，力图通过对这些具有足够“民族形式”的要素改编，来完成中国传统文化的现代转化，以期构建出可以面向未来的文化认同资源。

尽管 20 世纪 60 年代那一系列的作品不可避免地携带有当时年代“金猴奋起千钧棒，玉宇澄清万里埃”的政治气息，但经过半个多世纪之后，今天再回过头看，客观地说，那个年代以“西游”题材改编为代表的“民族风格”的艺术探索还是取得了巨大的成功。《大闹天宫》的横空出世更是一举奠定了中国动画电影在世界动画电影史上“中国学派”的历史地位，其国际影响力也远超今日之想象。

日本动漫泰斗手冢治虫就一再声称自己受到了从《铁扇公主》到《大闹天宫》的中国“民族风格”探索的启迪，连战后日本精神世界的重新构建，都有着来自中国的“民族风格”实践的文化参照。在万籁鸣诞辰纪念之际，谷歌都在官网首页标识上挂出“美猴王”的头像以示缅怀。

通过对上述“西游”题材影片的现代脉络的梳理，可以大致掌握《西游·伏妖篇》所必须对话的“潜文本”，这些“潜文本”对《西游·伏妖篇》有着直接对应式的“影响的焦虑”。如前文所述，经过几代中国人的不懈努力，《西游记》在 20 世纪中期完成了意义生成的现代转换。这一“过于”成功的现代性转换烙印性地奠定了今天对以孙悟空为代表的西游故事的“常识”认知，这种“常识”

反而使我们忽略了《西游记》的“史前史”。

《西游记》的出现有着丰富的历史维度，既取材于《大唐西域记》这种官方典籍，也经由《大唐三藏取经诗话》等前身不断演化，并吸收了杂剧、话本、志怪、传奇等多层次的通俗文艺资源，在民间广为流传，各个地域的各式各样版本层出不穷，明代刊本有六种，清代刊本、抄本有七种，典籍所记已佚失版本则多达 13 种。因此，中华人民共和国成立初期各个艺术门类对“西游”题材的“打捞”“提炼”并不是面对一个固定的文本。

《西游记》事实上是一个半开放性的、复杂的、多样的文本集合。也正是由于其呈现出了杂剧、话本、志怪、传奇等多重通俗文艺形态，在人物形象设定上与我们熟悉的《封神演义》《聊斋志异》等作品有着极大的相似之处，就是说，孙悟空、猪八戒、沙僧的原始形象特征，与中华人民共和国成立初期“民族风格”实践所奠定的形象有着很大程度的不同。尤其是孙悟空，尽管在原著意义上也有着出神入化的各项功夫技能，但在价值序列上则远远没有今天这种压倒性的地位。

可见，《西游·伏妖篇》的支持者所提出的更符合原著的说辞并不是空穴来风，至少在例证上是自洽的。

问题的复杂性在于，判断一部改编作品成败的标准，肯定不能停留在是否符合原著、尊重原著这种最为基本的初级层次，单纯符合作为文本集合的《西游记》，最多只能说明中华文化的博大精深、源远流长，其本身不可能为中国动画电影获得“中国学派”的尊重。能否通过改编，勾勒出一个时代的精神面孔和情感图谱，有效地回应所在历史周期的文化主题，才是判断一部改编作品成败的关键。

与其说“西游”题材改编的“影响的焦虑”来自作为文本集合的《西游记》，还不如说这份“影响的焦虑”来自外部，或者更确切地说，从始至终都来自美国。

早在20世纪20年代，也就是世界电影格局初具面貌的阶段，中国电影就必须至少在商业电影的逻辑上回应来自美国的挑战。1925年2月，美国电影《巴格达妙贼》（又名《月宫宝盒》）因为有了当时领先的技术制作水准和视觉效果，给那个年代的中国电影观众造成了远胜于20世纪90年代中后期好莱坞大片所带来的震惊体验。中国电影界为了在神怪片类型上予以正面回应，“西游”题材就成了最为现实的艺术资源抓手，现存的1927年的“西游”题材的最早作品《盘丝洞》就是这个脉络的产物。

中国电影史上的第一次“西游热”，就是来自美国的“影响的焦虑”的直接结果。在“五四”之后的话语逻辑下，对“西游”题材的现代价值提升也从那时拉开了序幕。这也是从绍剧电影《孙悟空三打白骨精》《大闹天宫》到《西游记》（1986年电视剧版）的经典“美猴王”形象的“史前史”。

而今，随着20世纪中后段的全球文化转型，对于“西游”题材的改编，也提出了新的要求。如果说《西游记》（1986年电视剧版）从制作到内容还在相当程度上继承了社会主义的文化遗产，那么到了世纪之交，再重复以“美猴王”为代表的西游故事和类型，显然也不能适应卫星电视已经充分普及、院线制改革已经启动的本土实际环境。

从这个角度而言，两部《大话西游》在中国内地的“意外”成功则顺理成章，看似非常“不正经”的周星驰版孙悟空在港台、东南亚地区没有掀起太大波澜的情况下，一下子“撞”上了中国内地70后、80后的青年一代的情感结构。以《西游·伏妖篇》为代表的这一波“西游”题材改编影片所必须对话的最直接的“潜文本”，毋宁说就是这两部《大话西游》。无论是更为“暗黑”的故事基调，还是更为“哥特”风格的人物形象，都是在此基础上进行“调校”的结果。

无论上一代人是否愿意面对，更具“民族风格”以及“解放”意义的“美猴王”形象，在这个被命名为后工业消费主义的时代，已经讲不出具有普遍情感共振的西游故事。从两部《大话西游》到《西游·伏妖篇》，这一波“西游”题材改编影片正是要在上一个历史周期的基础上，探索新的演进方向，而这一方向“恰巧”重访了西游故事的“史前史”，只是不知道它算不算是这个时代的宿命？

说到宿命，《西游·伏妖篇》被放置在2017年的春节档并不是偶然。1927年的春节，也就是整整90年前，《盘丝洞》同样选择在大年初一上映。“西游”题材选择在春节档放映在现代中国历史上已经成为“被发明”的传统。所以，今天再回首“西游”题材的改编历史，就有着清晰可辨的世纪轮回，而且《西游·伏妖篇》也有着和《盘丝洞》非常相近的历史境遇。

正是《西游·伏妖篇》的前作《西游·降魔篇》在2013年春节档拿下了12.47亿元票房，《西游记之大闹天宫》《西游记之孙悟空三打白骨精》也相继出现在了2014年以及2016年的春节档，票房也都突破了10亿元——春节档已被视为稳赚不赔的档期，于是不仅有了2017年的《西游·伏妖篇》《大闹天竺》，就连2018年春节档也被《西游记之女儿国》提前两年就预定。如上文所提及，《西游记》原著版本章节众多，丰富的内容含量也为“西游”题材的改编提供了广阔的空间，其中的“盘丝洞”“大闹天宫”“女儿国”等故事，也被后世改编影片所不断选用。

近年来，以《西游·伏妖篇》为代表的改编影片已多达三十部左右，并且已经出现多个自成体系的系列电影。除了周星驰已经明确提出在《西游·降魔篇》《西游·伏妖篇》之后还有续集以外，刘镇伟在2016年也推出了号称“终结篇”的《大话西游3》。而预定了2018年春节档的《西游记之女儿国》则与郑保瑞的《西游记之大闹天宫》《西游记之三打白骨精》同属一个系列——在当下已经出现了“西游”题材改编影片的新一轮高潮。

历史总是惊人的相似，在20世纪20年代中后期，以古装、神怪、武侠片为主的一次大规模资本投资热潮中，由于《盘丝洞》在商业上的巨大成功，也一度出现了将近三十部左右的“西游”题材改编影片，还有上百部类似题材神怪片。《盘丝洞》的出品方——上海影戏公司也曾计划将《西游记》制作成十集的系列电影，并推出了第二部《芭蕉扇》的相关信息。

然而，与今天中国电影的现实处境非常类似，在那一轮资本投资热潮中，一方面，当然有着《盘丝洞》等作品取得的光鲜成绩；另一方面，那个年代的中国电影也和今天一样如履薄冰，例如，被视作与《盘丝洞》组成一个"西游"题材系列的《芭蕉扇》就中途流产。因为当时国内的院线大多集中在上海等少数大城市，还不具备区域性的集群效应，所以，和今天的中国电影产业非常类似，票房在高速增长之后"突然"放缓，而资本投资热潮所带来的相关高昂制作费用，却没有一丝一毫的减少。

在这种局面下，电影市场的走向也就显而易见：不仅大部分中小规模的电影公司迅速破产，就连推出《盘丝洞》的上海影戏公司也因为当时的大制作《杨贵妃》的票房惨败而血本无归。在不出所料的一地鸡毛之后，"西游"题材改编影片的进一步探索也随之戛然而止。

以史为鉴，中国电影在20世纪20年代中后期的惨痛教训，应该足以映衬出今日新一轮"西游"题材改编影片高潮中的众生相。《西游·伏妖篇》尽管在本文写作之时便已经突破16亿元的票房，超过了前作《西游·降魔篇》的12.47亿元，打破了预售票房、IMAX票房等一系列纪录，也毫无悬念地预定了迄今为止"西游"题材影片的历史票房纪录，然而这种"刷数据"的节奏是何其似曾相识，2016年中国电影的票房神话正是在这种"刷数据"的高潮中"突然"破灭。

在号称30亿元保底发行的名义下，《西游·伏妖篇》的出品方多达21家，其排片率一度接近40%，在线售票平台更是为之付出了2017年"票补"的至少三分之一。也就是说，《西游·伏妖篇》的光鲜数据背后，是中国电影的半壁江山在支撑，这远比20世纪20年代中后期的那场资本热潮更为极致、更为疯狂。

《西游·伏妖篇》的成功会不会是当年《盘丝洞》式的一将功成万骨枯？按照这个节奏，是否会促进中国电影的健康、有序发展？是否会推出更多、更好的高品质“西游”题材改编影片？答案已经毋庸多言。

无论是《星球大战》系列，还是《哈利·波特》系列，国民IP的养成不仅需要完整的世界观设定、庞大的架构体系、深入人心的人物形象和脍炙人口的故事情节，更需要完善的文化工业体系支撑和长远的制作规划精耕细作。从这个逻辑而言，一国的国民IP，不只是一国国民情感生活和精神世界的坐标图，更直接考验着这个国家电影行业方方面面的平均素质和基本水平，是一个行业智慧的结晶，更是一国文化工业皇冠上的明珠。

在可预见的未来，我国“西游”题材的改编创作可能还会进一步井喷，并将有好莱坞等中国电影之外的强势力量持续进场，也一定还会受到更多领域的关注和引起更大范围的争议。在这场资本盛宴中，能不能将以“西游”题材为代表的中国故事创造成中国的国民IP式系列作品，会是在将来历史地回望、考量这个时代的核心指标。

张承志在他的《火焰山小考》中这样写道：“不管在什么时代，不管中华民族遭遇什么样的劫难或者波折，孙悟空和《西游记》永远是中国的属物，它让中国人对空间、对风景的想象更加深沉了。”

在中国社会近现代化的历史转型中，围绕着《西游记》的相关人物形象、故事情节，事实上已经根植在一代代中国人的审美、情感、认知结构之中，在中国人的精神世界中具有不可撼动的重要地位，就连世界领先的我国暗物质探测卫星，都被命名为“悟空”，足见“西游”题材作品在当代中国文化心理结构中的重要位置。

从1927年的《盘丝洞》开始，近一个世纪以来《西游记》已经过了上百次的改编，《西游记》文本本身所蕴含的丰富性、多义性乃至自反性，使其甚至可以用颠覆自身的方式来适应不同时代的多样性需求。

因此，对《西游记》文本的每一次的重新书写与描绘，都是不同历史阶段的不同话语场域内博弈和协商的结果，古代的、近代的、现代的不同形态的文化资源、文化遗产都在以不同的“历史蒙太奇”的方式，被投射到银幕上的西游形象中。

伴随着中国传统社会的现代转型、后现代转型，以《西游记》为代表的“四大名著”所构建的古典世界及其价值观，也将由现代的、后现代的技术手段和意识形态，特别是21世纪以来的后工业消费主义价值观所重塑和重写。

这虽然不是一个线性的、进化式的发展历程，但无论如何，历史的接力棒已经到来。我们必须讲好我们这个年代的“西游”故事，因为在眼下，经过20世纪的广泛传播和辐射之后，《西游记》已经在世界范围产生了跨区域、跨种族、跨代际的影响。

有消息称，2020年东京奥组委也在考虑将深受我国《西游记》影响的动漫作品《龙珠》中的孙悟空形象作为东京奥运会的吉祥物。这条消息无论是真是假，是否最终成型，在发展以电影为代表的文化产业，通过“走出去”提升文化软实力，传播正面国家形象的当下语境，以《西游·伏妖篇》为代表的这一波“西游”题材改编高潮，能否承担起这样的时代文化责任？能否完成《盘丝洞》《铁扇公主》《大闹天宫》《西游记》（1986年电视剧版）《大话西游》等作品在各自时代所起到的历史作用？这或许就是作为我们这个国家的国民IP的《西游记》在当代所无法挣脱的最大历史挑战。

（根据速记整理，经过本人校订）

第七十五期

“主旋律”新变的蝴蝶效应

主持人： 孙晓霞（中国艺术研究院马克思主义文艺理论研究所）

主讲人： 吴　靖（北京大学新闻传播学院）

孙佳山（中国艺术研究院马克思主义文艺理论研究所）

时　间： 2017 年 8 月 31 日（星期四）14:30—18:00

地　点： 中国艺术研究院研究生楼第五会议室

主　办： 中国艺术研究院马克思主义文艺理论研究所

编者的话

《战狼2》不断打破华语电影的票房纪录，产生着火爆的话题效应，并逐渐辐射到世界范围，加之《建军大业》因为大量采用"小鲜肉"演员而引发相关争议，以及早先的《湄公河行动》等影片持续发酵，这一阶段的"主旋律"影视剧生产和传播，正在受到全社会的广泛关注。

"主旋律"概念的提出最早是在1980年代，迄今已有30多年。在过去30多年中，我国的"主旋律"影视剧也呈现出了清晰的阶段性特征，并在不断地沉积、演进中向前发展，到了今天，无疑已经进入了又一轮的新变周期。

本期论坛旨在从《湄公河行动》《战狼2》《建军大业》等这一周期的"主旋律"影视剧出发，对这一阶段"主旋律"所必须要面对的复杂文化环境进行深入分析，力图对我们认知这一波"主旋律"的新变，对当代文艺格局所产生的深远的蝴蝶效应，做出必要的理论展望。

吴靖：先是直观层面的，因为过去吴京出道并开始成名是在20世纪90年代末期，那个时候我大学毕业，所以当时我完全没有意识到这个人和他的作品的存在。是因为看了《战狼2》以后，觉得电影不错，很久没有看到过这么不做作不纠结又叙事流畅，拍摄手法成熟的国产商业电影了。因为中国的现代文艺，总要有一个文化寻根、自我文明批判的任务在里面，这与商业文化简单粗暴的主体文化的自我确认是有矛盾的。但是吴京导演很显然没有受到这个纠结的困扰，我就很好奇这个人，他的经历，以及这个片子成型的过程。于是这些天来，就开始追溯。我去看《战狼2》之前，就先在网上补课了《战狼1》，看完以后我又去翻看了他早期的一些作品、报道和评论。然后慢慢地这些天参加了各种各样的讨论，也看了许多采访，他的各种表述，我基本上都看了，于是产生了一些挺有意思的历史维度的思考。

然后正好佳山要讨论这个话题，原来我把它作为一个比较个人化的体验，我是70后，这个电影和这个导演所表述的许多东西，触动了我自己的、与时代相关的个人感悟和我自己的一些文化经验与精神成长联系在一起的东西。但是佳山提到这个题目，我发现也许历史确实到了一个节点，这个现象并不是偶然的，背后有一些历史动力的东西。所以我今天要描述的这个历史动力，是围绕《战狼2》及其相关人物与文本的一个历史互文的分析，就是说会涉及吴京电影作品的谱系，他的个人经历，以及他所属于的电影类型传统的谱系与变迁等。我会主要围绕三种电影类型来谈：一是武侠电影、电视剧，二是香港的都市警匪、功夫打斗的影片，三是所谓好莱坞军事电影，也就是当下用来和吴京作为自身突破所推出来的军事功夫片相比较的电影。这三种类型片都和吴京与他的《战狼》系列有关，有一些观念和精神层面的谱系，它们之间的互文性，以及吴京个人经历在里面穿插所引发历史动力方面的东西，是有些线索可寻的。

先说一下主旋律，我想从所谓国家与社会关系的这个角度切入，去理解主旋律背后的机制是什么。当我们说主旋律的时候，它指代的是当代中国政治社会语境中的一个特定的政策、一个政治议程。它不是一个实然的、社会学层面的描述，不是指"主流文化"或者"主导意识形态"，而是指一种期待和达成这种期待的实践。主旋律这个提法以及实践的出现，是在20世纪80年代末期到90年代中期。那么出现这个提法和政策的背景是什么？我们知道在中国改革开放之前，其实不需要提这么一个概念。因为那个时候的国家和社会是一体的，在文化生产上也是一体的，并没有主、次，或者说多样性的意识。之所以要提出主旋律，那是因为主旋律遇到问题了，也就是主导意识形态遇到危机了，才需要特定的努力，要去挽救主旋律。改革开放在文化生产层面的体现，就是市场化和全球化，也就是以发达资本主义社会的商品文化生产逻辑来主导精神产品的生产，那么这类产品的精神世界和价值体系，就必然和社会主义文化与政治产生断裂。为了弥合这些断裂，或者说让断裂的速度不要这么触目惊心，才出现官方层面的努力，要去推进或者要建构主旋律。由于与现实中市场社会的精神气质太过脱节，主旋律题材主要窄化到对中国革命的历史合理性的维护上。而在这个过程中，代表国家的主旋律，是不断与市场社会，或者说市场文化互动来产生关联的，这个关联比较复杂，一开始可能还是强调主旋律与商业文化的差异和对立，到后来就更多地是模仿与学习。市场化逻辑下的文化生产模式，获得了文明和制度层面的优越性。主旋律以及公共资助的非营利的文化生产在中国社会的存在，变成了一个需要不断被辩护的、老旧陈腐的、边缘性的事物。然后到了今天，随着所谓国有经济在许多领域中的强势发展，以及国家在国际、国内传播层面投入巨资，金融资本又在新媒体与文化产业领域兴风作浪，我们又发现国家与市场社会之间出现的是一些相互使用、相互利用，或者是相互渗透的一种关系。

所以这个比较复杂的历史脉络，竟然在《战狼 2》出乎意料的爆发中，突然摆放到我们面前，从一个现象性的东西变成一种时代的症候。简单来说就是一个资本和文化精英都认为是一个边缘性的主旋律的作品，创造了市场和商业层面的巨大成功，而这种成功，也是出乎官办主旋律的意料的——附带伤害了正宗主旋律作品《建军大业》。所以我们可以把它当作一个症候来理解当下国家和社会之间的微妙关系。

我就先从武侠影视剧说起。要说到中国电影标志性的类型，其实就是武侠。中国电影在全球市场中认知度最高的，就是功夫片和功夫明星。这个类型的出现可以推到中国电影的起源。中国电影产业的发生有一个非常重要的民族主义的原因，其实和我们今天有很相似的地方，就是好莱坞电影在中国新兴的电影消费市场的霸权，以及西方电影中的辱华形象对于中国知识分子的刺激。在左翼电影史叙事中，我们对早期中国电影的主要印象是小市民趣味，也就是风花雪月和神怪奇侠。放在今天就是"小鲜肉偶像剧"和"神鬼穿越剧"吧。但是我们要看到在20世纪初的社会危机中，晚清和民国新兴的市民社会及其文化生产中，已经产生了非常自觉的民族主义诉求。这种民族主义的诉求在电影层面的表达，就是寻找有中国文化特质的、给中国人看的电影，用中国文化来改造电影这种西洋技术。早期电影中最能代表中国文化、又具有传奇性和商业潜力的，就是武侠、戏曲和神怪题材。著名的有《火烧红莲寺》《火焰山》等，实际上已经形成了蔚为壮观的类型片生产。这个商业类型片的传统经过抗日战争和解放战争的冲击，从内地转移到了香港。随着60年代李小龙的横空出世，功夫电影和中华武术成为世界性的中国文化与中国电影的标志，在内地20世纪80年代改革开放以后，也加入了这个大潮。直到今天，在全球华人圈政治分裂对立的情况下，能够获得共同认可的电影类型就是功夫电影和成龙、李连杰这样的功夫明星。吴京的《战狼2》能够获得这么高的票房，一个重要原因是它跨越了当下中国社会越来越多元分化的阶层、地域、性别、年龄的区隔，基本做到了全民覆盖。所以它的票房达到了中国电影市场的理论容量，在短期内是不可复制的。而这个背后更深层次的原因是导演吴京以及这部影片在内容和情感结构上，与功夫电影的历史脉络有深度的联系。也就是说，隐藏在中国社会深处一个通用的社会动员密码，被成功启动了。

那么如果我们从20世纪20年代中国电影产生，一直到21世纪初，看一下在武侠电影的百年历史中，到底代表什么？它的精神内核是什么？它的内在一致性是什么？我觉得基本上可以总结为：除暴安良。我们经常说中国“武”的概念，是“止戈为武”，这种建构和中国现代国家建立过程中寻求民族文化独特性的努力是相并行的。中国的武侠通常和西方的武力与科技相对立。中国的功夫大师是保卫社会、保卫弱小的，并且总是具有特定的政治理想或者说乌托邦社会想象，这与西方更强调科技与武力的工具性一面，也是经常被对立起来理解，以形成中国现代身份认同。比如我们当下经常会被拿出来争论一番的“军队国家化”议题，中国民间社会对“军队国家化”的抵制，可能不仅仅来源于社会主义政治传统，还有中国历史传统中对军队与社会建设、军队与清明政治之间有机统一的理解：谈到军队和武人的时候，总是价值观在前，科技与武力值在后。这种价值体系在近代以来中国的功夫影视中不断搬演，成为大众文化的无意识。

随着现代化过程中中国国家危机的加深，包括日本侵略中国，随之而来的社会革命，以及国际冷战结构和地缘政治使得中国认同的文化空间、政治空间和地理空间产生了分裂，武侠成了唯一能够贯穿历史与空间的情感结构。除暴安良与追求清明政治的并存，也就是微观的保卫社会和宏观的国家建设一直是不可分的，并且跨越中华文化圈的意识形态分裂而稳定存在。

在对《战狼2》的舆论里，有这样一种声音，觉得吴京在片中一开始设置了暴打强拆者并因此离开军队的桥段，似乎与主旋律相矛盾，暴露了国家内部的问题，使得后面的爱国叙事变成逻辑不自洽了。

但是其实武侠一直就是这样，一边打恶霸，一边打贪官，一边打外敌，到了近代，加上了打洋人。打洋人和打贪官从来都是一体两面，并不矛盾，因为洋人的入侵，是因为政治腐败所导致的。不论是早期民国的武侠电影，还是以李小龙、成龙为代表的香港发展出来的功夫片，还是20世纪80年代以后从《少林寺》开始风靡内地的功夫热，这样一套脉络都是非常清晰的。《少林寺》讲述了十三棍僧救助秦王李世民的故事。佛教在中国化的过程中本来就增加了更多济世救人的入世元素，而少林武僧和少林武功形象的加入，又进一步增加了除暴安良以外，对清明政治人物的保护和对特定政治集团的支持。当然少林寺僧人最后还是回归寺院，安心礼佛，把治理的工作留给政治家们，维系了"江湖"与"庙堂"之间的张力，保留了"自由"的民间社会与规制性的国家两者之间的平衡与相互独立。这样一种套路，在后来李连杰演的《黄飞鸿》系列、《方世玉》系列，成龙早期的《A计划》《警察故事》等这样的一些影片里反复上演。

除了《方世玉》表现的是反清复明（主要是反清）的意识形态

以外，大多数影片基本将背景设置在晚清和民国，在中国传统政治合法性崩塌，中国社会在抵抗外族侵略的同时寻找新的现代政治规划的大背景之下。电影里无论是功夫大师（黄飞鸿），还是香港的警察（成龙），他们在打洋人和打恶霸的同时，还在为中国社会与政治的现代化而寻找进步的政治力量或者政治代理人。黄飞鸿在电影中除了用武功为国争光，还是一个积极学习新事物和吸收现代化意识形态的人，他在政治层面支持清廷里面的洋务派。而成龙扮演的身处殖民地的香港警察，也经常利用自己的资源保护从内地来的革命党躲避清廷的追杀。

但是这些政治理念的追求止步于新民主主义革命。1949 年之后，中国电影群体依据冷战意识形态的对立发生了分化。旧民主主义革命传统下的群体转移到了香港和台湾，也就是所谓生产小市民电影、通俗娱乐电影的群体，在冷战时期香港的特殊社会空间中发展出一个非常强大的类型片，就是中国的武侠功夫片，获得了世界的声誉。而支持新民主主义革命的左翼电影群体留在内地，在后来的社会主义文化改造中进入体制，形成了工农兵文艺的电影传统。

这两个传统在冷战中形成了有趣的平行但不交叉的独立发展。中国内地的工农兵文艺、香港的武侠片与市民传统，都具有为草根社会代言，以（底层）社会的立场反抗强权和暴政的特征，都在象征层面对中国封建等级秩序及其价值观进行批判、嘲讽和颠覆。所不同的是，内地的工农兵文艺因为革命性政党的介入与组织，更多带有了表现与革命性社会改造相适应的“社会主义新人”成为国家主人的任务，而香港电影中的草根精神，仍旧停留在批判资本主义社会黑暗，同情底层小人物命运的阶段。

两者的相遇是在20世纪80年代，随着中国的改革开放，国家的主导政治话语由激进社会主义转型为经济发展与现代化，重新引入旧民主主义时代的启蒙议题和文化表征。而对此议题具有丰富类型化经验的港台大众文化，就成为中国大陆影视市场发展初期的重要启蒙者。在功夫武侠这个类型甚至基本上是香港电影人的生产制度和生产文化的天下。于是就产生了一个社会主义国家在自我转型、向更多元的社会力量开放的过程中，抛弃自身传统中的工农兵文艺，转而向资本主义文化传统的草根文化、大众文化生产模式学习的状况。在电影产业市场化改革的过程中，原来普及到中国乡村的电影放映网络逐渐溃败，电影院线的建设成为大都会的特权，看电影成为越来越昂贵的娱乐活动，于是许多社会主义时期的工人俱乐部和电影院被改造成了台球厅和录像厅，这为以功夫片为代表的香港B级片在民间社会的流行提供了基础设施。因此可以说香港功夫片和都市警匪片为内地后社会主义时期被体制抛向市场和底层的工农兵群体提供了大众文化替代品。而内地学院派职业电影人群体，大都在新时期和新启蒙的感召下，走向了文人趣味、国际（好莱坞）标准或者中产阶级美学，远离工农兵文艺日久。《战狼2》的成功是在中国经济繁荣，院线基础设施在中小城市日益普及的前提下产生的，已经引发行业内对于所谓小镇青年美学趣味的一些探讨，但是中国电影创作群体的主流，仍旧是中产阶级和知识精英的取向，他们能够在多大程度上对《战狼2》成功背后的阶级美学政治有所领悟而致力于为这个群体服务，其实并不是很乐观。

而在香港这方面，随着香港电影产业在中国经济崛起和全球市场变化中的自我调整，一方面是在内容上从古装和民国功夫片向都市警匪武打片转型，另一方面在政治隐喻和政治认同的层面也随着经济关系的一体化以及对内地市场的依赖向内地的主旋律靠拢。近些年的《十月围城》《智取威虎山》《湄公河行动》《明月几时有》《建军大业》等香港电影人参与拍摄的功夫、警匪、战争片，可以看到社会主义革命的历史，乃至当下的国家主义话语，都进入了香港电影人讲故事的任务之中，当然也用“路见不平一声吼”的叙事结构替代了对社会力量进行政治改造的社会主义文艺传统。

吴京导演的个人经历也正好处于香港武侠电影向都市警匪功夫片转型，以及港式武侠对新时期以来内地通俗文化及电影工业的影响这样一个语境之中。但是他作为李连杰的师弟和全国武术冠军，在20世纪90年代末期开始被张鑫炎、袁和平导演选中拍摄武打影视剧时，这个类型已经处于走下坡路的阶段。他主演了多部影视片之后仍旧不温不火，后来到香港闯荡。这时香港的武打题材电影正处于前面提到的都市警匪、黑帮、枪战类型成为主流的时期，也形成了具有香港特色的、后现代大都市语境中的表现兄弟情仇的警匪、黑帮武打片。这种转型与社会生活的都市化、新一代消费者群体的成长有关，古装武侠逐渐失去了核心受众。另外，“后97”以及“后冷战”以来香港社会的国家认同也产生了微妙的变化。新时期与内地共享的现代化与新启蒙意识形态，由于内地在后冷战时期的政治规划与西方主导的意识形态终结、历史终结的潮流相悖，又产生了分裂。而香港对于自身未来的政治想象在回归后“一国两制”的框架下反而产生了停滞。体现在大众文化层面，从功夫片转型而来的都市警匪武打题材电影，随着对中国百年现代化追求的失语与遗忘，以及对后现代全球秩序不切实际的幻想，越来越虚化任何国家与政治规划的存在，而残存的中国武侠保卫社会、扶助弱小的传统也因为对阶级文化和阶级政治的疏离，窄化到兄弟情谊和小人物在新自由主义丛林中求生的主题。这类影片在形式上越来越黑暗，警察和黑帮、罪犯的边界也变得越来越模糊，突出搏击与功夫中的直接暴力。与此同时香港电影圈也陷入了黑社会渗透与控制的泥潭，影片内外所共同构建的香港电影景观隐喻着香港社会在新世纪所经历的精神迷茫、认同的迷失与错置。

吴京在这样的语境下闯荡香港电影市场，并没有实现他成为功夫明星的梦想。又因为香港电影圈复杂的权力、资本、人际关系，这个从内地去的电影演员只能不断地饰演一些配角，成为暴力丛林中出现几分钟就被打死的杀手。吴京后来对这段经历语焉不详，只是对媒体表述了对于功夫电影充斥了替身、威亚、粗制滥造，以明星为中心而不是以功夫质量为中心的电影生产机制的不满，以及他的思乡和功夫电影梦想的无处安放。功夫梦想的跌落，与功夫片的生产基地香港的大众政治激情的消失和大众政治认同的幻化有着直接的互构关系。

吴京曾经主演过一个香港 B 级片《黑拳》，几乎就是他作为一个内地人在香港打拼经历的隐喻。影片描写了一个内地去的武打冠军，被爱情引诱参加地下生死搏击赚钱。后来被出卖而故意自残输掉比赛，女友悔恨自杀，他疯狂报复操控比赛的老板，最后被警察乱枪击毙。影片结尾两个貌似到了天堂的恋人坐在星空下的草地上相依聊天，描述了他们作为来自内地（乡下）的穷人，第一次遇到香港富人到那里去做慈善时对香港充满憧憬的心情。这个片子上映于2006年，香港大众文化对于内地的认识，仍旧停留在一个贫困、茫然的穷人社会，人们背井离乡来到发达资本主义的香港，在残酷的丛林社会中被埋葬。

但是吴京本人并没有在香港被埋葬，两年后的2008年，他参加壹基金的志愿者团队到汶川抗震救灾，据说其他一起来的演员待了四五天就回去了，而他待了整整一个月，和一支武警部队一起救灾，一起吃住在一座寺庙中。这成为他事业转折的契机，在这个过程中他意识到自己应该去挖掘军事功夫片这个题材。于是在专业上极其认真的吴京导演开始了长达七八年的准备工作，到特种部队去训练了一年半，拍摄了一个特种兵题材的电视剧《我是特种兵II》，到了2015年推出了《战狼》，以及今年暑期一鸣惊人的《战狼2》。可以说如果没有这次相遇，吴京的导演或者演员生涯会继续围绕影片序幕中“暴打强拆暴徒，保护孤儿寡母”场景的各种变体来展开，而这次相遇使得这个主题变成个人、类型片和时代精神的“前史”，在延续中拓展了新的行动空间，引出了更多元的社会力量与历史场域中的行动者。

相遇过程的文本内外还有几处值得关注的勾连、互文和具有症候性的地方。首先，壹基金和解放军之间的关联。在吴京的谱系里，跟着壹基金做慈善事业是件非常自然的事情，他在许多事情上都在追随师兄李连杰的脚步。而他通过这样一个契机，从苦苦打拼的香港资本主义丛林社会，接触到了解放军这个可以说最大程度上保留了社会主义政治传统的国家组织，并且致力于将近代以来长期处于隔离状态的代表"民间社会"的武侠精神与代表社会主义国家价值的军人精神融合在一起，推出一种新形态的大众文化："穷人""小人物""兄弟"与"人民""群众""战友"，这些长久以来割裂在不同政治想象维度之中的两套身份编码，似乎出现了可以相互认同的路径。而如果我们仔细分析《战狼2》的故事，与其说它是一个有国家参与组织的战争的文本，不如说是一个代表了解放军价值观的功夫小子（前特种兵）救灾的文本。之所以称影片中表现的战乱为灾难，是因为战争的产生、发展和结局，是完全不受中国人控制，也是中国从社会到国家都无法（和不愿）进行干预的，所以身怀绝技的前特种兵冷锋能够做的，就是和中国社会各种天灾人祸中解放军总是冲在前面去做的一样：抢险救灾，保护人民群众生命财产安全。影片故事的现实来源——也门和利比亚撤侨——也具有相似的性质，解放军在海外的军事行动，是为了救援，而非战争。在中国民间和商业力量已经超前于国家力量成为国际化的存在的时刻，中国社会也产生了一系列的争论，从极右的中国也应该和传统殖民帝国一样"仗剑经商"，派军队去保护中国在海外的经济利益乃至为此干涉和左右弱小国家的政局，到极"左"的"第三世界革命"，中国应该成为国际共产主义的先锋，带领发展中国家摆脱全球资本主义的不平等秩序，和中国一样通过社会主义革命建立独立自主的国家，主导自己的命运，都能在中国当代网络舆论场中找到代言人和鼓吹者。但是《战狼2》严格遵守着官方的外交立场和口径，没有越雷池一步，在不干涉他国内政的前提下，派出具有非官方身份的冷锋去救助受灾的民众。我们看到在当下的中国媒体舆论中，国家在社会中高调出场，并且具有不可动摇的合法性的场景其实并不多见，通常是在社会存在的基础遇到巨大危机的时刻——大灾大难，社会动荡和战争。中国基层的民众在近些年的社会生活与媒介环境中，经常能够体察到这三种导致社会崩溃因素的持续存在，因而产生出对于强大国家力量的渴望与欢迎，加上影片对历史情感结构的唤询，民间所爆发的观影热情是完全不难解释的。

但是另外一些时候，国家和社会是被理解为相互对立，以及存在竞争关系的。回到壹基金这个话题。在公益慈善的话语场中，壹基金与红十字会被设置成二元对立的存在。前者代表社会自主、透明、高效、国际化、普世价值和理性，而后者代表国家和官方，意味着腐败、低效、官僚主义、封闭和无理性的本土。也是在汶川地震期间，壹基金的高调和红十字会的丑闻缠身和筹款能力的下降，成为舆论场中民间救灾与官方救灾竞争关系的典型范本。而前不久围绕凉山格斗孤儿应不应该被民政部门送回家乡，也引发了一场舆论的对立。有一派影响广泛的观点认为，在格斗学校中学会丛林社会的竞争规则，要优越于回到贫穷的家乡等待命运（政府扶贫部门）的安排。这出在现实中上演的《黑拳》，远没有电影本身所传达出来的对于资本主义深刻的绝望与批判意识，而是凸显了一直困扰着中国社会的精神内战：社会主义的历史和理想，如何在资本主义的社会现实中呈现出来？社会主义如何不仅仅停留在主旋律的、边缘化的符号体系中，而是成为一种能动的、改造新自由主义社会现实的力量？

在电影产业中，这种国家在符号层面的虚拟存在，而（资本主导的）市场社会在现实中强势存在的情况，也由于《战狼2》的意外成功，被获得了话语权的导演吴京明确地表述了出来。他在对媒体的多次访谈中，反复表达"我不想被资本强奸"，后来软化为"我不能被资本绑架"，以及"我去上EMBA就是为了研究资本的逻辑，好有能力利用好良性资本，为我的电影理想服务"。他指出IP泛滥、流量明星天价片酬、电影拍摄粗制滥造等中国电影产业中的痼疾，都和资本的傲慢与贪婪有关，在繁荣的市场面前杀鸡取卵，不顾艺术创作规律，不尊重创作者和观众，以资本运作绑架电影生产的专业主义与艺术追求。他多次表达自己对功夫电影的工业流程和品质的要求，在今天的电影工业的环境下很难得到实现。资本在遇到这种题材的电影计划时都唯恐避之不及。无独有偶，今年早些时候另外一部"斜刺里杀出"的主旋律题材的电视连续剧《人民的名义》，创造了与《战狼2》双雄并置的历史性的电视高收视率纪录，其出品人高亚麟向媒体介绍融资时的困难状况，几乎和吴京的故事如出一辙。对反腐（军事）的主旋律题材，投资人都十分犹豫，开拍前资金还没有到位，最后由出品人自己卖掉（抵押）房产孤注一掷，却意外获得了市场和观众的欢迎。

这样就牵扯出了在文化生产领域国家与社会关系的议题。也就是说在资本主导的市场化条件下所无法完成的文化生产的公共性、艺术性与普惠性的目标，公共力量和政策调节如何介入。目前在中国的文化产业中，新自由主义经济体制似乎成为了一种自然的和天然合理的存在。文化生产的公共组织与传播，成为非常另类与边缘的话题。就连在国家相关部门的政策表述中，都更多出现的是市场、资本与竞争一类的概念，而很少见公共服务、社会服务、文化作为社会主义上层建筑的讨论，更少有国家的责任是如何保护社会不受资本戕害的意识。类似《建军大业》这样的主旋律生产模式，是国家对市场逻辑妥协与臣服的结果，而如何把《战狼2》和《人民的名义》成功利用了良性资本的"意外"变成制度化的创新和建设，如何让更广泛的民众能够使用蓬勃发展的传播基础设施，去生产和传递他们自己的文化与价值观，获得文化主体性与自信，可能才是我们迫切需要思考的问题。

最后要讨论的第三种类型片是美国的军事动作片（而非战争片）。很明显，《战狼》系列对好莱坞的这种类型有非常多的借鉴，主要是以一个英雄人物为中心的推进故事的方式，动作、悬念、高科技武器，加上流畅的剪辑和精致的场面调度。以往中国军事题材的电影也试图模仿，但是主旋律题材对个人英雄表现的禁忌，以及更重要的电影生产工业化水平的落后，使得动作、武器和主角光环的结合没有办法达到好莱坞的奇观效果。吴京在这两点上的同时突破，终于贡献了一个类型片层面里程碑式的作品。但是我们仍旧不能把《战狼》中的个人英雄和好莱坞军事片中的个人英雄简单等同起来。就算是好莱坞类型片本身，也和它们所处的具体时代和政治语境，具有深度的互文性与同构性。在哪里都不存在一个抽象的个人主义英雄。作为美式资本主义和美国梦的意识形态上层建筑，经典好莱坞电影中的个体，永远都带有时代的指称，都是时代精神的承载者。我用《壮志凌云》和《第一滴血》系列来说明这种类型片内在于美国历史和社会的表意脉络，并且讨论它们和吴京作品在形式上的相似性和在人物与时代精神层面的差异。

两部电影都是20世纪80年代的作品。《壮志凌云》（1986）实际上是美国空军的一个宣传片，表现美国英俊机智的飞行员勇斗苏联米格战机，并且在空军精英部队获得自身成长的故事。而《第一滴血》前三部（1982，1985，1988），讲的是越战老兵在因反战而撕裂的美国社会重新找回国家认同的故事。这样的片子正是20世纪80年代美国社会主导意识形态的映射。1980年，做过好莱坞演员的右翼政客里根在大选中获得压倒性胜利，开启了长达8年的"里根时代"。面对美国社会在越战后遗症、民权运动、经济滞胀等问题缠身，社会分裂的状况，里根给出的药方是一方面增加军事力量，对苏联采取强硬姿态，开启了"星球大战计划"，将战争的阴影推向外太空；另一方面在国内推行"里根经济学"，缩减政府规模，减税，减少国家对经济的干预，给资本在全球的自由流动松绑，也就是后来被称为新自由主义，最终导致了全球金融危机、贫富不均和社会动荡的经济政策的滥觞。然而在当时，这种用高科技军事主义和原始野蛮的资本主义来重塑美国国家认同与男性气质，医治越战创伤的右翼政治手段，获得了一定的效果，美国经济指标回升，社会团结和认同增加。以这两部影片为代表的一系列美国主旋律电影，包括《星球大战》2、3，都出自里根当政时期。而这又恰好与中国的改革开放处于同一个时代，最先影响20世纪80年代中国观众的好莱坞大片，正是这些表现美国国家自信高涨、打遍全球无敌手的英雄主义赞歌，深刻塑造了今后几十年中国社会对美国的理解。

《壮志凌云》是一部表现年轻一代如何继承老一代民族精神的片子。汤姆·克鲁斯主演的是一个聪明、傲慢，但是技术高超的空军飞行员，被选入空军的精英部队，在战斗和训练中成长、成熟。他的父亲是老一代空军英雄，而他也终于在队友牺牲、克服飞行恐惧之后战胜了米格战机，实现了父亲的遗愿，收获了爱情，并且成为真正的国家战士。父亲是战斗英雄，儿子继承遗志；战友牺牲，激发斗志的桥段，也出现在《我是特种兵II》和《战狼》第一部中。个人对英雄父亲的追寻，最终在为祖国而战中得到确认和升华，这种家国一体的修辞方式，并不一定只在中国文化中存在。

但是，在《我是特种兵II》中，除了通过父子传承来表现国家精神的延续，还对新时期中国军队的阶层组成进行了颇有意味的描画。电视剧表现了三个来自不同家庭背景的青年成长为特种部队战士的故事。吴京扮演的何晨光，爷爷是军队高级将领，父亲是在对越自卫反击战中牺牲的英雄，而他从小练武，学习军事知识，渴望成为一个像父亲那样优秀的特种兵。另外两人一个是城市街头的小混混王艳兵，还有农民李二牛，因为他们特殊的身体潜质被选到特种部队。这样的安排似乎在表明，即便是在市场化社会里，解放军仍旧是一个大熔炉，可以把不同的社会青年锻造成革命军人。国家的传统，仍然可以吸纳和改造民间的优秀分子。不过到了电视剧的最后，出现了一个意想不到的转折，王艳兵的父亲实际上是一个长期卧底的缉毒警察，最后牺牲，而当初部队领导选他入伍，也是受警察部队的战友所托，要培养英雄的儿子。所以三个人之中，两个都是国家英雄的后代，是国家传统“天然”的继承者，他们需要的，只是要被唤醒这种主体性。只有农民李二牛可以说是一个真正的体制外青年。社会主义传统中的工、农、兵三个群体的形象，具有现实感的工人形象几乎完全消失了，这应该是一次对当下中国社会阶层构成现实的无意识，但却极其准确的表征：21 世纪以来，产业工人的形象在大众传媒与大众文化中基本没有存在的空间。

如果说《壮志凌云》中主人公的国家认同，以及对国家敌人的指认都是稳定的，只是需要个人成长的历练，《第一滴血》中史泰龙所扮演的越战老兵，就必须经历一个痛苦地医治越战后遗症，并重新找回国家认同的过程。所以，系列电影的第一集是归国越战老兵与施暴的地方警察发生冲突并血洗小镇，在越战时的上级的劝说下，才放弃与国家机器的对峙。第二集回到越南援救被俘战友，也是政府一开始冷漠而为了战友情谊的自发行为，直到最后，看到他们胜利在望，政府才施以援手。前两集基本表现了越战老兵对美国反战社会运动以及政府态度的不满。他们认为反战将国家英雄污名化，撕裂社会，而政府在越战政策上的投机与怯懦又导致战士深陷越战泥潭得不到救助。但是随着里根主义所代表的对美国侵略性男性气质加以重新认可的意识形态成为主导，到了第三集，兰博就可以毫无纠结地代表作为正义力量的美国，到阿富汗战场帮助那时被称为“自由战士”的塔利班游击队抗击苏联的入侵。与冷锋相似，兰博在海外的战斗也无法以官方的身份进行，因为那样就导致美苏两个超级大国的直接对抗，这是核恐怖平衡之下的世界所无法想象的灾难。因而在冷战期间，美国的对外干涉主要是以间谍、军事顾问、智库、资助、提供武器等非正规军事手段来进行的，这就给兰博这样的“孤胆英雄”的银幕形象提供了巨大的素材库。

反观《战狼2》，中国英雄和军队海外救援，并与西方武装力量（雇佣军）发生正面冲突，这种情节对于中国来说是全新的正在慢慢发生的东西，并没有什么历史经验、艺术套路和受众心理基础可以提供人设、桥段、叙事逻辑的预期。影片采取了一个能够基本覆盖当代中国政治正确光谱，又在所有的地方都点到为止的叙事策略：武侠的情义，军人的忠诚，国家的和平与不干涉内政的外交政策，对西方殖民者的批判，对援非组织与个人的跨越意识形态的褒扬（中国援非医生、宗教人士、理想主义的个体），中非友好，第三世界主义，平民视角，可圈可点的女性角色，国家对公民的责任，中国最新军事力量的展示，等等。可以看出创作者将历史与当下、传统与变革、中国与世界、民间与官方相互联通与融合的努力。

最后我还想再分析一下《第一滴血》与《战狼2》等中国当下一些热门军事题材影视剧中平民意识的历史脉络与在现实社会中的不同走向。“平民主义”在美国大众文化中一直有很强的存在，里根在20世纪80年代重新唤起美式爱国主义的策略之一，就是调用了军人、工人阶级、基督教基要派等右翼平民主义对反战、民权、性别等社会运动中成长起来的左翼自由主义的不满与反击。因而兰博在影片中虽然是一个孤胆英雄，但其精神气质与自由主义和全球主义视野下的美式个人主义观念，却有着巨大的差别与对立。兰博性格沉默、木讷、隐忍，身怀绝技但并不张扬，他并没有体系性的政治论述，只是对国家和军队有着朴素的忠诚。他在前两集的出手都是出于尊严和战友道义，第一集是对美国主流社会践踏老兵尊严和政府投机出卖老兵利益的反抗，第二集是为了同袍之情去救出困在越南的战友。但正是因为这种朴素的平民意识和战友情谊没有经过政治启蒙，它可以随时为对自己伸出橄榄枝的政治力量所利用，并忠诚地为其卖命。这也是为什么从第三集开始，兰博在海外的各种军事行动，虽然仍旧是"个人"和"非政府组织"（第四集是去缅甸救援遇到危险的教会）的行为，与美国政府之间的宿怨和对立已经消失了。当然之前的怨恨也并不是出于对国家发动帝国主义战争的不满，而是不满政府首鼠两端，因为政治投机而牺牲了军人。我们在当下的欧美政治中看到的民粹主义兴起，在全球化中利益受损的中下层民众与主流政治文化经济精英的对立，在 20 世纪 80 年代的美国大众文化中已经可以看到端倪，只不过这股暗流还需要地方广播、互联网、茶党运动、另类右翼等催化与组织的力量，才逐渐喷涌而出。

我觉得在这里已经不需要详细展开中国军队的政治传统以及平民主义精神和政治理念相结合的文艺传统，与好莱坞的差异是根本上的。但还是需要探讨一下在市场经济的条件下，军事影视的一些形式与观念层面的变化。

《战狼 2》的意外成功引发了一些关于军事题材影视作品一直不受市场欢迎的讨论。这与国家长期处于和平环境，社会层面经济发展优先，消费文化盛行等有一定的关系，也和前面提到的市场化之后的文艺生产更多面向有消费能力的都市中产而忽略了平民、工人、农民阶层的文化需求有关。如果对比一下少数获得大众认可的作品：

《战狼》系列、《亮剑》、《士兵突击》等，其与一直大量生产，但社会和市场效应都很一般的其他军事题材影视剧的差别，主要是对大众美学和平民主义立场的坚持。为了迎合商业社会的时尚以及对欧美现代化的崇尚，21世纪以来的军事题材影视剧普遍有一种军人形象“缙绅化”的趋势。当代军事剧中主要角色从士兵向军官与技术群体转移。军人的魅力通过制服、现代化的军事设施、高颜值高智商的军官群体加以视觉化表达。军人的家庭背景、出入的场所和日常生活方式的表征，基本与都市中产阶层生活环境的视觉编码毫无二致，甚至有时更加奢华。而对军事行动的表现基本通过军事演习、红蓝对抗、沙盘推演的情节设置。但是这些做作地模仿所谓发达国家的军队，丢掉了解放军与生俱来的平民气质与英雄主义价值观的影视作品，既因为其主旋律题材无法成为真正的商业爆款，也因为与基层军人的现实和普通民众与军事爱好者理念中的军人形象相差太远，无法打动目标受众。

而像《士兵突击》《亮剑》《我的团长，我的团》等被观众认可的电视剧，都是在表现认真、执着、坚持到底的普通人，在合适的平台上超越自我，成就伟大的事业。在《士兵突击》中，你可以看到一个非常普通、有些一根筋的农村孩子进入部队，在一个不靠钻营、又相互扶持、肝胆相照的环境里，如何一步一步靠自己的努力训练，成为一名特种兵。这是一个非常简单的故事，但是反而是一个受到观众欢迎的故事。在一个“他人即地狱”“拼爹”“阶层固化”成为常识，而主流文艺作品以不同的方式认可和美化阶级社会的天经地义的时代，军队题材的影视作品似乎成了建构另类社会想象和价值体系的一个“法外之地”。军营成为一个“阀域”(liminal space)，一个人们在“现实社会”中生存打拼的间隙可以暂时栖息的理想主义试验田。也就是冷锋说的“当兵后悔两年，不当兵后悔一辈子”。但是两年对人价值观的塑造可以比二十年更加强大，如果这套价值观可以在更广泛的范围内逻辑自洽地运作，那么就可以被实践而不在现实面前证明是虚幻和虚伪的。相比兰博朴素的平民美德在机会主义的强权政治中只能沦为权力的暴力工具，《战狼2》中同样作为前特种兵的冷锋，却能够将他的价值观带到非洲，感染和改造包括小老板、富二代、工头等中国市场社会中生长出来的各种人群及其实用主义价值观，并且通过在体制外（甚至国外）主动践行国家与军队所代表的政治理想，从而重新回到军队，与国家达成一致。这种国家与社会的象征性融合是好莱坞电影中几乎不会存在的，那里的模式是代表社会的个体英雄总是在对抗国家机器的同时完成（西方）文明全球统治的天命，国家是文明（社会）开疆破土的暴力工具。也因此在资本主义社会的民主政治及其表征体系中，国家是竞争性社会群体争夺的对象，而不是弥合社会分裂的力量，国家是与强势社会阶层结盟的治理工具，而缺少超越社会分化的普遍代表性。但是作为拥有一套独特文化编码的阐释共同体，大多数中国观众所希望看到的，是国家作为清明政治的践行者，有意愿和能力对民间社会、对公平正义的期待加以确认、实现和保护。所以当冷锋因为脚踹强拆头子而被迫离开军队时，他的上级并没有否定他的行为，却嘱咐他只要牢记军人的责任，脱了军装也是军人；当他在非洲的工厂否定了中方工头“中国优先”的计划，要带着所有人逃离险境，中国军舰又一次认可了他的决定，为外国工人敞开了甲板。阿尔杜塞认为，意识形态表征的是个体与其真实存在条件之间的想象性关系。而想象是具有能动性的，想象可以依据所想象的原则对现实进行生产。《战狼 2》的票房成功提示了中国主流社会心理、情感结构和社会想象对于国家作为社会的团结者与保护者角色的认可与期待。在多年市场化改革召唤出多元的社会力量之后，它们之间的相互关系以及社会与国家之间的动态关系，并没在大多数所谓“主旋律”的文艺作品中得到真诚的、语境化的再现与讨论，却被一部从许多方面都可以被称为“体制外”导演的作品捕捉到了民众的现实感与政治想象，并参与到了塑造大时代国民主体性的文化政治之中。

孙佳山：1987 年 2 月，自时任广电部电影局局长滕进贤在全国故事片厂厂长会议上正式提出来“突出主旋律，坚持多样化”，并将“主旋律”定义为弘扬民族精神的、体现时代精神的现实题材，表现党和军队光荣业绩的革命历史题材作品，包括当年 7 月 4 日成立的“革命历史题材影视创作领导小组”（后正式更名为“重大革命题材影视创作领导小组”），以及 1988 年 1 月 1 日广电部、财政部设立的摄制重大题材故事片的资助基金起——“主旋律”在我国影视领域正式登上历史舞台，已经在不知不觉中，走过了 30 年。

正如其初始阶段的定义，“弘扬民族精神的、体现时代精神的现实题材”“表现党和军队光荣业绩的革命历史题材”，这里的“现实题材”“革命历史题材”和从 1959 年中华人民共和国成立 10 周年开始出现并延宕至今的“献礼片”范畴，确实有着非常大的重合；所以学术界、舆论界直到今天在提及和讨论“主旋律”的时候，还有着两个极具代表性的认知误区：即不仅在功能上将“主旋律”和“献礼片”混为一谈，同时也想当然地认定“主旋律”和“献礼片”一样，不可能在市场上取得商业意义上的成功。

然而，30年弹指一挥间，伴随着改革开放近40年来的爆炸式发展，“主旋律”概念的内涵和外延，也就是其本身的文化功能，都不可避免地发生着结构性的调整和变迁，“主旋律”正在迎来新一轮的新变周期。因为近年来《湄公河行动》《建军大业》《战狼2》等一系列不同题材、类型的“主旋律”影片的出现，在受到了全社会的广泛关注，极大地丰富了“主旋律”的风格特征的同时，也一再挑战着我们对于“主旋律”的既有认知。尤其是《战狼2》在国内电影票房长时间低迷的情况下的50多亿票房奇迹，不仅打破了国内电影市场的票房纪录，成为全球单一市场单片票房的第三名，更是跻身有史以来全球票房排行的前100名。再加上之前《建军大业》的“小鲜肉”争议：“小鲜肉”到底能否承担起演绎那段沉甸甸的革命历史的重任？这些当下全新的、原创的各类现象都意味着，这一阶段的“主旋律”不仅已经溢出了原有的范式和框架，其诸多特征更是在昭示、预言着已经开始到来的新历史周期的文化表征。

所以，当时间来到2017年，我们再回望“主旋律”已经整整走过的30年，重新梳理“主旋律”概念的历史生成、周期特征，及其在不同发展阶段所面临的时代挑战，就有着继往开来的历史意义。因为这不仅仅是单向度地总结“主旋律”的历史经验教训，对这一阶段“主旋律”的新变周期所必须要面对的复杂文化环境进行深入分析，更是在为下一阶段的中国电影，以及当代文艺格局正在发生的波及深远的周期迭代，予以尽可能的理论展望和预判。

如前文所述，当前对于“主旋律”的一大认知误区就在于，还在将“主旋律”和“献礼片”混为一谈。的确，1959 年为迎接中华人民共和国成立 10 周年推出的“献礼片”，所开启的这种专门为建国、建党等重大节庆活动而定向、定制的影视生产、传播模式，一直延续到今天。但众所周知，“主旋律”，是作为正面应对 20 世纪 90 年代前后“苏东剧变”和改革开放以来复杂的国内外环境所带来的巨大时代冲击、挑战的一系列文化政策的重要组成部分而登上历史舞台的。因此，其自然比之前的“献礼片”有着更大的概念范畴。“献礼片”所存在的年代，不管是“十七年”时期，还是“文革”时期，即便是改革开放初期，国家和社会还是完整的一体，并不需要专门论证自身的合法性。在这个意义上，“主旋律”的出现，也是从冷战到后冷战的全球文化转型的一个缩影。

也正是由于那个特殊历史阶段的迫切的时代挑战，在 1987 年当年就完成了《巍巍昆仑》《彭大将军》两部“重大革命历史题材”的“主旋律”影片。我们今天所熟悉的“主旋律”也从那时起，正式拉开了帷幕。在 1989 年，纪念建国 40 周年时，则推出了《开国大典》《百色起义》。而到了 1991 年纪念建党 70 周年之际，《大决战》的前两部《辽沈战役》《淮海战役》的拍摄完成，更是掀起了“主旋律”影片的第一个高潮，甚至有人称这一年为“重大革命历史题材年”。

那个阶段也是“主旋律”影片的第一个发展阶段，在其既有的 30 年发展历程中，我国的“主旋律”影视剧也呈现出了清晰的阶段性特征，并在不断地层积、演进中向前发展。这在侧面也深刻说明，

“主旋律”绝不是一成不变的本质化的概念，在既往的所有研究中都在相当程度上忽视了对其内在演化逻辑的分析和梳理。

第一阶段的“主旋律”影片，虽然保持着对历史相对官方、正统的叙述和表述，但由于当时中国电影市场化、产业化改革还处在初始阶段，新旧两种体制尚未完成转换，好莱坞等外国电影也没有大量涌入，因此那个阶段的“主旋律”影片反而都在相对封闭的市场环境中有着非常不错的票房表现。1996年的《孔繁森》、1997年的《鸦片战争》、1998年的《周恩来外交风云》等影片的票房都名列前茅，1997年的《鸦片战争》更是以7200万票房成为当年全国票房的亚军，仅次于《侏罗纪公园2》的7210万。那一阶段的“主旋律”影片，基本上完全由国家出资制作，在发行、放映等环节也大都有体制性的保障。例如《大决战》在拍摄的过程中不仅调动了解放军部队作为群众演员，还在拍摄资金不足的时候得到了政府的支援。这在今天已经完全无法想象，但今天最大的问题也正在于，当下对于“主旋律”的很多错误认知依然还停留在那个阶段。

第二阶段则是在世纪之交，既包括一系列“长征”题材影片，也包括《红河谷》《黄河绝恋》《紫日》等一些兼具艺术电影、商业电影特征的影片。在1997年冯小刚的《甲方乙方》，以贺岁片的样貌奏响内地电影市场的类型化探索的序曲之后，“主旋律”影片也开始逐渐向市场化、产业化靠拢。例如一系列“长征”题材影片，就充分吸收了20世纪90年代末期，《戏说乾隆》《宰相刘罗锅》等在当时方兴未艾的我国大众文化市场中，一些热播电视剧的成熟商业类型，开始将长征题材的“主旋律”进行《三国演义》式的“戏说”，颇具神机妙算诸葛亮式的毛泽东形象，也暗合了20世纪90年代末“走下神坛”系列畅销书所依托的社会文化心理。在这一阶段，过去“主旋律”浓重的官方投资色彩、正统的历史讲述开始逐渐淡化，“主旋律”影片在生产、传播等诸多领域，都在初步尝试、摸索市场化、产业化的运作路径。

而第三阶段则包括《集结号》《建国大业》《风声》《十月围城》《唐山大地震》《建党伟业》等影片，这一阶段的“主旋律”不仅在资金投入意义上已经找到了远比前两个阶段更加市场化、产业化的运作模式，在内容制作上也开始在局部大胆调用好莱坞大片的制作手法，试图在“主旋律”之中完成好莱坞大片的中国本土化的“嫁接”。尽管这一阶段，例如《建国大业》《建党伟业》《唐山大地震》这些“主旋律”影片的背后还是有着非常清晰的官方背景，还没有实现真正意义的市场化、产业化；但这一阶段所呈现出来的各项症候，在“主旋律”的发展历程中，已经具有了重大的转折意义，呈现出了清晰的发展方向，“主旋律”在这一阶段进入了历史性嬗变的前夜。

“主旋律”真正实现市场化、产业化的转型，则是在它的第四阶段，就是当前这一轮新变周期。从2016年的《湄公河行动》开始，以《建军大业》《战狼2》为代表，包括《非凡任务》《空天猎》和计划在2017年年末上映的《红海行动》等一系列影片。当前这个周期的“主旋律”比之前任何一个阶段都要复杂，从叙事结构、人物形象、情节冲突到节奏设定、视觉特效等诸多层面上，以“主旋律”为代表的主流话语，与既往三个阶段相比，开始找到了相对成熟的运作方式，已经明显具备了类似好莱坞大片的基本特征。而且，由于投资结构、出品归属等多层次的市场化、产业化变革，今天的“主旋律”影视作品与过去由国家、政党明确标明主流文化边界的发展阶段相比，已经有了相当的自主性，对于主流文化边界的“勘定”也是在商业逻辑的基础之上摸索完成的。

总之，经过30年不同发展阶段的层积和演变，在当前正如火如荼生成的新一轮“主旋律”新变周期中，折射出了异常丰富的新的时代文化症候。这些症候的复杂性和颠覆性，很可能已经超脱出了任何既有的电影理论的一般性分析体系和框架，对其深度、系统地挖掘和整理，将直接影响着我们对下一阶段的“主旋律”乃至下一个历史周期的中国电影的理解和认知。

当前正如火如荼进行中的新一轮“主旋律”新变周期的复杂性和颠覆性的一个最突出表现，是其现实成绩已经彻底翻转了前文所提及的对“主旋律”的又一大经典认知误区，就是想当然地认定“主旋律”和“献礼片”一样，不可能在市场上取得商业意义上的成功。

无论是《湄公河行动》，还是《战狼2》，“主旋律”越来越耀眼的票房表现，已经不只是限定在中国、华语电影史这种国家和地区的意义范畴；尤其是《战狼2》，其不仅仅是亚洲电影首次入围全球票房前100名，更是其中唯一的一部非好莱坞电影——这足以使《战狼2》在世界电影史当中奠定自身的历史地位。

那么，到底是什么力量在推动着“主旋律”在当下的惊人“嬗变”？“主旋律”内部究竟发生了哪些结构性变迁才完成这样的历史性跨越？或者说“主旋律”在这一周期的被高光聚焦，是昙花一现，还是长期的发展趋势？这都是我们在今天所必须回答的时代问题。

与既往的三个阶段相比，“主旋律”在当下的一个最具颠覆性的特征，是在它的传播过程中，受到了青少年群体的广泛关注。在此前的任何一个发展阶段，无论是《大决战》《开国大典》，还是《焦裕禄》《孔繁森》，就算是《建国大业》《建党伟业》，这些影片显然都属于成年人世界的话题。然而，被主流媒体习惯性认定是冷漠、不关心政治的新一代90后、00后青少年观众，却对“主旋律”给予了前所未有的关注，就连中纪委的反腐专题片《永远在路上》都在B站上受到了极大的欢迎，这种文化症候的颠覆性程度已经表现出了明显的时代区隔特征。

毫无疑问，90后、00后等几乎完全在互联网语境中成长起来的年轻一代，他们也在新世纪第二个10年之后，迅速占据了影视等领域的消费主体位置，这已是不争的事实。也正是由于90后、00后等一批批年轻人不断登上社会舞台，为了照顾和适应他们的以粉丝文化为表征的文化娱乐消费习惯，在影视领域即便是“主旋律”的创作和拍摄、发行和传播，也同样发生了历史性的变革。

这就构成了我们讨论粉丝文化对当下“主旋律”新变周期的关键性影响的基本背景。

作为新一代电影观众，并日益主流化的90后、00后，他们身上的最大独特性在于，他们是整个中国历史上第一批在非常类似美式原子家庭结构中出生的全新代际。因此，在他们的成长过程当中，有着很多非常独特的文化经验，他们在整体社会结构中的孤独感，是习惯于中国式大家族的过往代际所从未体验过的原创性文化经验。因此，90后、00后在文化娱乐消费中，特别强调粉丝文化意义的偶像明星和作为粉丝文化消费主体的自身的个体成长的伴生性，传统"卡里斯玛"意义上的具有相对完美形象、人格的传统明星在90后、00后当中反而不受欢迎。所以，那些有缺点的、不完美的、还需要成长的——也就是近年来包括演技、外貌、言行等在内时常受到诟病的"小鲜肉"——粉丝文化意义的偶像明星，开始越来越多地出现在影视荧幕。

在90后、00后这种全新的粉丝文化的文化娱乐消费中，有一个不同于从理查德·戴尔到埃德加·莫林所曾翔实梳理的，传统明星制结构中明星—粉丝间仰视/被仰视的垂直式传播、接受模式的新特征：他们非常积极地参与到偶像明星的形象塑造，这种极具协商性的新的明星—粉丝模式要更为去中心化、更为扁平、也更为平等。这种从传统明星制到粉丝文化的文化跃迁，已经深度影响到我国影视领域的生产、传播和消费。"小鲜肉"们集中参演《建军大业》就是这个时代症候的最典型代表。与以往"主旋律"中的特型演员的精湛演技相比，"小鲜肉"们的确还有着太过悬殊的专业差距，这也恰恰是粉丝文化的独特和看似难以理解之处：当代粉丝文化的广大粉丝们，正在非常主动地、有计划、分步骤地塑造、建构、提升着自己的偶像明星的公共形象。粉丝文化意义的偶像明星，经过粉丝们的长期共同努力，也开始参与到国家的主流话语建构，也开始进入国家的主流社会，这既是偶像明星的成功，也是粉丝的集体成功。因为这同时也是90后、00后参与社会公共生活的一条重要途径——这就是他们为何热捧《人民的名义》《永远在路上》这种严肃反腐题材的影视剧的深层次原因所在——新一代年轻人既有新一代的生活，也有新一代的政治，只是他们特殊的表达方式、形态还不为主流社会所熟知和接受。

正是这种我们所不太好理解的，完成上述文化跃迁的新一代90后、00后群体的文化价值代入感，开始深度改写着我们这个时代的文化娱乐消费，电影自然也不会例外，这就是为什么“小鲜肉”们即便在演技上和“老戏骨”有着极大差距，也依然具有市场号召力的深层次原因。而这背后的真正问题，正是在世纪之交所喷薄而出的新的文化经验，也就是粉丝文化的蝴蝶效应式的巨大影响，被我们有意、无意忽略了，或者说我们可能从未有效触及。2016年年末，在TFboys成员相继庆生之时，他们中一些成员的庆生视频竟然被粉丝们集体筹资，在2011年曾播放过中国国家形象宣传片的纽约时代广场的多块巨屏上播放——这充分说明，这种全新的粉丝文化绝不仅仅局限在文化娱乐领域，其正在向经济、政治等多重领域持续扩散。这确实很悖论，这也是我们这个时代的一大文化挑战。

综上，在这一轮“主旋律”的新变周期当中，还有更多深层次的脉络和线索需要深入挖掘和梳理，“小鲜肉”只是阶段性的外在文化表征，在其背后还有着更为广阔的大时代图景。

正如前文所不断论述：不能将“主旋律”和“献礼片”混为一谈，因为“主旋律”所面临的“苏东剧变”和改革开放以来的复杂的国内外环境，是之前的“献礼片”所不曾面对的，而“主旋律”诞生之后的“献礼片”则被“主旋律”所涵盖，必须要至少达到

"主旋律"的最低标准；同时更不能也想当然地认定"主旋律"和"献礼片"一样不可能在市场上取得商业意义上的成功，从《湄公河行动》到《战狼2》，这一波新变周期的"主旋律"已经完全不需要再证明自身的商业盈利能力。

也正是从《湄公河行动》开始，《非凡任务》《战狼2》《空天猎》，包括还未上映的《红海行动》，今天的"主旋律"已经事实性地溢出了1987年所定义的，贯穿于之前三个发展阶段的"弘扬民族精神的、体现时代精神的现实题材""表现党和军队光荣业绩的革命历史题材"的基本范畴。"主旋律"在当代，正在实现自身的类型化，已经是不争的事实。

这显然并不是历史偶然。因为从2011年的十七届六中全会开始，国家就已经明确要将文化产业培育成为国民经济支柱性产业，并在十八大上将文化产业纳入建设社会主义文化强国的战略目标当中，诸多文化产业领域在21世纪的第二个十年都实现了爆发式的发展——自从2010年国内票房突破百亿开始，中国电影的国内票房实现了连续7年的每年30%左右的爆炸式增长，这在世界电影史上都是极为罕见的现象。

然而，正如同以电影为代表的文化产业的发展路径，在40年的改革开放的总体格局中，并未表现出任何一丝一毫的不同之处，中国电影在连续7年的超级增长之后，同样陷入到了被金融杠杆过度撬动和裹挟的窘迫境地。从2016年第二季度《叶问3》"买票房"丑闻的不断发酵，一直到《战狼2》出现之前，国内电影票房在过去一年以来，始终处于增长几近停滞的尴尬状态。因为过去7年以来票房泡沫的持续加码，影片生产的产能和院线建设的产能已经达到了空前肿胀的局面，这两种产能的累加增长速度已经远远超过了票房的增长速度；所以尽管国内电影票房，也就是中国电影的产值速度只是看上去增长速度大大放缓，也并没有完全停止增长，但在这种高度畸形的产能 / 产值模式下，中国电影的内在结构实际上极度脆弱，根本无法面对这种空前的产业压力。

从这个角度，我们再看《战狼 2》的出现，也就更加意味深长。

在国内电影票房高潮迭起的那 7 年，由于增长速度过于迅猛，远远超出了原有的行业预期。在 2010 年之前，即便是最乐观的展望，恐怕也很难料想国内电影票房能在五六年时间内就达到 500 亿左右的规模，于是寻找推动国内电影票房不断攀升的幕后增量，就成为了全行业关注的焦点。很快，2013 年、2014 年前后，“小镇青年”，这个实际上只是描述性的概念，被一步步推到时代的聚光灯下，他们被认定是国内电影票房的真正增量。只不过，随着 2016 年《叶问 3》“买票房”丑闻的曝光，过去几年一直存在的行业阴暗面被持续披露，再加上近年来国产电影品质的不断下滑，票房高潮的消退也使得社会各界对“小镇青年”的关注迅速降温，近一年来学术界和舆论界都几乎再没有讨论中国电影的增量问题。

“小镇青年”，作为一个描述性概念，顾名思义，就是三四线城市和广大县级市的年轻观众，正逐渐被纳入我国的文化产业格局中，成为新的电影观众，并扮演着前所未有的增量角色。但“小镇青年”是一个怎样的群体？他们有什么特征？有着怎样的文化娱乐消费诉求？他们是否会自动成为中国电影的票房增量？这些问题无论是在票房的七年高潮，还是过去一年来的疲软，都始终未能被有效关注；而这些问题事实上对于中国电影的未来发展，有着可以说是关系到生死存亡的重大意义，是我们讨论当前国产电影内在危机和挑战的最直接抓手。

因此描摹“小镇青年”的群体特征，就成为了直面这一系列追问所无法逃避的第一步。根据目前非常有限的数据统计资料显示：截至 2017 年，我国 7.67 亿城镇人口中，影院观众仅有 3.3 亿，占城镇人口的 43%；在这其中 18 岁至 39 岁的青年群体是我国影院观众的中坚力量，占比高达 71%；包括兼职、自由职业、在校学生、无业、退休在内的事实性无正式工作人群占比则高达 67%。而在城镇人口中另外的 41% 的非影院观众，则通过其他渠道，在过去 3 个月人均看了 12 部影片。

“小镇青年”的这一数据特征也得到了来自互联网领域的数据统计的旁证。截至 2017 年 6 月，我国网民规模达到 7.51 亿。其中本科学历以下的网民高达 88.4%，40 岁以下的网民占据了 72.1%，包括兼职、自由职业、在校学生、无业、退休在内的事实性无正式工作的网民多至 57.1%，单是年收入 3000 元以下的网民就有 58.4%，8000 元以下的更是达到了 91.8%，农村网民已增至 26.7%。而且迄今为止，依然有 1.22 亿网民在通过网吧上网，也就是每 6 个网民中就有 1 人还在走进网吧。

不难看出，这两组来自两个不同领域的数据统计，有着相当程度的重合，而且融会贯通之后，对于从“主旋律”进入到当代中国电影的内在危机和挑战的讨论，具有非常现实的启示意义。

因为和过去的迷影文化的影迷，抑或是新兴的中产阶级，这种传统意义上的文化娱乐消费者相比，“小镇青年”，也就是构成中国电影强劲增量的三四线城市和广大县级市的新的年轻电影观众，他们几乎完全不具备传统意义上的迷影文化的影迷抑或新兴中产阶级的教育程度、审美趣味、经济收入、社会身份和政治地位，反而更接近齐格蒙特·鲍曼意义上的“新穷人”，是“有缺陷的消费者”。但就是在当下以及可预见的未来，这些“新穷人”“有缺陷的消费者”在票房上至少已经能和一二线城市的传统电影观众“三分天下”，这自然会带来电影生产、传播逻辑的结构性变迁：他们已经事实性地改变了过去电影观众的外延，并开始一步步渗透，甚至正在改变过去我们所习以为常的、天经地义的电影本体本身的内涵。

这就既充分解释了前文所提及的粉丝文化为何会产生那一系列惊人现象，以及其引发的一系列连锁反应；也深刻说明当代中国的粉丝文化是依托和生长在怎样的现实土壤——超过所有既往的预期，真正将海量的“小镇青年”，这些“新穷人”，这些“有缺陷的消费者”转化为中国电影实实在在的票房增量的最大文化公约数，并不是好莱坞大片，竟是以爱国主义为基调的“主旋律”影片。这也是从《湄公河行动》到《战狼2》，在这一波新变周期的“主旋律”，不断具象化为各种商业类型的真切历史情境。

从这个视角再重新审视过去30年，前三个阶段的“主旋律”，都不过是这一轮“主旋律”新变所开启的新的时代周期的历史准备阶段。

综上所述，经过30年的风风雨雨，当“主旋律”走到今天这一轮新变周期，其内部、外部的结构和环境都发生着历史性的变迁。

因为不管操持怎样的立场，《湄公河行动》《非凡任务》《建军大业》《战狼2》《空天猎》《红海行动》等当代"主旋律"电影，正在逐步实现自身的类型化，并且不断获得市场的积极反馈和互动，取得商业上和口碑上的双重成功，这已经是不争的事实。经过二十多年的市场化、产业化改革，中国电影在交纳了高昂的历史学费之后，终于开始接近曾期盼已久的历史临界点：成熟的电影产业就是应该能够处理好本国的主流话语和商业逻辑的关系，也就是通过成熟的商业类型来讲述自身的"主旋律"，并使自身的"主旋律"在获得商业上的成功的同时，也"润物细无声"地产生着文化上的潜在影响、辐射。到目前为止，在世界范围，确实只有美国达到了这一标准，这也是为什么《战狼2》在有着如此多的瑕疵的情况下，依然具有票房之外的重要时代意义之所在。

随着我国综合国力的稳步增长，中国现在已经成为世界第二大对外投资国，在政治、经济领域日益融入全球协作体系，并扮演着越来越重要的角色——40年改革开放的文化逻辑，也在这一历史进程中发生着无声无息地历史性嬗变。以电影为代表的我国文化产业，显然不能仅仅停留在模仿好莱坞的初级阶段，从《湄公河行动》开始，到《战狼2》的巨大成功，包括年末上映的《红海行动》，这些在海外奏响的"主旋律"都只是阶段性的标尺，以电影为代表的我国文化产业必须要找到和我国与日俱增的政治、经济影响力相适应的自身特色和定位。而且这将注定不是一条坦途，不断"走出去"的中国电影，不可避免地会不断涉及其他国家、地区的民族、宗教、主权等重大问题，好莱坞在《007》《碟中谍》《谍影重重》等一系列成熟的商业类型中，已经积累了丰富的处理相关问题的影视技巧和文化经验，这也保证了它们在长时间经久不衰的同时，又规避了相关的风险和争议。在这一点上，我们还严重缺乏相关的应对技巧、经验，注定还将有着漫长的摸索过程。

历史会牢牢记住2017年，因为“主旋律”的《战狼2》和“主旋律”的《人民的名义》，在2017年各自打破了新中国电影史、电视剧史的最高票房纪录和最高收视纪录，这到底意味着什么，已毋庸多言。这也至少可以奠定“主旋律”研究在当代影视研究格局的核心地位。因此，到了《建军大业》《战狼2》这个历史节点，整体性地审视这一波“主旋律”爆红背后的成因、逻辑，就已成为这个时代文艺领域议事日程上必须解决的核心问题。某种程度上，这也是认知我们这个时代的一条曲径通幽的有效路径。无论如何，这一文化周期的历史闸门已经开启，我们将不得不面对一个长周期、全方位的时代文化挑战。

大历史，已经向我们走来。

盖琪：主旋律影视今年可以说是备受关注，不仅仅是《战狼2》，刚才佳山也提到了，还有《人民的名义》和《建军大业》。后者票房虽然没有出品方期望的那么理想，但是在很多方面确实也是取得了一些成绩的。无论是美学和商业之间的融合，还是文化和受众之间的沟通，都必须承认是有进步的。

主旋律影视的一个核心任务，从叙事上来讲，其实就是塑造英雄形象。如果从刚才吴老师所谈的国家和社会的关系的角度来看，我们也可以把英雄形象在某种意义上看作是国家话语和社会话语之间的桥梁，或者说是“转换器”。更简单地说，它其实是主导意识形态进行艺术表达的肉身化。那么，从我们今年主旋律影视发展的态势来说，首先，像我刚才所说的，必须得承认，在英雄形象的塑造或者说是建构上，我们的主旋律影视是取得了一些成绩和进步的。但是，另一方面，在我看来，它也依然面临着三重困境。当然，这三重困境不是刚刚形成的，而是形成了很长时间，到今天来看也没有很好地解决。所以在两位老师发言的基础上，我大致归纳一下：

第一重是阶级叙事的困境。这个表现得比较明显的其实是主旋律电视剧《人民的名义》，佳山上一次举办《人民的名义》的研讨会，我没有来，不知道大家是从哪些角度来进行讨论的。当然，在《人民的名义》中，演员的演技是可圈可点的。但是，我们可以发现，从文本本身来说，里面有很多有意味的地方——包括对底层工人代表形象的塑造，跟过去的工人形象塑造的切入点是有很大不同的。而剧中最受观众关注的两个主要人物，一个是正面的英雄形象，就是陆毅饰演的侯亮平；另一个是反派人物的典型形象，是许亚军饰演的祁同伟。对于这两个人物，我看了很多普通观众和剧评人的评论。大部分的评论其实跟我类似，对于祁同伟产生的好感度要远远大于侯亮平——这本身也是一个很有意味的现象。这其中除去一些编剧技巧的问题，比如两个人物的形象，哪个在细节上比较鲜活灵动，哪个相对来说比较僵硬，以及两位演员演技上的差距等之外，我想，两个形象的阶层文化背景在传播效果上还是起了作用。侯亮平形象所展现出来的阶层气质以及优越感，可能让很多观众并不觉得很舒服。而反过来，祁同伟作为所谓的“凤凰男”，从底层奋斗上来，后来又因为自己的一些“创伤经验”所做出的选择，最后导致悲剧，可能在更大程度上激发了观众的共鸣。

第二重是代际叙事的困境。这个代际困境，刚才佳山也讲了，今天，我们移动互联网时代的网民，70% 都是 45 周岁以下的，那么实际的年龄中位数就还要更为年轻化。所以，我们的主旋律影视面临着一个传统的左翼叙事 / 红色叙事，和今天在移动互联网时代、在“小鲜肉”的文化语境中成长起来的年轻人如何有效沟通的问题。

这方面的代表作品值得讨论的就是电影《建军大业》。其实《建军大业》比之前的《建国大业》和《建党伟业》在叙事的完成度上已经要好了很多。前两部作品基本上处于一个“数星星”的状态——即整部影片看完之后，没有办法得出一个连贯的完整的历史叙述，历史完全是支离破碎的。而在《建军大业》里，我们至少可以看到一个完整的故事了，它对于明星演员和故事之间的整合能力要更高了。但是这个任务，我认为它还没有最终完成，就是 celebrity（名誉）如何在后现代语境中真正地超越 hero（英雄）的问题。包括影片上映初期舆论场中爆发的一些争论——叶挺的后人对于扮演他祖父的“小鲜肉”的演技很不满意的一些讨论，其实都反映出这样一种代际文化诉求点之间的冲突。所以，由于这样的一个冲突的存在，我觉得当这个电影，或者是主旋律影视，取得了比较高的关注度的时候，其实并不能等于主导意识形态本身的成功传播和抵达，不能把它们进行等量的代换。目标受众真正的关注点究竟在哪里其实是值得商榷的，这是第二个问题。

第三重是国族身份叙事的困境，或者说，是后全球化时代国族身份表达的困境。对此，前面两位老师也都说得比较深入，我就简单地以《战狼2》作为代表来说一说。

我们把最近这些年称为后全球化时代，在全世界发生了一系列标志性的事件——美国、欧洲等。那么，在这样一个时代，中国应该如何通过大众文化去进行自我表述、自我想象、自我界定，其实已经成为了一个比较敏感的和关键的问题。而这里面裂隙非常多，引起的讨论也非常多。刚才吴老师提到的《战狼2》中有几点：比如说主人公非要和白人反派进行肉搏，比如说对于高科技武力装备的迷恋，再比如说"犯我中华者，虽远必诛"这样的口号。其实我觉得里面最直接的，就是给吴京饰演的主人公设计了一个配戏的黑人小男孩，然后这个小男孩居然管吴京叫"爸爸"，这个其实是从开篇就最不能忍受的一点。我们可以设身处地想一下，如果我们的观众要看到一部欧美的主流电影，有意去设计一个黄种人小男孩，管一个白种人叫爸爸，我们会是什么感受？我们到底有没有超越后殖民主义的自我想象和自我表述的能力？这其实是特别值得深入思考的一个问题。

在后全球化的今天，对于刚才孙佳山老师提到的"新增量"而言，如何处理好以上这三重英雄叙事的困境，其实是如何和这个"新增量"之间进行有效沟通，并且进行正面引导的关键所在。

（根据速记整理，经过本人校订）

第七十六期

传统艺术的当代发展

——以地方戏的困境为例

主持人： 江　棘（中国人民大学文学院）

主讲人： 徐　瑛（中国歌剧舞剧院）

唐　凌（中国艺术研究院《艺术评论》杂志社）

时　间： 2017 年 9 月 29 日（星期五）14:30—18:00

地　点： 中国艺术研究院研究生楼 6208 教室（二层）

主　办： 中国艺术研究院马克思主义文艺理论研究所

编者的话

在传统艺术逐渐边缘化、小众化的今天，如何既尊重和继承传统，同时又赋予传统以当代的生命力和创造力；如何在新的创作中保存传统艺术的精华，同时又引入现代价值理念以及现代审美因素，注入现代感；如何让老一代观众满意，同时又赢得当代观众，特别是年轻观众的关注，是值得思考的课题。

日前，湘剧《护国》作为国家大剧院十周年戏曲邀请展剧目在国家大剧院上演，其剧本、音乐及舞台呈现等显示出独特的气质和一些新鲜的面貌，引起了业界的反响，尤其是引起了年轻观众的热切回应。本期论坛邀请到《护国》一剧的艺术总监和编剧，探讨该剧的创作以及对当下戏曲创作的思考，探索戏曲艺术如何承载当代思考，如何呈现当代审美，以及如何与当代观众相遇，希冀藉此对于传统艺术的当代发展这个重要命题进行认真的思考和审慎的探索。

徐瑛：我先介绍一下《护国》这个戏的创作过程吧。这个戏的创作前后花了将近3年的时间，从确定题材到搭建主创团队到剧本创作到遴选演员进入排练，一路走下来，真的是超乎想象的艰难。你说到湘剧好像挺火，那是表面现象，是虚假的繁荣。通过这个戏的创排，我对湘剧的现状有了深刻的切身感受。我觉得这么独特的一个剧种，很可能在二三十年内就会走向死亡。有几个现象很能说明问题，如果这个可以传递给上面的领导，我希望能引起他们的高度重视。

第一，后继无人。戏曲艺术表演的精髓都在演员身上，湘剧老一辈艺术家如您刚才说到的左大玢等都已年过七旬，他们确实非常优秀。下来就是我们这一辈，也是50多岁的人了。我是湖南省艺校毕业的，我学的是花鼓。比我们晚一年招了一个湘剧班，这个班的人现在是湘剧的骨干，目前的湘剧就靠这个班的人在支撑着，再往下就几乎没有人了。这一次创排《护国》，想要找一帮扮演士兵的年轻演员，我到省艺校去挑，5000个学生，一个也没挑出来，连跑龙套的都挑不出来。

我们上艺校的时候，师生的比例差不多是一比一，许多老先生，如湘剧表演艺术家彭俐侬，花鼓戏表演艺术家何冬保等都在教学的第一线。现在是什么情况呢？以前的湘剧科、花鼓科合并到了一个戏剧系，花鼓、湘剧等剧种混到了一起，教湘剧的老师只有5个人，行当都配不齐，这个剧种这样下去一定会死掉。

我们上艺校时不但免学费，学校管吃管住还管发练功服，后来开始收费了，读书不行的只要交钱就能上，而许多有天赋但没有钱的孩子则被拒之门外，戏曲艺术教育完全变成了一种商业行为。听说今年学戏曲专业的学生免学费了，希望这是改变的开始。

第二，政府花了很大力气扶植传统艺术扶植戏曲。搞了一个惠民演出。这种惠民演出是好心办坏事，希望能引起文化部门的高度重视。它产生的一个恶果是什么呢？老百姓拿身份证就可以免费看戏，但一年四季享受政府惠民政策的就是住在剧场附近的几十个老人，然后演员在台上就是对付着完成任务。艺术没有尊严，艺术家没有尊严，戏剧市场也被搞乱了。所以《护国》在长沙首演的时候，我说我们要改变这种局面，一定要卖票，不搞什么惠民演出，我要以这种方式来体现对艺术和艺术家的尊重。当时有很多朋友，包括业内的朋友和普通观众，都是掏钱买票来看我们的戏，我的这个观点得到了业内很多朋友的支持。

第三，戏曲曾经是中国人唯一的娱乐方式，但中国社会现在已经发展到了一个文化多元化的时代，戏曲退出流行艺术的行列已是无法更改的现实。文化的多元化给传统戏曲带来的一个最直接也是最严峻的问题，就是演员靠演戏已经养不活自己。我们《护国》剧组绝大部分年轻演员一个月的工资收入才1000多元，简直不能想象他怎么活。这个问题不是我们可以解决的，只能靠政府。

我从小学戏，在剧团长大，传统戏曲的当代表达一直是我在思考的一个问题。

我一直认为戏曲的改革根本上是音乐的改革，而音乐的改革是跟文学有关系的，就是文学提供什么样的唱词格式，音乐就会跟着发生变化。我希望文学能够给音乐创作提供变化的机会。

这个戏，我们在音乐上做的另一个很大的尝试就是复调的使用，在戏曲里前所未有。剧中出现了五重唱，加上合唱，有六个声部。这种复调是我和作曲家很想尝试的，唐凌老师的剧本是根据这个想法来布局的，剧本提供了这样的基础，所以作曲家在写的时候就有感觉。全剧在三个地方用了复调，五重唱是其中的重头戏，后来登基一场也用了多声部的复调。为了让观众能够接受戏曲用这样的音乐形式去表现几个人物在同一时间不同空间的心理活动，我们在前面的八大胡同就做了一个复调的预埋。这样的尝试大大地丰富了湘剧的音乐表现形式，不管成功还是不成功，我觉得都是很有意义、很有价值的探索。

戏曲是程式的艺术，也是行当的艺术。《护国》这个戏在程式的运用上和行当的搭配上都下了不小的功夫。唐凌老师的剧本是一个很少见的戏曲的政论剧，但戏却不难看，可以说还很好看，一个很重要的原因就是行当搭配合理，人物色彩丰富。在这个戏里面，遗老遗少，妓女乞丐，才子佳人，帝王将相，三教九流，生旦净末丑，狮子老虎狗，形形色色的人物，可谓应有尽有。整个一台戏，鱼龙混杂的众生相，也是那个时代很真实的写照，把这一切浓缩在一部戏里，能够做到这一点，我觉得很不容易。很多观众第一次看湘剧，看完说没有想到湘剧还挺好看的，两个小时的演出也不觉得长。

首先是蔡锷值得写。他在发动护国战争时说了一句话，此战不为争胜，只为四万万同胞争人格，他的人生理想就是要让每一个中国人活得有尊严。这是非常了不起的境界，比他同时代的人都高，连宋教仁都比不上他。宋教仁在总统宣誓就职时还招呼众人赶紧去喊万岁，单就这一点他就比不上蔡锷。

所以选择蔡锷，还因为他的经历充满了传奇的色彩。

唐凌：传统的东西怎么传承？作为当代人怎么为那么有光彩的传统注入一点我们自己的东西？这是我一直在思考的问题。我承担的一个社科基金的课题叫中国当代舞台艺术与国家形象塑造，也是侧重在考察研究如何向世界展示当代中国人的智慧和情感，而不仅仅是去展示我们灿烂的传统和多彩的民间。

所以在创作的时候，我也一直有这样的自觉想法。《护国》用湘剧来演，这是一个古老的传统艺术，蔡锷的题材是百年之前，那么，这个一百年前的故事跟我们当下的关系是什么？这是我必须要想清楚的问题。江棘问到为什么要做这个题材，自近现代以来，湖南涌现众多杰出人物，个性极致，命运悲剧，知其不可为而为，敢为天下先，这种东西最容易出悲剧命运，这样的人物特别容易成为有光彩的艺术人物。

写作《护国》始终思考的是两点：第一，这个人的生命本质到底是什么。蔡锷可写的东西太多了，一定找到他最本质的东西才能动笔。从蔡锷一生的历程中，护国战争以及他之前在云南的起义，都是非常重大的事件，包括他早年的事情，都值得写。但我觉得最能集中体现他的人生理想，也最能集中表现他的悲剧命运的还是围绕护国前后发生的事情。另外那个时代特别混搭，很有意思，应该说是一个非常荒诞的时代。新旧交替，新与旧并存，传统和现代，西与中，什么都是共存的，特别混杂，很不搭的东西都有可能在那儿存在。它带来了一种强烈的喜剧效果，非常真实又非常荒诞，真的是一个具有黑色幽默的时期。

第二，100年前的事和我们当下到底有什么关联？如果与当下的我们已经没有关系，我们仅仅去写一百年前，那价值和意义又何在？

所以我今天特别开心这个戏的演出能得到许多年轻观众尤其是一批青年学者的认可和喜爱。能得到这样一种热情的回应，我觉得原因就在于这个戏与当代的关联。

从主题上来讲，过去这段历史更多的是在批判皇权思想，批判袁世凯，好像复辟帝制是他个人的事。历史似乎总是需要一个罪人，袁世凯成为这个罪人后，所有人都释然了，所有人都无罪了。

批判皇权的同时，我们更需要思考一下皇权思想存在的土壤，这个土壤我以为就是奴性。没有奴性的土壤，皇权思想是不可能存在的。我切实的一个感受，就是我自己的身上也存在着奴性，你觉得自己有很独立的人格，觉得自己挺有个性了，但是你深入地剖析一下自己，你就会发现在某些时刻，你自身的奴性还是会释放出来，或者是不经意地还是会流露出来。

所以当找到这一点的时候，我觉得这个剧就不仅仅是批判一个复辟帝制的袁世凯了，而是要来审视我们自己。奴性以及奴性的快感，我相信每个人都会有。就是说这种东西是在我们每个人身上，也就是讲绵延百年至今仍然存在。百年过去，它依然在，这也是我们还能再做一次《护国》的价值和意义所在。我们并不是批判一个他人，去批判一个高高在上和我们没有关系的人。而是反思我们普通的人，其实就是构成了这种皇权的土壤，而且是千年以来到现在，还在以不同的方式，以不同的面目出现，只是有的时候不易察觉而已。到了我们这个时代，我们身上的奴性，无非是换了另外一种存在的面貌和形式。

所以，如果说《护国》还具备有一点价值和意义的话，我想就是这个奴性和我们当代人的关系。

戏曲界当然有很多有识之士在不懈地努力致力于突破与拓展，比如说浙江小百花越剧团，茅威涛和郭小男，他们的努力，我觉得是特别有价值的，在尝试用越剧的形式去表达更深沉、更严肃的思考，甚至哲学的思考，这一点非常可贵。

我特别想听到大家对《护国》的意见，因为这个戏的写法，在戏曲中是比较少的。因为它接近于一个政论剧，它会带有天然的缺陷，就是思辨的成分偏多，有趣味有情感的偏少，相对来说，人物的情感，乃至于整个风格，会觉得很硬，说好听一点是硬朗，是比较硬、比较干。所以这个怎么来把握，这是特点是优点还是弱点，我觉得都是值得探讨的。对于戏曲这种艺术形式，它的当代表达能够呈现出怎样的面貌，我以为是一个很重要的课题，值得深入地探讨。

徐瑛：传统艺术的当代表达，我个人的理解是这样，就是你作为一个艺术家，作为一个创作者，你个人对历史的解读，对生命的感悟以及对生活的认识，有你独到的内容，而且还能够引起大众的共鸣。我们每个人都是活在当代，每个人都会对当代有一些表达。在《护国》这个戏里面，我觉得唐凌老师总结出来的那几点，是这个题材有别于其他同类题材的地方。

第一，对袁世凯这个人物的塑造，不是简单化、脸谱化的处理，她把他内心的纠结，是坚守共和还是恢复帝制，那种反复，我觉得是写得比较透彻、比较到位的。现在我们回过头来看这一段历史，袁世凯在中国历史上其实是非常了不起的人物，连蔡锷、宋教仁这些人都非常的敬佩他。改朝换代没有流血。完全是和平地转换过来了，这在中国历史上是空前的。但是他确实也有他的问题，他是生活在新时代的旧人，他有他的历史局限，最后他选择恢复帝制。因为共和乱象丛生，当时国民党的那一帮人也是钩心斗角，搞得很厉害，他看不到出路，他不知道往哪里走，只好走回头路。

说到往回看，其实并非保守。戏曲发展到今天，到底应该往哪里走，你看不太清楚，回过头去看看所走过的路，或许能搞清楚一些问题。戏曲在样板戏之后，尤其是改革开放以后，恢复了传统戏的演出，戏曲界做了很多探索。最主要的探索都与音乐有关，一是从样板戏回到对传统的坚守，回到三大件；一是交响化，沿着样板戏的路子继续往前走。一路走下来，结果都不太令人满意。不能令人满意原因是，你走样板戏的路子，你做不出样板戏来。样板戏是举全国之力不计成本做出来的，用的都是最好的艺术家。你现在回过头去听那些样板戏，包括钢琴伴唱《红灯记》，弦乐四重奏伴唱《海港》，真的可以说很现代，我们现在还真达不到那个高度。你回到三大件，那你只能是做给老戏迷看。我们做《护国》，一开始就明确了一个定位，即我不是做给戏迷看，也不是做给官员看，我要做给普通观众看，做给年轻人看，这个戏能够有很多年轻人喜欢，这一点让我感到很欣慰。

关于地方戏，决定每个剧种特色的，第一是它的语言，第二是它的音乐。我觉得这是根本的两点。至于其他表现形式，全国各个剧种都大同小异，基本上都受到了京剧的影响，因为京剧确实太发达了。我那一天跟郭文景老师在电话里探讨了很多，他对《护国》的音乐配器评价很高，认为在配器上超过了样板戏，这是很高的评价。但用交响乐伴奏这个方向是不是对，他觉得可以讨论。

我跟郭文景老师主要讨论的一个话题，就是为什么我们的地方戏更多是以旦角为主？旦角的声腔为什么比生角的声腔要发达？不像京剧，每个行当都形成了自己的一套完整的体系，老生的唱腔，花脸的唱腔，老旦的唱腔，青衣的唱腔，都已自成体系。但是在地方戏里，男声是弱于女声的。这是一个很专业的话题，地方戏的创作，可能机会就在这里。我个人的理解，因为我学戏曲出身，我自己有切身的感受，就是地方戏曲是男女同调。男女同调只能就女声不能就男声，对此我是有切身体会的。我变声之前，我跟女孩子唱一个调门，倒仓以后低 8 度了，但一定不是你最合适的声区。我们看梆子戏，生角都是用假声在那儿吼叫，这就是男女同调造成的问题。这个问题京剧解决了，地方戏没有解决。

江棘：地方戏原来没有弦乐伴奏，他是直嗓大喊就不存在这个问题。结果中华人民共和国成立以后，大戏帮扶小剧种，全都学了大戏的弦乐之后，很多剧种的男性就大量地往后排。

徐瑛：所以我们看地方戏，旗帜性的人物差不多都是旦角演员，领军的差不多都是旦角，一个原因就是旦角的声腔发展得比较完整。湘剧的传统音乐里有转调，《护国》里面的唱腔就用了，但其他地方剧种就很少有这个传统。

我是特别重视音乐的，一开始我就再三强调，我说《护国》这个戏的成败取决于它的音乐。这个戏的编腔是我的同学，现在是湖南艺校音乐系的系主任，有才华，传统的底子也厚实，我要求她用传统的高腔，但是完全用高腔是不够的，高腔的板式不发达，所以我建议她把乱弹、昆腔的东西吸收进来丰富高腔，前提是我要听起来还是高腔。这个戏的演出，许多湘剧界的前辈，如左大玢等人看了，对唱腔都很满意，说这是湘剧，但又比传统的湘剧发展了。

这个确实很难。在《护国》的结尾，我们用了湘剧的放流，完全是清唱，非常地道的湘剧高腔，每次听这一段都会起鸡皮疙瘩，词曲都好，很有情怀。

我有好几个朋友看了，最后都感动得流泪，被蔡锷的情怀感动了，同时也是被湘剧的音乐感动了。编剧对蔡锷的解读是很到位的，蔡锷的理想与心愿就是让每一个中国人活得有尊严。这跟习总书记反复强调的让每一个中国的老百姓活得都有尊严是一脉相承的，这就是贯穿了一百年的中国梦。

这也是《护国》这个戏特别想要表达的。

（根据速记整理，经过本人校订）

第七十七期

现实题材舞台艺术的当代路径

——以国家艺术院团演出季实践为中心

主持人： 陈　曦（中国艺术研究院科研处）

主讲人： 颜　榴（中国国家话剧院）

张正贵（中国国家京剧院）

时　间： 2017年12月13日（星期三）14:30—18:00

地　点： 中国艺术研究院研究生楼6208会议室

主　办： 中国艺术研究院马克思主义文艺理论研究所

编者的话

文化部国家艺术院团演出季自 2010 年创办伊始，近 8 年来，不同艺术门类所涌现出的一系列作品，尤其是现实题材作品，都在以国家艺术院团演出季为契机的不断打磨和检验中，逐渐成为深受观众喜爱的优秀剧目。现实题材的舞台艺术在当代，正在探索新的艺术语言、新的表意策略、新的艺术范式、新的表达空间。这在我国当代文化艺术史中，具有重大时代转折意义。因为这说明，从 20 世纪 80 年代开始，曾在相当长时间主导舞台艺术主流话语权的形式主义的先锋实验思潮和话语，正逐渐退场，现实题材在当下，正在成为推动舞台艺术整体性发展、演进的主导力量。

可见，国家艺术院团在以现实题材为代表的舞台艺术领域的创作与传播过程中，发挥了其导向性、代表性和示范性作用。这既为当代各艺术门类的主旋律创作和传播标示了发展方向，同时也对当代各艺术门类的主旋律创作和传播提出了更高要求。本期论坛正是旨在从话剧、京剧等各个艺术门类的具体实践出发，通过对现实题材舞台艺术的当代发展路径的有机、多维的讨论，力图为下一阶段舞台艺术的未来发展方向，尽可能地做出理论上的梳理和展望。

颜榴：我看今天来的都是很年轻的面孔，跟大家认识一下。我在国家话剧院工作，曾经做过国家话剧院的院刊《国话研究》《国家话剧》的主编，今天很高兴受到孙佳山先生的邀请，我这是第二次来到青年文艺论坛。

青年文艺论坛的阳光恐怕不是第一次照进舞台艺术了。2015 年 10 月的时候，佳山曾经组织过一个有关文艺创作陷入“原创焦虑”的讨论，涉及话剧的部分是我谈的。今年 9 月接到佳山邀请的时候，我正好在乌镇戏剧节上。在座诸位有去过乌镇戏剧节的可以举一下手，这样你们对下面的话题会不那么陌生。好像没有人去过，很遗憾，希望你们明年有机会去乌镇走走。

当时佳山给我的题目是“舞台艺术如何走进现实”。我想了想，“舞台艺术”是一个很大的概念，涵盖了歌剧、舞剧、话剧，还有交响乐等多种形式，也就是文化部所属的十大国家艺术院团所演出的内容。“现实”的概念也很大，它指的是现实主义还是中国化呢？贴近现实这个说法，是要作品接地气还是要赢得票房呢？近八年以来国家艺术院团的演出有不少的现实题材作品。我看今天有没有媒体朋友来……哦，来了，你是工人日报社的。所以问一下，是因为媒体的朋友会比一般人看演出多一点，在座的基本是学生，不一定看过这些作品。

总的来说，咱们国家现实题材的话剧剧目基本上保持一个近似的面貌。怎么来谈这个题目，当时我考虑是“当下感”比较重要，所以想以“当下的舞台艺术漫谈”为题来谈。

后来上个礼拜，佳山把这个题目改了，叫作“现实题材舞台艺术的当代路径”，我觉得更清晰、更明确了。我把原来想说的内容做了一些调整，跟大家做一个交流。关于话剧，我分四个方面来谈。

第一方面，还是想从历史的维度看当下的话剧。大家知道今年是话剧诞生110年，我们的舞台艺术走到今天，必须对110年的话剧有一个认识。布鲁姆有一句很有名的话，叫作“影响的焦虑”，它曾经是我前几年在一篇文章当中的小标题。今天之所以再次提出，是因为关于斯坦尼斯拉夫斯基、布莱希特、焦菊隐，这三位戏剧人物并没有从中国当代话剧的问题中消失。改革开放到今天，以这三位为核心的三大话剧演艺的体系作为背景时隐时现。有几个问题提出来，请大家一起思考。

第一，中国戏剧人的身份问题，中国的戏剧美学是否有一个自身的传统值得继承？

第二，中国的戏剧人是否也形成了独特的个性？

第三，在中国戏剧中，现代主义美学是否有较为成熟的代表，他们的来源是什么？

第四，近年来后现代戏剧在中国是否也有代表人物？

这四个问题的答案都是肯定的。我先做一个简单的回答。第一，中国戏剧美学自身的传统还有待深入开掘。第二，中国戏剧人的个性已经体现在老中青三代，比如说老的林兆华，中年的孟京辉、田沁鑫、李六乙等。第三，现代主义美学的所有重要作品都和外国戏剧相关。第四，后现代戏剧也吸引了越来越多的年轻戏剧人投入创作。这些问题的具体情况在这里不一一细说了。

我想回到一个评价戏剧作品的标准上来。在《守望与省思——外国戏剧在中国30年》这篇文章当中，我曾提出，品评中国剧团演出外国戏剧的重要标准是什么？就是看是否和中国的当下现实有关？之所以强调是因为，我发现有某些海归型导演，他们虽然有留洋的经历，但是如果没有找到本土化的语汇，并不一定能够顺畅地表达对西方经典戏剧的理解。我认为这一点非常重要。还有一些导演比较专注于参加欧洲的戏剧节，他们往往只考虑照顾西方观众的口味，忽略了本国观众的接受度，这也不是一个理想的方向。当然这是我个人的看法，欢迎与朋友们交流。

今天我想说的是，当今的话剧作品，不管是演绎外国戏剧，还是展现中国的现实题材，都需要找到一种理想的舞台形式，才能被更多的观众所拥护和喜欢。也就是说，现实题材舞台艺术的当代路径，如果有多条路的话，我主张的是对舞台形式的探求与提升。

前面讲了历史的维度，第二个方面，我们来回顾一下这些年中国的现实题材话剧。在我们国话，有朋友做话剧史研究的可能知道，国家话剧院的前身是由两个剧团合并的，也就是原来的中国青年艺术剧院和中央实验话剧院。导演的面貌是比较多元的，但是现实主义的代表人物是查明哲导演。从关注当下的社会现实以及中国的历史、政治社会的角度来看，他的作品在这方面的思考和实践是最多的。

其中有两部代表作，不知道大家看过没有。比如说《矸子山上的男人与女人》，有看过的请举一下手……都没有看过。《矸子山上的男人与女人》讲的是处于最底层的东北下岗的矿工，面对苦难如何度过的历程。另外有一出戏叫《万世根本》，有看过的吗？也没有，这就是问题。这个戏讲的是 1978 年安徽凤阳县小岗村 18 个农民摁手印，抱着宁愿杀头坐牢也要分田到户搞包干的决心，走出了中国农村改革的第一步。今天说到这个剧情的时候，从大家的表情上，我能够感觉到，这一段历史对你们太隔膜，因为你们太年轻了。你们真的想不到 1978 年的时候，如果我要承包土地，还是自己家的土地，是要杀头的。这个可以说是时代发展的剧变。所以有时候我确实觉得，我们的话剧所负的文化责任其实是非常重要的。这两部戏都不是国话出品，第一部是辽宁人艺的，第二部是安徽省话剧院的，但是它们在 2009 年的时候，与查导其他的戏曾经到北京的国家大剧院，做了一次展演。

由这些戏，话剧界对查明哲导演就有了这样的评语，说他敢于“直面现实，揭示真相”，有时可以说是惊心动魄的历史时刻，同时又“具备强烈的批判精神，拥有温暖的人文关怀”。所以，2014 年上海文化发展基金会专门为他组织了“现实主义创作的时代魅力”的研讨会，那次会议我在场。我曾经在一篇文章中这样写道：“装修无比豪华的剧场里，衣衫褴褛的工人和农民一出场，就以其锋芒的生活锐度抓住了观众，看惯了繁华万象的城里人，终于有机会领略到时空遥远的同时代的人的生存苦难。”这个苦难跟当今的你们真是离得太远了。

现实题材话剧的难度在哪里？青年朋友们可能不知道，查导作为一个身在大都市、国家剧院的知名导演，面对众多的排戏邀约，能够选择原创的现实主义话剧，其实是不简单的。他至少要冒三个风险：第一，剧本文学薄弱。显而易见，咱们国家这些年的原创话剧文本的薄弱，大家都心知肚明，为什么薄弱呢？这是一个特别大的话题，今天在这里不展开。毕竟对于一位技法纯熟的导演来说，排演外国经典戏胜算的把握要大得多。第二，实际上这样的戏对上级主管宣传的领导来说，也是不敢来看的，因为展现苦难的当代生活意味着颜面的丢失。第三，都市观众实际上对这一类陌生题材毫无兴趣。比如，如果让你们看这样的戏，你们会想看吗？恐怕很少，因为全中国几乎都浸泡在娱乐至上的快感里。但是查导有一句话我印象很深，“面对苦难，我们选择承担”。在主流戏剧面对转型期中国的乡村、工厂的衰败景象普遍失语的情况下，查导主动替这些弱势人群发音，这需要一种仁爱，一种奉献，一种文化担当，更需要凭借他精湛的导演艺术，冲破某些表现层面上的禁区。

这两年，查明哲导演在国家话剧院也排演了同类的题材，讲的是农民工，叫作《长夜》，可以从国话的公众号上查到信息。这个戏还在不断地演出，主演是小陶虹。有时间的话，大家可以看一看。

如果撇开国话，说到现实主义话剧，大家最熟悉的就是北京人艺。人艺的主流是老舍、曹禺。最近继续火爆的《窝头会馆》，编剧也有对《茶馆》的模仿。但又有这么一个问题，如果天天《茶馆》，年年《雷雨》，也容易审美疲劳。《雷雨》为什么笑场，这个情况最早发生在2014年，当时演员杨立新很气愤，据说后来到上海的时候还是笑场。其实我们可以来想一下，以前那种封建家庭没有了，比如繁漪喝药那一段，可以说是惊心动魄，但这样的事情在今天根本不可能发生了，如果舞台再强调这一点，观众是没有感觉的。这就牵扯到如何打磨当下的现实主义话剧的问题。

最近国话有一台新戏《谷文昌》，有看过的吗？哦，佳山看过，陈曦老师和张正贵老师也都看过。这个戏的导演白皓天，是一位80后，年龄比你们大不了太多，但是他会选择福建一个县委书记五六十年代的故事作为题材，本身就值得回味。这个戏有一个特点，就是它的剧作编排和舞台处理，比起前辈来讲，没有那么沉重，虽然讲的东山人的故事很苦，甚至很惨，但是编导把重心放到了谷文昌的性格塑造上。现在舞台上呈现的这个谷文昌，是属于有胆有识又很幽默的一个共产党干部形象。我觉得这不失为现实题材话剧的一个做法。

以上我主要从国话的导演来看当前中国的现实题材话剧，因为他们的确代表了这类作品的最高水准。进一步要思考的是，除了创作者的奉献精神和文化担当以外，怎么让更多的观众看到这些戏，主动地走进剧场，恐怕还要主创者做一些努力。

这就涉及第三方面，也就是前面所说的舞台形式的问题，具体而言，就是关于后现代戏剧的美学。当我提到这个词的时候，大家不必过于惊讶，似乎它引发了当代戏剧的几个关键词，有空的话可以百度一下，比如说“后剧场”，这几年非常时髦。我这里所说的后现代戏剧美学是一个泛指。为什么呢？2015年的时候，我在《读书》上发表过一篇文章，题目叫作《现代与后现代美学，我们抵达了吗？——第六届戏剧奥林匹克巡礼》。2016年，我在《艺术评论》（这是艺术研究院办的杂志）上发表了《后现代戏剧时代评论何为》。今年4月，我在北京大学文研院做过一个讲座，《贝克特的目光——后现代戏剧漫谈 》。持续地关注后现代美学的问题，并不是我个人多么推崇后现代，而是我们的确进入了消费时代，我们的物质生活几乎可以与西方同步，我们的手机支付还走在世界的前列。那么我们的舞台艺术界这个时候如果不刷新自身的美学观念，提升自身的综合艺术修养，将很难创作出真正优秀的艺术作品。

又提到乌镇。我从乌镇回来快两个月了，有一出戏是图米纳斯执导的《叶普盖尼·奥涅金》，它始终在我的脑海里盘旋。可惜在座的朋友好像没有一个人看过，非常遗憾。这出戏可以说是我近十年来所看到的最好的戏剧，它的戏剧手段的复杂完美，可以作为技术上的参数来衡量中国当下的戏剧。这部戏几乎涉及了所有的问题。比如说文学经典的改编。它改编自普希金的名作，同名的诗体小说。我们的戏剧文学也有辉煌的过去，比如戏曲的《赵氏孤儿》等，但是我们对过去的使用还没有突破，还没有充分地从故事的内脏来动手术。《叶普盖尼·奥涅金》这出戏表面上叫奥涅金，他的名字是缺失的空白，其实是以塔吉亚娜的爱情作为核心主题。这是一次主题置换后的金蝉脱壳，可以堪称是文学经典在当下复活的范例。然而更重要的意义还在于，它是一面从技术与形式层面来审看中国戏剧的镜子，因为它达到了美与形式的极致。关于这出戏的具体面貌，已经有不少剧评做了介绍，建议大家去搜索了解。当然从文字上看无论如何也替代不了现场的感受。

所以，第四个方面，我就以《叶普盖尼·奥涅金》为例，来说一说美的形式与中国当下戏剧的问题。十三年前更远了，有一部叫作《安魂曲》的戏曾经让国人眼前一亮，恐怕在座的年轻人还都不知道，今年商务印书馆已经推出了同名的图书，大家可以留意。《安魂曲》可以说是美学震撼的初级版，如今的《叶普盖尼·奥涅金》是话剧形式的升级版。作为一个推崇形式的观者，我同意贝尔“有意味的形式”的观点，形式的饱满与复杂是话剧赢得观众的根本。处于后现代情境下的戏剧，就是要穷尽一切艺术表达手段的可能性，将文学性、戏剧性统一到一个有限的时间和空间里，犹如百川灌河，使整个舞台成为一个滚动的万花筒般的世界。

虽然从20世纪80年代开始，中国戏剧从先前比较机械化的语言机制，回到了人的语言，回到戏剧是人学，恢复了人的某种风景，也经历了现代主义戏剧初始阶段的多维，运用了拼贴等一些形式的造奇，但是直到今天，我们所使用的话剧形式，很多时候还是显得单薄、生硬，不够复杂与圆熟。这里面最核心的是导演的文化功底和艺术修为。如果仅仅停留在学院里某种老套的训练上，不懂音乐、绘画、舞蹈，也不知道诗歌，舞台会很容易流于简陋。我们的舞台也不是没有光怪陆离，现在有很多导演喜欢搬用一些戏曲，凑成所谓中国意象，或者开一些笑点很低的玩笑，再或者搞一些多媒体，因为多媒体比较炫嘛……以为这就是跨界了，可以吸引观众了。其实呢，往往看下来觉得生硬、无趣，因为我们越是面临所谓跨界的时髦诱惑，越是需要警醒，任何一种表面花哨的链接都不可能让作品变成一个有机并充满生命力的存在。

仅就话剧的形式而言，我觉得中国戏剧舞台非常需要美学的重建。然而当下我们需要什么样的美学呢？近年来，北京戏剧界有一个突出现象，就是外国戏来得非常多。从 2014 年“戏剧奥林匹克”之后，这个频率越来越高。在座的诸位如果没有看过国产戏，外国戏恐怕多少有所耳闻，因为宣传声势比较大。有一些大师级的导演可以说是纷至沓来，他们给我们带来了什么呢？就是非常新鲜的舞台观感。有几个老一辈大师的名字，我提一下，如果知道请点一下头。彼得·布鲁克，知道吗？然后铃木忠志，只有一位女士点头。美国的罗伯特·威尔逊知道吗？波兰的陆帕知道吗？如果这几位都不知道，下面那几位就更不知道了。想问佳山，今天来论坛的是哪方面专业的朋友？哦，都是戏曲。我觉得论坛最好不是一个人在这儿讲，应该产生一些交流，能够跟年轻的朋友在一起也很难得。大家还都是学文化艺术的，但平时缺少机会看演出，是吧？

我这里为什么提到这些人？彼得·布鲁克最有名的书叫作《空的空间》，日本的铃木忠志最擅长的是他的身体训练，罗伯特·威尔逊最著名是他的舞台意象。陆帕的演出特点是超长，比如 5 到 6 个小时。然后有个叫卡斯特鲁奇的意大利导演，他是有一种恶魔的气质，还有一个立陶宛的导演科尔斯诺夫，被称为鬼才，一个德国导演奥斯特玛雅，被国人称为德国的孟京辉。试想如果我们去国外看这些导演的戏并不容易，但他们的戏都来中国了，这是中国观众的福音。那么我们见过了这些光环之后，应该说可以减少盲从。但是这些已经获得欧美剧界隆重声誉的导演来华演绎的作品，也或多或少地让某些观众迷惑，甚至不满，为什么呢？因为作品中隐含的民族、宗教、文化，以及政治的差异，无形当中也会造成一种隔膜。

可惜的是，在座诸位缺少舞台艺术的观感。我详细说明一下。刚才提到的意大利导演卡斯特鲁奇说，“戏剧是一门沟通的艺术”，我想这个大家都同意。但是他的观点特别极端，他说应该从肠道上去感受艺术，怎么做呢？他在舞台上把狼狗放出来直接咬人，这是真的，不是假的。但是咬谁？咬他自己。这位导演如今在欧美戏剧界是相当走红，艺术节找他都排不上。那么这种原始而且疯狂的表达，我觉得可以作为后现代戏剧一道遥远的风景而存在。在某种意义上，对于中国戏剧而言，彼得·布鲁克有时候显得简单了，铃木忠志有一点太板了，威尔逊显得太慢了，陆帕则太长了，卡斯特鲁奇又太暴力了。2014 年“戏剧奥林匹克”期间，73 岁的威尔逊亲自出演贝克特的戏，这个戏只演了两场，我看的第一场。第二场的时候，有一位坐在前面（不是一排就是二排）的观众，直接用英文骂他，为什么？因为他在舞台上吃一根香蕉花了 10 分钟。当然这是中国观众的无礼，但也说明，这些导演美学对大部分国人来讲，有些属于营养过剩，咱们一时消化不了，另外一些则容易造成歧义和误解。

那么怎么办？我们需要什么样的舞台美学？我认为中国舞台迫切地需要“美”的形式。这个时候我发现曾经滋养过几代国人的俄国文艺再次显现出他的优越性。俄罗斯人有一个特点，就是他们对于灵魂特别关注，所以他们可以发表关乎人类命运的感言。陀思妥耶夫斯基曾经说过，美是拯救这个世界的终极力量，与宗教无异。契诃夫说，“人的一切都应该是美丽的，无论是面孔，还是衣裳，还是心灵”。我觉得这句话特别适宜于中国戏剧。如果要给一个让今天的人走进剧场的理由，那就是普遍对后现代多维之美不敏感的观众特别需要在戏剧舞台上被唤醒。图米纳斯导演曾经说过，在任何纷争与不公面前，他唯一的反抗就是“美”。我相信《叶普盖尼·奥涅金》是这位导演目前最卓越的作品，舞台上处处珠玉闪烁，流光溢彩。对于长期缺乏优质营养的观剧者，此剧是最佳的治愈系之作。不过遗憾的是，也有看过此剧的人无动于衷，真有。我只能遗憾地说，他或许几近于“美盲”（美丽的美，盲人的盲）。为什么这么说呢？美即是真，美感的缺失会导致人对真无从觉察。缺乏美感并不是只出现在非知识阶层，受过教育者也大有人在，甚至文艺从业者也不乏其人。

我可以理解2014年用英文对着舞台爆粗口的那位观众，应该说，威尔逊的舞台的确属于较难领略的后现代之美，这个年轻人存在一种知性的盲区。在乌镇演出之后，也有青年学者抱怨图导，没有复现他年轻时候阅读普希金小说文学原作的经验，他可能被某种概念的偏执所困扰。我们说一个人对于艺文无知，是一种知性的麻木，如果一个人被艺文概念所钳制，则是理性的麻木。这两者都会造成一种认知的障碍。显然，中国教育机制中通识教育的缺口，更多地导致了这种结果。这又是另外一个问题了。

回到当下，现在有琳琅满目的各种戏剧演出，对于建构中国观众对话剧的美感以及信心还是非常有利的。比如今年的乌镇戏剧节是第五届了，它已经把水镇的风光和戏剧的氛围融合为一个特别留恋的场所。不过大概是 11 天的戏剧节，大小演出将近有 100 场，这势必增加了选择的难度。假如说你们去乌镇只有不多的机会看戏，你又不熟悉契诃夫，我建议不要看纯表演版的《海鸥》，也就是我前面提到的那位鬼才导演科尔斯诺夫，虽然我个人非常喜欢他，但如果你没有充足的戏剧储备，他这次的演出会让你觉得收获比较低。

还有一个戏在乌镇戏剧节上号称全球首演，是美国加州学院的一个影像作品，由赖声川老师推荐的。这个戏很有意思，每次只限 50 个观众，之前大家把手机等随身携带物全部上交，然后排着队进到一个黑盒子里头，老老实实地坐下，便黑场了。那天我是和何冀平老师一起，坐在最后一排，座椅极不舒服。黑场以后戏就开始了，里面有影像，也有人的表演。你看的时候，忽然感到你坐的这个大盒子被推动了，后来知道那不是机械装置在推，而是剧组的工作人员在外面用人力推，这算是一种好玩的经验吧。这个戏大概有 70 分钟，不算长，他们自称为三黑，也叫作“影像的复仇”。也许是里面太黑的缘故，探讨的又是很哲学化的问题，多数人基本上开场以后就昏昏欲睡。假如一个游客是初次走入剧场，想体验一下戏剧是怎么回事，在乌镇又只有一次观剧机会，也不宜看这样的戏，你看完以后，会觉得戏剧没有什么意思，因为你已经睡着了。当然我这样讲并不是否定这两出戏的价值，我没有这个意思。我的建议是针对普通的观众。因为眼下的中国话剧舞台特别缺失的是主流观众。

回到图米纳斯导演这里来，这是一位值得中国戏剧人好好研究的导演。去年的时候，图导曾经有四部作品，《三姐妹》《马达加斯加》《思维丽亚的故事》《假面舞会》在京演出，博得了圈内的赞誉。他是一个立陶宛人，但却是俄罗斯瓦赫坦戈夫剧院的艺术总监。大家可能对瓦赫坦戈夫不太了解，斯坦尼斯拉夫斯基和梅耶荷德还知道，瓦赫坦戈夫在中国的知名度远不及他们，与他英年早逝有关，他 1923 年就去世了。今天如果我们不是通过图米纳斯导演，很可能体会不到为什么瓦赫坦戈夫这么重要。瓦赫坦戈夫本来是斯坦尼斯拉夫斯基的得意门生，现在咱们看到的不管是戏剧还是电影，所有演员的表演方法，怎么样把人物演得活灵活现，特别真实，这些形体训练方法主要来自斯坦尼斯拉夫斯基，所以斯坦尼斯拉夫斯基是相当重要的。但是瓦赫坦戈夫学到了这些精髓之后，他不满足斯坦尼斯拉夫斯基所谓现实主义戏剧的做法，而是成功地创造出非生活自然状态的戏剧手法来表现生活真实。

关于非生活自然状态的戏剧，怎么来理解？我在这里说概念的时候，大家有可能会一头雾水。举一个简单的例子，比如斯坦尼斯拉夫斯基说，你要演这个人，就要在舞台上成为这个人。但是瓦赫坦戈夫不是这么做的，你要在舞台上成为这个人，你的灵魂是这个人了，但是你的外形不是自然主义状态下，是表现状态下。这个非常难，因为一弄的话就可能特别假，特别做作，但是瓦赫坦戈夫做到了，他把这种风格命名为“幻想现实主义”，后来他的继承者成立了以他的名字命名的剧院。在西方国家，当一位优秀的艺术家创造了一种非常好的戏剧方法的时候，这种方法会以一个剧院的形式留下来，我以为这种方式值得推崇。瓦赫坦戈夫剧院已经有 90 年了，在俄罗斯，与莫斯科艺术剧院等，都属于一流剧院，当然他们的风格不一样。图米纳斯加盟以后，这个剧院的声誉就超出了俄罗斯，在欧洲也扩大了影响，这要归功于图导的幻想以及创造性的能力。

《叶普盖尼·奥涅金》无疑是今年乌镇艺术节最为成功的作品。艺术总监田沁鑫导演倾力引进，观者好评如潮。我在想，这里面多少隐含了这样的问题：对于较早承继了斯式体系的衣钵，以现实主义为正宗的中国话剧界而言，我们的现实主义怎么样才能好看一些，幻想现实主义不失为一个令人信服的方向。当然，图米纳斯导演的个人功力，以及瓦赫坦戈夫剧院的整体实力不是一蹴而就的，但是充分认识其价值，并建立相关的美学标准却相当的重要。我们期待着中国戏剧的导演美学，从单薄中走出，全面升级，也期待着中国演员的能力不再单向度。因为舞台是魔方，演员也应该是魔方。图米纳斯把大魔方和小魔方都推向了极致，可以作为中国戏剧人学习的样板。关于瓦赫坦戈夫剧院的演员水平，还想多说一句。作为一个戏剧演员，在舞台上不仅要会说台词，还必须会舞蹈，会歌唱，必须会做哑剧的各种各样的形体动作，这种能力已经超出在座各位对中国演员的想象。

最后，我想说的是，我们的话剧人要有耐心和诚意，不是对资本的诚意，而是对艺术的诚意。《叶普盖尼·奥涅金》这个戏的准备时间是一年多，排演期是3个多月，合成时间是10多天。在乌镇时，田沁鑫导演跟我说，这样的创作条件是国内达不到的，不可能给你这么长的时间合成。我们总是说精品，我们是否想到要为精品做出某种牺牲，而不是某种获得感。精品是要花时间来培育，不是速成的。第二点，对于现实题材的话剧，从观众的角度而言，应该抱有对题材本身意义的兴趣，目前娱乐和明星效应在舞台上还是太多了。大家看戏不是看戏本身，而是冲着陈道明去的，这就有问题。杨立新说，总有人在问，这戏逗吗？他就很感慨，为什么看戏一定要逗呢？我觉得这些现象都包含着某种程度的对舞台艺术的亵渎。希望能引起媒体朋友的关注，在引导上下一些功夫。好，我就说到这里，欢迎朋友们指正，谢谢大家！

张正贵：我在国家京剧院的创作中心工作，主要做艺术创作、戏曲理论研究和评论的工作。很高兴能参加今天的青年文艺论坛，并与大家分享交流我的一些思考。因为相比较话剧而言，京剧可能会稍有门槛，因此大家可能对于京剧，会比对话剧稍微陌生一点。对于没有进入过剧场的朋友，我希望大家走进剧场，因为现在剧场中的戏曲演出，所有的念白和唱词都有字幕。剩下的最后一点门槛就是对戏曲审美的熟悉程度了，多看就熟悉了，所以鼓励大家走进剧场去看戏。佳山也是给了我一个题目，是谈现实题材，因为总书记在党的十九大报告当中，对于文艺的创作提出了前五年是文艺持续繁荣。后五年甚至更长的一段时间，对于整个文化，对于专业艺术的繁荣发展提出很多要求，有一条提得非常之细，就是加强现实题材的创作。因为我前一段时间也在部里艺术司借调，艺术司也在这方面做了大量的调研和座谈论证工作。未来可能一个一个规划，一个一个方案，一个一个办法都要出台，所以这也是我们今天论坛主题的应有之意。我主要从两个方面谈一谈。

第一，梳理一下京剧现代戏流变的过程，即发展的过程，我大概总结有四个阶段。

第二，谈谈我个人一些粗浅的思考和想法。

今年是话剧诞生 110 年。其实我们京剧的现代戏差不多也就是 110 年历史。为什么这么说呢？我们又重新翻看梅兰芳先生的《舞台生活四十年》，这本书是自传体的口述回忆录。书中记载他在 1913 年的时候排了大量的时装新戏。他在这个叙述过程当中也谈到，他以前就看过好多人演。那肯定是在 1913 年之前，所以我们京剧舞台上穿着现代的服装，可能当时穿旗袍、长衫、大褂，当然也是近代的题材，或者说是近现代题材。我们京剧叫作时装京戏，恐怕也有 100 多年的历史。这个可能跟大家心目中觉得现代戏就是样板戏，是从样板戏开始的，或早一点是从中华人民共和国以后开始的，不太一样。其实京剧现代戏的出现要早得多。

所以第一个阶段是在中华人民共和国成立以前。姑且叫作时装新戏。梅先生总结他那个时代（1913 年左右），心目当中的新戏，当然跟我们现在所讲的新戏不太一样。他讲了四类。

一类是穿老戏服装表演的新戏，就是舞美、舞台、服装还都是传统戏的。这个他应该有概念，没有看过戏的，当然看过照片，一闪而过的视频肯定看过。这里我多说一句，京剧的服装，有时候我们会看到三国戏怎么穿着明朝的服装？传统意义上的京剧的服装通用，各朝代是以明式服装为基础，兼有吸收了一些清朝的（比如说箭衣、马褂、旦角的花盆底）、宋元的服装。

第二类跟我们当下的意思比较接近——时装新戏。就是当下身边的生活，当时的新闻，根据当时的新闻素材，或者是当时的小说改编的。比如说像《孽海潮》《邓霞姑》《一缕麻》等。

第三类在梅先生看来，是他本人创作的新戏。当然我们现在看来已经不是新戏了。就是《嫦娥奔月》《黛玉葬花》等这样的戏。是什么呢？我稍微普及一点。我们传统舞台上的如《武家坡》《红鬃烈马》等，一般叫梳大头，有银泡、水钻或点翠这种样式的大头。越剧大家都有印象，那个带发髻的假发就叫古装头，也是由梅兰芳先生发明的。比如说《嫦娥奔月》，梅先生演一个仙女，带着这个古装头一束腰，没有水袖。

第四类是梅先生那个时候排了一些昆曲。把一些非常著名的比如《刺虎》《琴挑》《思凡》，就是非常有价值的昆曲当中的单折或者是双折的折子戏拿出来。他把这四类都叫作新戏。当然，跟我们今天的概念是不对应的。今天我们从狭义去理解就是时装新戏。比如梅先生第一个表演的《孽海波澜》这个戏，他在舞台上穿现代的服装。这个舞台上的念白很多，唱已经很少了，所有的动作都是生活化的，整冠、捋穗、捋袖、捋两口、脱袖都没有了，因为你的服装变了。没有这些传统程式，仅有一点唱和锣鼓。其实和我们今天的京剧现代戏已经很像了，在 1913 年，这个改革是很大胆的。他记述在 18 个月当中，就是我刚才说的这四类戏他全部尝试，排出了十几个戏。在 18 个月排出了十几个戏。我们就从他这一个时段来看，梅兰芳之所以成为梅兰芳，是有他的道理的。这是第一个阶段。

第二个阶段是中华人民共和国成立以后。新的政权诞生以后，党和政府号召文艺要为工农兵服务。五十年代，比如说中国京剧院出现的《白毛女》，这个戏非常之轰动。在彩排的时候，周总理和当时的国务院秘书长习仲勋同志就到现场看了彩排。当时首都高校的很多学生就知道京剧演《白毛女》，慕名前来。现在剧协的名誉主席尚长荣先生就说，他一生当中两次看京剧终生难忘，这一次看京剧《白毛女》就是其中一次，就是由中国京剧院李、袁、叶、杜领衔主演的，这是一类。这一类有一个特点，就是念白不像后来的样板戏，他既有京白也有韵白，就是京韵白掺和在一起，能让观众听得懂，同时也保留一些京剧的特点。比如京剧韵白的腔调、四声，湖广韵和中州韵。

现代戏当中不分流派，行当也逐渐淡化了。当然，因为李少春以演文武老生、武生为主，但是他在《白毛女》《林海雪原》等剧中所运用的手法和技术技巧远远跨出了行当和流派的界限。你不能说我们沙家浜的阿庆嫂是什么派，赵燕侠演的是赵派，刘秀荣演的是王派，洪雪飞就是昆派。

第三阶段是“文革”阶段，大唱样板戏时期。“样板戏”这个名称怎么来的呢？江青在一次谈话中说，这几出戏（大概包括《红灯记》《智取威虎山》等）就是我们现代戏的样板。什么意思？将来搞京剧现代戏就按照这个路子搞。那么你所在的剧团，如中国京剧院红色娘子军剧组，北京京剧院沙家浜剧组等，那就是样板团。当时样板团的演员的政治地位和生活待遇是极高的。因为这个是倾全国政治之力，中央领导人领导的剧团。当时《红色娘子军》的指挥是谁？郑小瑛。中央歌剧院的郑小瑛到中国京剧院红色娘子军剧组待了六七年，就指挥这一个戏。

当然，其中有一些我们可能现在都知道，我们经常放在嘴边的

“高大全”的艺术观，就是那个时候产生的。即所谓的“三突出”。舞台上所有的人物当中要突出正面的人物，正面人物当中要突出英雄人物，英雄人物当中要突出主要英雄人物。当然这种创作方式是很机械的，很概念的，而且是有政治意图的。

我们要汲取当年走过弯路的教训，刚才颜榴老师也说到的，就是我们现在很多题材是一样的，其实京剧和话剧现在题材作品面临很多一样的问题，比如说文学剧本薄弱，概念化的创作，图解式的创作。当然，我们很多现实题材的创作到不了人性那一层。到不了情感打动那一层，你觉得情感很打动人，但是观众一点不动心，这个不展开说。

第四个阶段就是改革开放以来的这一阶段。1979 年，中国京剧院排了《蝶恋花》，当时这个影响是极大的。不光是京剧院团，全国各个剧种的 100 多个剧团派人向中国京剧院来学。

因为我个人看的戏也很有限。改革开放以来，我个人觉得比较好的京剧现代戏，比如江苏省的《骆驼祥子》，这个是经典名著的改编。我在现场看过这出戏。

《骆驼祥子》中的车舞，就是祥子拉黄包车那一段，许多专家称赞这个创作。当然我个人对这一段也有一些想法。为什么？因为这个黄包车太实了，比如说我们是以部分代整体，以少胜多，以一当十。你要骑马，就一个马鞭，这个马鞭对你有一个规定性的限制，只要这个马鞭一竖起来你就在骑马了，你所有的动作，你的这两条腿就是马的四条腿。那么你的这个车完全跟现实生活当中黄包车是一样的，这个是人用舞蹈化、虚拟的，等等，但是这个车是实的。

这就很难解决一个虚实统一的问题。这个是现代戏当中一个很重要的原则。那么现实题材必须是实的。但是我们京剧的特色是虚拟的、象征的、写意的、夸张的、舞蹈化的，怎么统一，这是一个难点。再比如说王平主演的京剧《华子良》，天津京剧院创排的红岩的题材。这个我在现场看了，2001 年，很早了。比如说湖北省京剧院朱世慧的《膏药章》。我说的这几个戏都是打动我的戏，非常好。

回到我们今天交流的正题上来，国家艺术院团演出季从 2010 年—2017 年已经过 8 年时间了。8 年当中，我们参加演出季的新创现代戏有三出：2015 年的《西安事变》，2016 年的《党的女儿》，2017 年的《横空出世》。

《西安事变》的故事内容、题材、人物不需要讲，大家对这段历史都很清楚。主演张学良的是我们剧院的副院长于魁智。因为于魁智副院长和张学良是老乡，都是沈阳人。在 20 世纪 90 年代，于院长与张学良先生本人有很多的交往，这个交往比如说吃饭吃 5 个小时，然后唱戏唱 7 个小时，就是当时给张学良先生在美国做寿。张学良也非常喜欢于魁智这个小老乡，因为他确实觉得于院长唱得好。《西安事变》剧中于魁智的造型一扮，竟然与张学良十分相像，因为舞台上出现了张学良，出现了周恩来，出现了赵四，出现了宋美龄，出现了杨虎城，这个在京剧舞台上，特别是一出戏中聚集这么多近代的历史文化名人，也还是比较少见的。说起来，有个笑话很有意思。演周恩来总理的是北京京剧院的一个马派老生朱强。他在这出戏中演得确实不错，我们就说，怎么周总理马派唱得不错啊。从开玩笑的话中我们就可以感受出来京剧演现代戏的难度。

《西安事变》，我简单谈。我个人的感觉是音乐比较流畅，唐建平作曲。《西安事变》大概 2 小时出一点头。这个观剧时间从舞台剧来说是比较合适的，所以这个戏的场次比较紧凑，大型唱段不多，时长不长，太长了地铁都没了。然后从我个人角度看，我觉得很好。现在新创剧目有个重要的问题，唱的太多了。没有必要的地方也唱，这其实是一个需要关注的问题。

我前一段时间刚看了一个戏，就是北京京剧院的《大宅门》。这个戏我原本以为是郭宝昌改编的。

颜榴：这个戏也有话剧，是国家话剧院排演的，也是郭宝昌在舞台上，他京剧也在舞台上？

张正贵：他不在舞台上。

颜榴：话剧的时候他在舞台上。他在，他上去了。

张正贵：其实京剧排演，他也应该上，因为郭宝昌先生京剧唱得很好，他是资深的票友，跟侯喜瑞先生学过花脸，花脸、老生唱得很好。这个《大宅门》我有不少感想，其中一个很重要的就是唱得太多。我跟这个主演窦晓璇说，因为窦晓璇是杜老师的学生。我给他发微信时候说建议至少剪四段唱。其实我心里面想的是应该剪 6–8 段。现在普遍新戏唱得多。就是说不该唱的地方唱了很难受。这个唱一定是什么？念白也不行了，也无法表达了，我动作也无法表达了，这个时候我要唱。现在往往不是这样，现在往往是本可一句话一个动作一个眼神交代清楚的，非要安排五分钟的唱。这个不是我们京剧现代戏，是京剧所有新编戏当中的问题。

陈曦：好多曲子都舍不得扔了。

张正贵：是，就讲到这个问题，你单拿出来我们作为一个音乐作品欣赏，比如我们开演唱会听这个人清唱，是好听。但是当放到这个戏当中你就很不舒服了。这儿不该唱，这儿唱的生活与舞台逻辑不对，人物性格逻辑不对，情感不对，有时情绪竟然相反。唱了一段，他唱得很好，又是嘎调，又是咏叹调，又翻高又是身段特别好。但是他表现得越好越卖力，你就越难受。

再说《党的女儿》。《党的女儿》刚才一说到现实题材，大家一窝蜂。国家京剧院排《党的女儿》的时候有五个剧院在排《党的女儿》。

颜榴：而且都叫同一个名字。

张正贵：我觉得这个又反映一个问题，现实题材的缺乏，我们确实要发现和挖掘题材。当时北京两大院团，国家京剧院和北京京剧院同时排演《党的女儿》。大家知道这个《党的女儿》是歌剧，《党的女儿》在1991年阎肃先生的剧作，“长征”题材，应了时间节点。所以就排这个了。就不约而同，北京两大京剧院排演。国家京剧院用的青年演员，而且用了三组，我跟杨小青导演开玩笑，我说您很累，您排ABC，她说不是，我排的是AAA，所以很累。那么北京京剧院是王蓉蓉，用了一批相对比较资深的，主演都是比较资深。当然，也有一些年轻演员。那么两院不同的是，北京京剧院用的就是阎肃的原本，歌剧本，几乎没有动。国家京剧院请了上海的著名编剧李丽，她根据阎肃的本改编，改编幅度也比较大。所以这个也挺好，如果我们也演原本，那就完全打上擂台了。我就不多说《党的女儿》了。《党的女儿》还可以再看，《党的女儿》我们还要再演再改。

陈曦：我看了，我觉得还行。

张正贵：您看了，谢谢您。

陈曦：我们跟杨导演还见了。

张正贵：这些艺术家还比较资深。因为她本身的水平在这个地方。我们今年排了一个《横空出世》，两弹一星的题材，京剧舞台上表现两弹一星也很有难度。剧本酝酿、创作、打磨的时间比较长。现在在舞台上呈现感觉还有不理想的地方。因为我们下周马上开专家论证会，就是专门谈剧本的问题。这个大家还可以关注再看，因为我们下面还要进一步修改打磨，再进行公演。

以上一边叙述一边谈了一些观点，夹叙夹议，谈出一些想法供大家一起交流和参考。京剧演现实题材难度大不大？这个问题提给我自己，也提给大家，大家也帮着想一想。

另外，我说现在是要求题材是新的、现代的、当下的，还是我们的戏不管是当下的、历史的、外国的、传统改编的、移植的，但是它反映的是现代的思想、现代的价值、时代的精神。我们能不能把它算作大范围的具有现代性的艺术创作与尝试。就是加强现实题材创作的作品，我们依然可以从学术上来继续探讨。关于京剧新的程式的呼唤，需要有相当水平的不一般的艺术家，不是一般的团体都能来做这样的工作。这一创作难度是很大的。比如说开汽车用什么样的程式，因为我们的交通工具变了，我们从马变成汽车了。

陈曦：最主要是手机怎么办？

张正贵：对，手机怎么办？电脑怎么办？比如说我们要做一个都市的京剧题材怎么办？所以这个稍微再点出来一点，叫话剧加唱。因为唱是戏曲的特色，但是现代题材又不能韵白了。所以这新的程式是一个问题。

我再稍微介绍一点，我觉得中国京剧院比较成功的，是前些年打磨时间很长，在2001年左右推出的，阎肃老师根据歌剧的《江姐》创作了京剧的《江姐》。

《江姐》，刚才说到音乐的问题。《江姐》有一个很重要的是，饰演江姐的是京剧程派演员张火丁。通常来说，我们在现代戏的舞台上看到有一些行当，有一些流派是用不了的。我们看舞台上无论是阿庆嫂，无论是《红灯记》李铁梅，无论是《杜鹃山》柯湘，这样的人物有的是正面人物、英雄人物，有的就是代表党。所以在京剧美学元素中，或者说京剧艺术本体中需要高亢、挺拔、豪放，要刚的那部分。因为“文革”十年样板戏的艺术形象是将女性男性化了，小说、电影，我们的舞台艺术都是这样的。 女性英雄人物把许多生行的艺术元素用进去，来体现革命豪情和英雄主义。

京剧的程派唱腔特色是什么呢？是幽咽婉转，有明有暗。程派的很多代表作都是悲剧，这是跟其声音、形象、唱腔特色相关的。所以《江姐》算是一个贡献，这是以程派的艺术元素为主题的一出优秀现代戏。

我们说一部京剧的现代戏，或任何一部戏曲的新戏，成功的重要标志就是留下一两段、两三段脍炙人口的唱段。所以《江姐》的“红梅赞”是很成功的，现在很多戏迷和票友都在唱，曲谱也流传了不光是这一段，里面还有一个大段也很流行。音乐上很成功的重要原因是用了我们国家京剧院的万瑞兴老师。万老师对于传统，特别是程派研究很深，由于他经历过样板戏的阶段，所以他具备传统戏和现代戏这两方面的艺术素养，当进入到严格的艺术创作之中时他就能出精品。如果他再对这个戏有自己的独特理解，对主演张火丁很熟悉，因人设腔，那么他的艺术创作成功率自然就高。

当然《江姐》剧本的基础好，阎肃先生是非常喜欢和钟爱戏曲的。我参与了《党的女儿》前一部分的讨论和创作。阎老师去世的前几个月，我们在梅兰芳大剧院，有过一次长时间的交流。阎老师说，我的很多戏都是按戏曲的结构来设置的。所以这也为京剧创作的成功增添了砝码，即天然的符合戏曲的规律。我们好多剧本是小说改、话剧改、影视改，或者是民谣民歌改，你这个改没有按照戏曲的规律改，恐怕要想成功就比较难了。包括《党的女儿》就是按照戏曲的唱词和结构来的。

我最后要说的是重视现代题材的创作，但是要警惕创作中的这些不良倾向，很值得警醒。谢谢大家！

（根据速记整理，经过本人校订）

附　录

“青年文艺论坛”各期主题

第一期：当代文艺批评的现状与前沿问题（2011 年 6 月 28 日）

第二期：“底层叙事”与新型批评的可能性（2011 年 7 月 20 日）

第三期：新世纪中国电影的“繁荣”与忧思（2011 年 8 月 18 日）

第四期：流行音乐：我们的体验与反思（2011 年 9 月 22 日）

第五期：日常生活美学：理论、经验与反思（2011 年 10 月 27 日）

第六期：我们的时代及其文学表现——与著名作家座谈（2011 年 11 月 24 日）

第七期：艺术史：观念与方法（2011 年 12 月 28 日）

第八期：《金陵十三钗》：从小说到电影（2012 年 1 月 12 日）

第九期：“春晚”30 年：我们的记忆与反思（2012 年 2 月 16 日）

第十期：消费文化时代的四大古典名著（2012 年 3 月 15 日）

第十一期：武侠：小说与电影中的传奇世界（2012 年 4 月 25 日）

第十二期：多重视野下的《甄嬛传》（2012 年 5 月 24 日）

第十三期：中国“新诗”的现状与前景（2012 年 6 月 21 日）

第十四期：当代文学的代际更迭与当下学术格局的反思（2012 年 7 月 12 日）

第十五期：红色题材影视剧的传承与新变（2012 年 8 月 30 日）

第十六期：《白鹿原》：如何讲述中国故事（2012 年 9 月 20 日）

第十七期：诺贝尔文学奖与当代中国文学（2012 年 10 月 18 日）

第十八期：“中国风”向哪里吹：当代艺术文化中的中国元素（2012 年 11 月 21 日）

第十九期：《一九四二》：历史及其叙述方式（2012 年 12 月 13 日）

第二十期：当前文化语境中的文风问题（2013 年 1 月 24 日）

第二十一期：现代主义思潮再反思（2013 年 2 月 28 日）

第二十二期：《归来》：美学批评与历史批评（2013 年 3 月 21 日）

第二十三期：新工人艺术团：创作与实践（2013 年 4 月 25 日）

第二十四期：青年亚文化与当代社会思潮（2013 年 5 月 16 日）

第二十五期：当代大众文化中的美国想象（2013 年 6 月 20 日）

第二十六期：新视野中的世界与文学——青年作家座谈会（2013 年 7 月 4 日）

第二十七期：“窃听故事”与意识形态的表述——以影视作品为中心（2013 年 8 月 22 日）

第二十八期：娱乐文化的形式变迁与时代内涵（2013 年 9 月 26 日）

第二十九期：当前文艺作品的价值观和评价标准问题（2013 年

10月17日）

第三十期：第一届全国青年文艺论坛：转型年代、青年与中国故事（2013年11月16日、17日）

第三十一期：左翼文艺研究：热点与前沿（2013年12月26日）

第三十二期：“中国梦”与当代文艺前沿问题（2014年1月23日）

第三十三期：春晚：新民俗与文化共同体（2014年2月27日）

第三十四期：文艺与政治：意识形态去哪儿了?（2014年3月27日）

第三十五期：移动互联网时代的文化形态（2014年4月17日）

第三十六期：20世纪历史与我们时代的文化——从李零《鸟儿歌唱》出发（2014年5月21日）

第三十七期：第二届全国青年文艺论坛：文艺评论：新的方向与可能性（2014年6月26日、27日）

第三十八期：主旋律文艺生产的变迁（2014年7月17日）

第三十九期：跨文化传播中的“韩流”现象（2014年8月29日）

第四十期：文化新格局中的舞台艺术（2014年9月25日）

第四十一期：新世纪的群众文艺与公共空间（2014年10月16日）

第四十二期：第三届全国青年文艺论坛：全球文化视野中的电视剧（2014年11月27日、28日）

第四十三期：互联网时代的文化权利与数码乌托邦（2014年12月4日）

第四十四期：《智取威虎山》：文本与历史的变迁（2015年1月

8日）

第四十五期：当代中国文学的前沿问题（2015年2月12日）

第四十六期：《平凡的世界》：历史与现实（2015年3月26日）

第四十七期：民族风格的实践及其困境——以中国动画为例（2015年4月23日）

第四十八期：七十年后再回首——重读《白毛女》（2015年5月28日）

第四十九期：消费主义时代的劳动美学——新时期以来关于劳动的想象与书写（2015年6月29日）

第五十期：综艺节目“爆发”背后的逻辑和困局（2015年7月16日）

第五十一期：反法西斯文化再反思（2015年8月27日）

第五十二期：中国科幻文艺的现状和前景（2015年9月24日）

第五十三期：“原创”的焦虑——当前文艺的困局（2015年10月22日）

第五十四期：美剧的跨文化传播与消费（2015年11月26日）

第五十五期：盘点新中国文艺（2015年12月17日）

第五十六期：重建文学的社会属性——“非虚构”与我们的时代（2016年1月27日）

第五十七期：小镇青年、粉丝文化——当下文化消费中的焦点问题（2016年2月25日）

第五十八期：未完成的“叙事”——重释“八十年代文学”的可能与思路（2016年3月24日）

第五十九期：弹幕：数码时代的文化消费与媒介使用（2016年4月27日）

第六十期：数字资本时代的网络民族主义与文化政治（2016年5月19日）

第六十一期：思想边界的开拓——重读张承志（2016年6月23日）

第六十二期："新/老穷人"的文化表达（2016年7月7日）

第六十三期：网红的缘起、逻辑与未来（2016年8月26日）

第六十四期：博尔赫斯与中国当代文学的历史误读（2016年9月22日）

第六十五期：再写"人境"重构"现实"——刘继明长篇小说《人境》研讨会（2016年10月15日）

第六十六期：返乡书写：事件、症候与反思（2016年11月21日）

第六十七期：陈映真：文学与思想（2016年12月29日）

第六十八期：我国当代文化走出去的现状与问题（2017年1月5日）

第六十九期：打工春晚、乡村春晚——央视春晚之外的春晚类型及其启示（2017年2月23日）

第七十期：裸贷、苍井空——新媒体时代的另一面（2017年3月30日）

第七十一期：第四届全国青年文艺论坛：左翼文艺批评：历史经验与现实处境（2017年4月22日、23日）

第七十二期：《人民的名义》，反腐剧、涉案剧爆红背后的产业成因与传播逻辑（2017年5月17日）

第七十三期：从边缘到中心，网络文艺做对了什么?（2017 年 6 月 28 日）

第七十四期:《西游记》:“超级 IP”背后的中国故事（2017 年 7 月 27 日）

第七十五期：“主旋律”新变的蝴蝶效应（2017 年 8 月 31 日）

第七十六期：传统艺术的当代发展——以地方戏的困境为例（2017 年 9 月 29 日）

第七十七期：现实题材舞台艺术的当代路径——以国家艺术院团演出季实践为中心（2017 年 12 月 13 日）